ダダ追想

ルイ・アラゴン 著

マルク・ダシー 編

川上 勉 訳

DADA

LOUIS ARAGON

DADA

萌書房

凡　例

一　著書や紙誌名は『　』で表わした。
一　論文、詩作品名などは「　」で表わした。
一　原文のイタリック部分は傍点を付した。
一　原文の大文字はゴチックで表わした。
一　編者による原注は（1）、（2）、（3）……のようにアラビア数字を付して巻末にまとめた。
一　訳者による注については、短いものは本文中に割注で示し、説明を必要としたものは〔一〕、〔二〕、〔三〕……のように漢数字を付して巻末にまとめた。

序　文

――草稿《マニュスクリ》の経緯について――

マルク・ダシー

一九二二年の秋にアラゴンは、『リテラチュール』誌新シリーズのある号に、『現代文学史計画』と題する四ページばかりの目次を発表した。この『計画』は、二十世紀初頭の文学活動とアラゴン自身の文学的経歴において、時宜にかなったものであった。すでに一九一九年、第一次世界大戦終了後に、アラゴンは、アンドレ・ブルトンやフィリップ・スーポーとともに雑誌『リテラチュール』を創刊していた。また、注目すべきことに、彼は同じ年に処女詩集『祝火』（ピカソのデッサン付き）を刊行しているし、一九二一年には、『アニセまたはパノラマ、ロマン』がガリマール社から刊行された。

一九二二年に彼がこの『計画』を予告し、その目次を『リテラチュール』誌に発表したときには、彼はもうこの雑誌の三人の編集メンバーではなくなっていたが、『テレマックの冒険』（ロベール・ドローネイによる著者の肖像画付き）がガリマール社でゲラ刷りの段階だった。ここにわれわれが刊行する本書のほぼ全体は未発表のものであるが、この『計画』のそれぞれの文章が書かれた日付は、いろいろな資料の突き合わせによって確定することができる。すなわち、一九二二年秋から一九二三年秋にかけての時期で、それは過渡的な時期でもあって、ブルトンの『シュルレアリスム宣言』が出る以前に、アラゴンが『夢の波』(1)を書くにいたる時期なのである。そして、同じくこの時期には、一九二四年の『宣言』で提示されたシュルレアリスムの理論について、アラゴンによって、またアラゴンのまわりで、発展的な主張がなされて、中断することのない活発な活動が展開された(2)。

一九七二年に、アラゴンはわれわれにこう打ち明けた。

〈シュルレアリスト〉という名称は、シュルレアリスト・グループの外部から借用したものなんだよ。結局わたしは、このことばを受け入れるようにブルトンを説得したんだ。すると彼はこんな風に言ったよ。「いいだろう。それにしても、これにはイデオロギー上の根拠を与えなくてはならないし、この名称そのものについても説明しなければなるまい」。ブルトンのこのことばに触発されて、私も「夢の波」という題で一つの文章を書いたんだが、それは『コメルス』誌に発表されたものだ。これは一九二四年の初めに書いたものだが、ブルトンの方はその年の夏のあいだに、『シュルレアリスム第一宣言』を書いたんだ。わたしの書いたものは、一九二四年一〇月号の『コメルス』に掲載された。が、ブルトンの宣言が発表されたのは一九二四年も暮れの一二月だった。わたしの文章は宣言などといった大袈裟なものにするつもりはなかった。それでも、〈シュルレアリスム〉、〈シュルレエル〉、〈シュルレアリテ〉といったことばから始まって、幾つかの基礎的概念を説明したものだった……。[3]

こうして『計画』は、この時期のことを詳しく記述する目的で書かれた。この時期とは、アラゴン、ブルトン、スーポーの「三銃士」が形成している若い世代が、[4]アポリネールの死（一九一八）をはっきりと受け止め、チューリッヒにおけるダダの誕生を確認し（『ダダ宣言一九一八』）、ルヴェルディとその雑誌『ノール＝シュド（北＝南）』から離脱して固有の機関誌を創刊し、トリスタン・ツァラをパリに呼び寄せて、この人物を熱烈に歓迎し、それから、不安にかられ、当惑し、次いでダダをしめくくって、別の呼称のもとに再出発しようと決心した頃のことである。アポリネールから「シュルレアリスム」という用語を借用して、前衛芸術の中心的なオルフェウスとしての姿を明示すること、それはまた当初の熱狂のあとで、ツァラに対してはっきりと決着をつけることでもあった。

こうした波乱に富んだ出来事において、驚くべきことに、『新フランス評論《N・R・F》』誌はいつでも一つの役割を果たしている。アラゴンとブルトンはやがてガリマール社から出版することになるのに対して、ツァラの方は、ずっとあとに出る二冊を除いて、ガリマール社からはまったく出版していない。[5]「彼らは率直に認めてはいないが、ダダのメンバーは、アポリネールの願望だったあのシュルレアリスムをつねに目指している」と、ある明断な論文のなかで最初に書いたのがジャック・リヴィエールであるとは[6]、奇妙なめぐり合わせではないだろうか。しかもそれが、ツァラが数週間前にようやくパリにやって来たときだったとは。

「ダダのために」と題されたブルトンの論文の前に置かれたリヴィエールのこの論文が、一九二四年におけるシュルレアリスムの創設者〔ブルトンのこと〕に対して、半ば予言的な影響を与えたことは疑う余地がない。ダダからシュルレアリスムへのこの移行は、フランスでは、理論的に違いのある二つの時期のあいだにおけるほとんど組織的な混乱を示すものであるが、それは、パリのダダイストたちの詩的直感について、リヴィエールがすぐれた理論的鋭敏さを持って早くも予感していたものであったということ、そして、ブルトンが同じことばを用いてその予言を保証したのだということは指摘しておかねばならない。

シュルレアリスムという名称を持つことになるものの台頭に直面して、ダダを真に代表するただ一人の人物であるツァラと、それに対抗するブルトンとのあいだで対立が深まった結果、一九二二年以降パリにおけるダダの流行が失速したことは、この時期を扱っている文学史家の大部分が一致して認めているのであるが、そのきっかけとなったのは、バレス裁判ないしパリ会議[7]である。しかし、このパリ会議については、アラゴン自身は煮えきらない態度を示している。アラゴンは語っている。

この過渡的な時期において、ブルトンは、他の連中が到着する前に、われわれ五人のメンバーの孤立状態を変え、打ち破るための手段を見つけようとしたんだよ。結局彼の考えというのは、パリ会議と呼ばれるものを組織することだった。ぼくの方は、われわれがそれまでつねに闘ってきた連中、わかりやすく言えば、軽蔑していた連中と関係を持つことになるこの話にはまったく反対だったんだ。しかし、だからといって、ブルトンと訣別するわけにはいかないじゃないか。それで、彼の好きなようにさせたんだが、ぼくは、これには積極的になれなかったんだ。個性豊かな文学者や芸術家たちのこのようなごた混ぜ状態には、闘いの基本方針が必要だった。ところで、それはとてもまずい結末になった。ブルトンはこの会議をしっかり調整しなければならなかったが、これに対してぼくは、個人的には、乗り気にはなれなかった。というのも、ブルトンが、ぼくの手に余るような、我慢のならない事柄にのめり込んでいると思われたからなんだ(8)。

しかし、実際上、ダダと未来のシュルレアリストたちとのあいだで派手な決裂が見られたのは、「髭の生えた心臓の夕べ」のときだった。

一言で言えば、この「夕べ」についてのアラゴンの文章は、論争的で断定的である。これが本当にアラゴンが書いたものかと疑われるような文章の一つであるが、たぶん、ツァラとの、敵意に満ちた、感情的でぎくしゃくした関係のなかで、怒りにまかせて書かれたことを証明するものである。しかしながら、アラゴンは、この『計画』の別の章では、ツァラに対して首尾一貫した称賛を表明しているし、すぐに仲直りをして、ブルトンに対してと同じように、それぞれの政治的立場の違いを超えて、つねに極めて高い評価を保つことになる。

これらの出来事は詳しく述べられているが、その余韻がまだ残っているときに書かれたその文章には、さらに、幾つかの判断、あるいは思い違いも含まれている。アラゴンはそれらを長く引きずるようなことはなく、少なくとも発表するときには注釈を付けようと望んでいた節がある。(9) それにしてもである。情熱はこの場合、他の状況における以上に有効に働くようである。そして情熱は、人それぞれの立場を際立たせるという利点があるし、また、芸術的立場の選択と友情や反感とが混ざり合っているような論争の背景を探るのに役立つものでもある。これらのアラゴンの証言は、たとえばローザン公爵について書かれたサン・シモンの回想と同じように、貴重な資料となるだけの価値を持っているのだが、それにユーモアが欠けているわけでもない。要するに、それは紛れもなくアラゴンの文章であり、ツァラについて語った文章なのである。

歴史家の役割は、客観的な事実や補助的な情報のさまざまな断片とは正反対の、多様な主観的解釈を再構築しようとすることではない。とりわけ、明らかにもはや対立する真実しか真実というものが存在しない場合には。それにしてもだ、絵画や文学の表象のコード、文化の機能そのものや文化の役割のコードを再検討する基本的瞬間、すなわちダダという名称を持つ一つの厄介な芸術が顕在化するこの瞬間こそ、勝負が演じられる諸条件を注意深く検討するに値するのだ。あのパリ・ダダの終幕が、杖の一撃や殴り合い、あるいは、（誤解を恐れずに言えば）ツァラやソニア・ドローネイやナウム・グラノフスキーといった連中の作品に対する「検閲」（催し物の中断、俳優に対する攻撃、舞台装置や照明の破壊）、さらにはツァラを攻撃するさまざまなことば（事実これらの方法によって犠牲者《ツァラ》を被告に変えたのだ）によって実行されたことどもは、逆に、これらすべての攻撃的要素に対して、できるだけ予備知識を持って不断の注意を払う必要があったということを示しているのではないだろうか。

要するに、この同じテクストのなかでアラゴンは、ピエール・ド・マッソによる場違いなことばを前にしてツァラが示した自尊心というものをほのめかしている。さまざまな証言によって、とりわけマッソの証言によって、ツァラはユダヤ人であるというほのめかしに対して、ツァラ自身が敏感であったことが知られている。それはたぶん間違いではないだろう。なぜなら、彼がユダヤ人であることは稀にしか言及されないとしても、それは多くの場合、彼に対する敵対的な文脈においてなされるからだ。アラゴンによってここで取り上げられた事実に戻るならば、『新フランス評論』誌（一九二〇年四月）で、ジッドの筆によって、もっと陰険で、巧みに仕組まれたほのめかしを受けただけに、ツァラはいっそう友人たちの皮肉と無理解を強く感じたに違いない。そのジッドはさらに、ダダについての長い論文のなかで、ツァラの名前を挙げないばかりか、ペンネームを用いることが通例になっていることを無視する振りをして（これはエリュアール＝グランデル〔グランデルはエリュアールの本名〕に対して向けられた非難ではない）、ツァラの戸籍上の問題を持ち出すことによって、ほのめかしという離れ業をやってのけたのである。名前の問題は決して意味のないことではないのであって、ダダ＝ツァラという名称の一致を取り上げることについて、ジッドは、運動の名称に言及しながら、ツァラが「自分の本名で署名しない」ことに非難を加えるのである。(10) ジッドはとりわけ次のように書いている。

ダダの創設者〔ツァラのこと〕にとって大変不幸だったのは、自己の生み出した運動によって自分が引きまわされ、彼自身が自分の仕掛けによって押し潰されたことだ。

それは遺憾なことだ。

それはとても若い男だという。

その男は魅力的だという噂だ（マリネッティでさえ魅惑に抗しきれなかった）。

彼は外国人らしい――わたしは人の言うことを簡単に信じてしまう。

ユダヤ人――とあえて言おう。

彼は自分の本名で署名しないらしい。だからダダは偽名にすぎないと、わたしはすぐに信じてしまう。

ダダ――それは洪水であり、そのあとですべてが再開される。

わがフランス文化をあまり重視しないのは、その男が外国人だからだ。こうした外国人に対してフランス文化の嫡出の相続人たちは抗議するだろう、外国人というのは失うものよりも得るものの方が多いのだということを、ほとんどわかろうともしないと言って。(11)

『現代文学史計画』について言えば、これは幾つかの部分に分かれていて、その概要は四ページにわたる目次で示されている。この目次は、あの有名なダダ・シュルレアリスムの雑誌〔『リテラチュール』のこと〕の復刻版が出たときにも、読者や研究者の注意を喚起したようには思われない。しかもアラゴンは、この種の著書をまったく出版せず、たぶん、その題名が示しているように、この『計画』はまさに計画のままであったと推定されるからである。

アラゴンが、『無限の擁護』は破棄されてしまったと人々が噂をするのを否定しなかったのと同じように、ジャン・リスタが次のように書くのを否定せず(12)、むしろ、書くようにしむけたのだった。すなわち、発表された唯一の断章である「アガディール」(一九二三年二月号の『リテラチュール』(13))を除いて、まさに輝くばかりのこの『計画』は決して書かれなかった、と。

実際には、アラゴンはこの『計画』の何章かを執筆していたのである。デザイナーでありメセナであったジャック・ドゥーセの求めに応じて、アラゴンはこれらを構想していたのだった。それはちょうど、彼が医学の勉強を放棄したばかりの頃であった（一九二二年の初め）。このとき、アンドレ・ブルトンがアラゴンをジャック・ドゥーセに紹介したのだが、ドゥーセはすぐにアラゴンに好意を示した[14]。それは、一九二三年四月に、友人たちの圧力のせいで、アラゴンが〔その年の〕一月以来働いていた『パリ・ジュルナル』紙を辞めたときだったので[15]、アラゴンにとってはとりわけ有り難いものだった。

ところが、ジャック・ドゥーセによる資金援助が増加したおかげで、『計画』の何章かを執筆するよりもジベルニィに引き籠って一冊の著作を書くこと（それは職業生活を目指す作家にはいっそう似つかわしい不定期の仕事である）が可能となったので、彼は『無限の擁護』の執筆に完全に没頭したように思われる。さらには、『現代文学史』よりも『パリの農夫』の幾つかの断章を送ることによって、このメセナを満足させたように思われる[16]。

『無限の擁護』と『パリの農夫』〔一〕の読者は、この現存する『現代文学史』の各章や前述の「目次」が想像させるものだけで満足するしかない。このなかでは、アラゴンがモチーフに応じて、ブルトン、ツァラ、エルンスト、ジッド、ヴァレリー、さらにはダダ運動のあまり知られていない主役たち、たとえばパンサールといった連中の、情熱的で激越な肖像をかわるがわる描いているのがわかるだろう。ただ残念なのは、一人の作家は自分のうちに所有している作品から逃れることができないという事実に新たに気づきながら、この『計画』が完成するまでにはいたらなかったということであろう。

公認のダダの歴史に対して決定的な視線や皮肉を投げかけつつ、これらの文章は、当事者の証言によって、この時期を扱う文学史家たちの（まさに非公式の）解釈を訂正し、補足し、あるいは複雑化している。そして、ジャック・リヴィエールが一九二〇年には間違いなく見極めていたように、この作者は、当時における文学の場の前景へと位置づけ直される。

　実際に、さまざまな状況にもかかわらず、正確に言えばさまざまな状況のおかげで、アラゴンのダダへの愛着はつねに変わることはなかった。それゆえ、『磁場』が再版されたとき[17]、彼は『レ・レットル・フランセーズ』紙に「二つに切断された人間」と題する一文〔二〕を寄せ[18]、そのなかで、五〇年経ったあとでも、彼がダダに認めていた重要性、すなわちシュルレアリスムの隆盛が頂点に達した一九二九年に、「一九三〇年への序論」[19]という論文〔三〕において主張している重要性を、確認したのだった。

テクストについての注記

雑誌『リテラチュール』に当時発表された「アガディール」を除いて、『現代文学史計画』の原稿はすべて、ジャック・ドゥーセ文学図書館に保有されている。それは、アラゴンの「現代文学史資料」のタイトルで、整理番号7210-7226/BIV3として保存されている。

われわれは、この草稿に忠実に従った。草稿はインクで書かれており、原稿によってはしばしば変色し、ときには同じ章のあいだでも色が違っている。その用紙の大きさはさまざまで、とても大きなサイズもある（この場合は二つ折りになっている）。明らかに不注意で間違えられた若干の固有名詞の綴りだけは訂正した。ただし、意識的な改変（たとえば、「ピカビアのヴェルニサージュ」の章に登場する人物の一人が口にしているPoiretをPoiréにしている場合など）は、言うまでもなくそのままにしている。

終わりにあたって、とりわけ次の方々に感謝の意を表したい。アラゴンのテクストをタイプ原稿にしてくれたわれわれの友人アンヌ・バレス、われわれを援助し、ジャック・ドゥーセ文学図書館を開放してくれたフランソワ・シャポン、親密な不断の注意力でこの本の実現にまで導いてくれたジャン＝ピエール・ドーファン、最後に、当初から信頼と寛大さをもってこの出版を見守ってくれたジャン・リスタに。

マルク・ダシー

現代文学史計画

（『リテラチュール』新シリーズ第四号、一九二二年九月、に掲載。ゴチックは本書で扱われている項目を示す――訳者）

序　論

アガディール――ルーヴルでの盗難――未来主義《フュチュリスム》――ロシアバレー――ニック・カーター――ダンカン兄弟

一九一三年から大戦まで

『アルコール』――ロートレアモンはいかに語られたか――『詩と散文』誌、「クロズリー・デ・リラ」――ランボーを手にしたポール・クローデル――『ラ・ファランジュ』誌――『ソワレ・ド・パリ』誌の時期――ギヨーム・アポリネールはある日グラン・プリ賞で未来派と結託する――ワイシャツ姿のサヴィニョ――アンデパンダン派――クラヴァン――男爵夫人――『ル・ファレーヌ』誌――『春の祭典』――キリコ――『夢』を含むアルチュール・ランボーの手紙（『N・R・F』誌一九一四

年八月一日号）

一九一四年八月一日からアポリネールの死（一九一八年一一月一〇日）まで

映画、チャップリンおよび『吸血鬼』——『モ〔ことば〕』誌、『エラン〔飛躍〕』誌、『ソルスティス〔至〕』誌——モンパルナス派とモンマルトル派——ギヨーム・アポリネールと戦争——キャフェ・フロールの火曜日——**『シック』誌**——キスリング、アブデュル、モディリアーニなど——マックス・ジャコブの洗礼——Ｏ・Ｓ・Ｔ（軌壕のなかの兵士の作品）のマニフェスタシオン、フィリップ・スーポーとフェゴ人——『パレード』——ユイジャン通り、音楽の交流するところ——『チレジアスの乳房』——ジャック・ヴァシェ——ロシア革命——**ポール・ヴァレリーの『若きパルク』出版**——フランケル＝コクトー事件、現代詩をいかに考えるか——『二九一』誌——**『ノール＝シュド』誌**——モンマルトル派の争い——サティ裁判——ヴァル・ド・グラスとアンドレ・ブルトン——検閲官アポリネールとルイ・デリュック——ジョッフル将軍を称えるソネットを作る——ジャリの影響が感じられる——ギヨーム・アポリネールとエスプリ・ヌーボー、ロジェ・アラール、文学のキュビスム——入院中のフィリップ・スーポー——『Ｎ・Ｒ・Ｆ』誌の販売組織——『レ・トロワ・ローズ』誌、『レヴァンタイユ』誌、『ランスタン』誌、『ラ・ベル・エディション』誌、オーレル夫人、ララ夫人、『芸術と生活』誌——『ソワ・メーム』誌と『ラ・キャラヴァン』誌、——『三九一』誌——

ピエール・ベルタン、オデオン座での『ペレアス』公演——ヴィユ・コロンビエ座のバトリ夫人——ポール・ギヨーム、ローザンベール兄弟——スペイン、スイス、アメリカにおけるピカビア——大戦中のスイス：ダダ、ボロ、カゼラ、ギルボー、ロマン・ローラン——スペイン：マリー・ローランサン、ロベール・ドローネイ——アメリカ：マルセル・デュシャン、マン・レイ、クラヴァン、W・C・アレンスバーグなど——ドイツ：ヒュルゼンベック、バアダー、マックス・エルンスト、バアゲルトなど——『レ・ゼクリ・ヌーボー』誌、アンドレ・ジェルマンのアンドレ・ブルトン崇拝——ヴァレリー家での夕べ——モレにおけるアンドレ・ブルトン——アメリカの幻影——アドリエンヌ・モニエ——デルメ氏と狂人たち——フィリップ・スーポーの結婚——ギヨーム・アポリネールの死

休戦からダダまで（一九一八年一一月から一九二〇年一月）

『ダダ宣言一九一八』——文学のキュビスムの体系化——『オージュルデュイ』誌の創刊と廃刊——『ヴァロリ・プラスティッチ』誌——『芸術と生活』誌が『芸術と行動』と改題——コクトー体裁を整える——ジャック・ヴァシェの死——コラージュの時代——物語詩『ジュウ・デュ・モンド』、『雄牛の皮』——『ル・クラプイヨ』誌、『ウーロップ・ヌヴェル』誌——『**リテラチュール』誌序説（若きクリックノワ）——時流に通じるジッド——『リテラチュール』誌**——シェルシュ＝ミディ通りのサン・パレイユ社——ポール・モーランの文学的出発——イジドール・デュカス——マックス・

ジャコブと小人物たち――**ルヴェルディのマチネーとレイモン・ラディゲ**――『N・R・F』誌の再刊――ライン川のほとりのフランケル――パリへの帰還――『磁場』――『時間の色』、ポール・エリュアールが死者を意識する――シュルレアリスム――文学賞――キュビスムにうんざりし始めた頃――チューリッヒとの通信――国際的関係の確立（エズラ・パウンド、イヴァン・ゴルなど）――ドリュ・ラ・ロシェルとの出会い――ヴラマンク、ドラン、ピカソ――絵画における反動攻勢と初期アンデパンダン展、あちこちで評判のJ・L・ヴォードワイエ、A・ロート、J・E・ブランシュ、ルイ・ヴォークセル――『ファヴォリ』誌の発刊――文学批評家J・E・ブランシュ――ヴァル・ド・グラスでのジョルジュ・オーリック――モーリス・レイナルと『ルネサンス』誌――フェルナン・ヴァンデランと現代文学の発見――すべてを巻き添えにしなければならない――最初の軋み（ルヴェルディ）――フランシス・ピカビアのパリ帰還

ダダ（**一九二〇年一月から一九二一年一〇月**）

ピカビア――**ツァラ**――リブモン゠デセーニュ――**ロシアバレー**、**毛皮のコートの盗難**――**最初の『リテラチュール』の金曜日**――大いなる怒り――『黄金分割』――**マニフェスタシオンの時期**、**グラン・パレ**、**フォーブール**、ユニヴェルシテ・ポピュレール、ウーブル、匿名の手紙、ガヴォー・ホール――ラシルドとダダ――ガリマールのサロン――アンドレ・ブルトンの家での蛮行――ダダと

『N・R・F』誌——エルランジェ夫人のサロン、ドリュ、エーヴ・フランシス——ラリボワジィエールに入院中のマックス・ジャコブ、バンジャマン・ペレの登場——ダダの観衆——ダダが哲学的成功を求める——**ミス・バーネイ邸におけるポール・ヴァレリー**——ミュルフェルトのサロン——アンドレ・ジェルマン、モンタボール街の招待——沈黙——サン・パレイユ書店の展示会——ダダ叢書の出版——『カニヴァル』誌——ツァラ、シャトーブリアンを真似る——クレス社のアンソロジー——ド・ノアイユ夫人——**クレマン・パンサールとベルギー**——**ピカビアの成功**、**ポヴォロツキー画廊におけるヴェルニサージュ**——カルコ、コラとミスタンゲットにとっての偉大なる人物——『屋上の雄牛』とコクトーの芝居——ピカビアがわれわれのもとを去る——ジャック・リゴーの幻想——『三九一』誌再説——画家たちはどこへ行く。ラポポール夫人邸におけるJ・A・モロー、ナム、スゴンザクなど——**ドイツ的幻像**、**マックス・エルンストの展示会とマニフェスタシオン**——パリでのマリネッティ、ギュスタブ・カーン夫人の怒り——カーンワイラー即売会——サン・ジュリアン・ル・ポーヴル——ルイ・デリュックの映画——バレス事件——正式破門——解体のささやかな試み、ある財布の話——ピカビア、ジュール・ロマンと交代した『リトル・レヴュー』誌の編集長——さまざまな分裂——アンドレ・ブルトン、ダダからの離反——**サロン・ダダ**、**プログラムとマニフェスタシオン**——フュチュリストの擬音係——エベルト、サロン・ダダの閉幕——サン=ブリースにおけるポール・エリュアール——『エッフェル塔の花婿花嫁』、ロベール・ドローネイ——モンパルナス派の新

たな騒動——田舎におけるブランシュ——二一年秋のチロル

ダダ以後（**一九二一年一〇月から現在まで**）

ブルーセ家の夕べ——ジョルジュ・ブラックの一撃——仲違い——フェルナン・ディヴォワールと詩の関係（公教育）——『アヴァンチュール』誌、ロジェ・ヴィトラック、ジャック・バロン（アンリ・クリクノワ再登場）——マン・レイのヴェルニサージュとシクス書店——パリ会議（マックス・モリーズ）——コクトー、ブルトンとの再会を願う——オーレル夫人のサロン依然健在——パリ会議（C・P）委員会——アンドレ・ブルトンとフランシス・ピカビアの再会、さまざまな啓示——仮面の剝げたツァラ——感情の一大危機とそのあとに続くもの——クロズリー・デ・リラ——「会議」はどのように終わったか——**「髭の生えた心臓」は「毛の生えた目」と呼ばれるはずだった**——イギリス旅行、ル・アーヴルでのジョルジュ・ランブール——『デ〔賽子〕』誌とツァラの計略——アメリカ人ジョゼフソン、ブラウン、カミングス——ウィーンの分派——『カリガリ博士』——劇作家サルモン——ロベール・デスノス——小カジノ、マニフェスタシオンの計画——『マタン』紙のバンジャマン・ペレ——禁止されたマニフェスタシオン、カイロ横町の美観——アナーキストの環境——偉大なる写真家マン・レイ——文学者の組織化——ベッサラボ裁判——田舎におけるフランシス・ピカビア——チロルにおけるポール・エリュアール——実業家フィリップ・スーポー——ドリュのパリ帰還

――キャフェ・ビュリエにおける舞踏会――クロッティの絵画、アンドレ・ロート――フランシス・カルコへ与えられた文学大賞――ポール・スーデイのボードレール攻撃、まだ何も理解されていない

結　論

一九二二年初夏における精神の状態――ダダはなぜ世界を救済できなかったか――新しい鉄道文学の前兆、シャトーブリアンとマックス・ジャコブがその典型となるだろう――反動の波――まだ首つり自殺をしなかった何人かの人たち――すべてが分類される――普遍的な凡庸さ――いかにして歴史が書かれるか

目次

凡例
序文 *iii*
——草稿の経緯について——
テクストについての注記 *xv*
現代文学史計画 *xvii*
アガディール——003
『吸血鬼』——009
『ペレアス』再演——013
ポール・ヴァレリーの『若きパルク』出版——019
ピエール・アルベール＝ビロ——023

アンドレ・ジッド——031
アンドレ・ジッド（その2）——039
『リテラチュール』誌の創刊——047
レオンス・ローザンベール画廊でのルヴェルディのマチネー——061
トリスタン・ツァラのパリ到着——067
最初の『リテラチュール』の金曜日（その1）——075
最初の『リテラチュール』の金曜日（その2）——085
フォーブールのマニフェスタシオン——097
ミス・バーネイ邸におけるポール・ヴァレリー——105
クレマン・パンサール（一八八五—一九二二）——111
一九二一年、大いなるダダの季節——121
ポヴォロツキー画廊におけるピカビア展のヴェルニサージュ——129

「髭の生えた心臓」の夕べ（一九二三年七月六日）――143
幻像の画家マックス・エルンスト――163
さまざまな小説の一年（一九二二年七月―一九二三年八月）――171

＊

編者注 189
訳者注 232
訳者解説 239
人名索引

ダダ追想

アガディール(1)

その結果によるというよりは明白な価値によって際立っている幾つかの事実が、明らかに一つの世代全体に共通する特徴を示している。そうした事実を、同じ年代や同じ時期の精神に対する一つの衝撃として認識し容認したことによって、まったく異なる何千もの人々が、消しがたい不思議な仕方で一つに結び付く。それらの人々はまったく似ていないので、彼らのあいだに醸し出されている親密な様子とか不快な類縁関係が、初めのうちはわからないほどである。熟達した筆跡鑑定人ならば、まさしく同時代のものであることを示す文体《エクリチュール》の類似によって、生まれた時代を見分けることだってできるかもしれないが、それはまだ現実についての大雑把なイメージの一面にすぎない。さまざまな思考法や観念の連想こそがこうした類似の特徴をなしており、それこそが何よりもまず世代ということばを用いることを可能にしているものであり、ぼくの世代について話すのを当然のこととしているものである。歴史というものを書くことができるのも、望むと否とにかかわらず、世代に依拠してなのだ。

ある時代の詩的精神状況。それは、さまざまな状況の限りない変化のなかで、最初の一行を書き始めるときの、あの突然のひらめきといったものから生まれる。それは、人生について学んでいる者たちを揺さぶる感情の傷痕《トラウマ》である。こうした傷痕の暴力は特異なものであり、初期段階の精神病に見られる傷痕の暴力をはるかに凌ぐものである。しかもこの傷痕は、ある国民や世界の精神病の根源をなしているのだ。何もかもが説明されうると思い込んで、昨日までは世紀病《マル・ド・シエクル》(一)と言ってきたものである。それはまた、別の考え方をすれば、世紀善《ビアン・ド・シエクル》と名づけることだってできるだろう。実際、いま問題にしているのは、あらゆる道徳的な評価を超越した、疑問の余地のない一つの事実なのだ。いまこそ冷静な目で、歴史を、とりわけわれわれの歴史を考えるべきときである。何も病理学の講義をしようとしているわけではない。

ある事柄の世間的な評判をあらかじめ判断するのは難しいことである。驚くほど重大なもろもろの事実、そして最初から真の歴史家の心を引き付けて離さないような事実といえども、ぼくたちが子供だった頃にはほとんど重大事でなかったのはいったいなぜなのか、誰にもわかるまい。いまでは、そうした諸事実をすっかり軽んじてしまうことに、ぼくはいささか喜びさえ感じてしまう。あの万国博覧会(二)という大きな陽の光がわれわれの記憶の冥府のなかに沈んでしまって以来、今世紀の最初の一〇年間に、いったい何が昇っただろうか。エッフェル塔は別として、いったい大観覧車やあれら東洋風の建物を凌駕しえたものに何があっただろうか。東洋風の建物といえば、その見事さは、ブルジョワジーの家庭の室内で、幾つか買い整えられた品物によって、あるいは日々の食卓での会話のなかで、いつまでもその面影を残したのだった。ところで、今世紀の初めに、**動く歩道**というとんでもない代物《しろもの》の上を、科学と理性への素朴な信仰を抱いた怪物じみた行列が、海上や陸路から次々に行進してきて、目を見張らせたものだった。

　われわれ子供の視線を東方に向けても、旅順港〔三〕から放たれる危険な赤信号にはほとんど気づかず、耳に聞こえてくるのは、サハラの皇帝を名乗ったジャック・ルボディの冒険の噂〔四〕だけだった。すでに、アフリカの幻影はわれわれの幼い脳髄からは消滅している。われわれはアメリカインディアンであり、罠猟師《トラプゥール》であって、西洋風の草原劇を演じている〔アラゴンが幼い頃にインディアンごっこをしたときの思い出〕。われわれがまだインディアンごっこをして遊んでいるあいだに、アルヘシラス会議〔五〕の、あのいまいましくも不可解な悪ふざけが続けられて、それが、年上の世代に歌の素材を提供したのだった。相変わらずインディアンごっこを続けているあいだにも風向きが変わり、また、かつてなく素晴らしいヴァカンスを過ごしているうちに、砂漠の白砂を含んで重くなった風が、白い衣装を身にまとった偉大な君主の声を届けてきた。子供の算数よりはずっと不思議な名称こそ、アガディール〔六〕だ。

　ぶらんこから降りるときに、子供が恐怖の思いと幸福の思いとを発見するような最初の混乱状態。

突然の国民議会の招集。いまや人間は死すべきものと見なされる。「われわれは歴史的瞬間を生きている」と、不意に一人の馬鹿な男が言った。そのあげく、この役立たずな人物は、馬鹿げたことばを投げかけて、野生の時代の子供であり野蛮な世紀の徒刑囚であるぼくに、子供から大人になるときだと教えてくれる。もう一年も前のメーデーの頃〔一九〇六年か〕、大人たちの恐怖におののく叫びを耳にして、ぼくは、グレヴァン蠟人形館の地下蔵を飾る皇太子の窓に向かって叫んでいる革命的群衆のしかめっ面を思い出していたのだった。そして、一週間というもの、ぼくはおし黙ったまま、入口の間《ま》の飾り武具や、戸口の差し錠を見つめていたものだ。こんどは、社会の混乱は本物のようだった。それに、敗北は避け難いという強い確信もあった。七〇年の戦争〔普仏戦争〕から生まれたいくつかの単純なイメージが、われわれの家族の不安を示していた。それは「最後の薬莢」〔アルフォンス・ド・ヌーヴィルが一八七〇年の戦争を描いた画〕の絵であり、『月曜物語』〔アルフォンス・ドーデーの一八七三年の短篇集。有名な「最後の授業」など普仏戦争のエピソードが描かれている〕における占領の小話であり、何の意味もないスダンやバゼーヌという地名〔ともに第一次大戦の激戦地〕である。とはいえ、スダンやバゼーヌという地名の恥ずべき意味は、聞くに堪えないその発音や、思わず握りしめた拳とともに、よく知られている。そしてまた、とても憂鬱な小唄も聞こえてくる。

　やつらは俺のヴァイオリンを壊してしまった。
　ヴァイオリンにはフランス魂があったから。

二、三年のあいだ、人々はあの魅惑的なクリスマスのあとの出来事を反芻した。「それはアガディールより以前だった、それはアガディールの直後だった……」。それから彼らは、出来事を推測し、将校たちやトランプの遊び手たち〔アガディールに住んでいたフランス人のこと〕の白い亡霊のことを忘れてしまった。

若いバッファロ〔バッファロ・ビル、一八四六—一九一七。アメリカの狩猟家。アメリカ人の典型として引き合いに出されている〕とも言うべきあの国民はみな、教科書の新しいページに目をやり、ちょっと驚いて足を止める。この国民は信じ込んでいた、世界で最も差し迫った仕事とは、自分の足跡を消すことができるかどうか、眠っている形を残したまま布団から抜け出すことができるかどうかであることを。彼らの足を引き止めるのは、**アガディール**ということばの響きなのだろうか。これらの事件を引き起こした連中やアパッチ族に最初に顔を向けさせたものはいったい何か、誰にもわからないだろう(2)。

『吸血鬼』

一つの世界全体を覆う特異な雰囲気といったものも、いつの日にか雲散霧消してしまうものだ。するとほとんどすぐに物事は理解不可能なものとなる。とりわけ、忘れ去られ、切り捨てられた記憶によって妙な粉飾を施さずに、物事をありのままに思い出そうとする者にとっては。まだ二十歳にも達していなかったわれわれ若者が、第一次大戦が始まったとき、入学を控えて、一変してしまった人生を、どんな目で見つめていたのだろうか。

平和な年月のセピア色の記憶が、まだわれわれの若々しい瞳に反射していた。劇的だが曖昧な感覚が、あらゆるものに対する荒々しく生き生きとした観念をもたらしていた。もっぱら戦争に関わるもののすべて、恐怖をあおる生々しい絵を満載したあの『イリュストラシオン』誌が表わしているもののすべてが、われわれにひどい嫌悪感を催させたので、戦争が大人たちの心をすっかり支配していたあの当時には、若者たちの心にも戦争は遠い存在ではなかったと言っても過言ではない、と思われる。われわれが心引かれていたものは、押し付けられた道徳から逃れられるもののすべて、すなわち、贅沢、お祭り騒ぎ、さまざまな悪習、そしてヒロインとなった人気絶頂の自由奔放な女優のイメージといったものだった。こうした精神状態を正確に示す一つの資料がある。ぼくが述べたいのはこのことだ。一つの世代全体が世界について抱いている観念は、映画館のなかで形成されたのである。そうした観念を要約しているのは一本の映画であり、娯楽映画である。若者たちが『吸血鬼』のミュジドラ〔一世を風靡したフランスの女優。一八八九―一九五七〕にすっかり夢中になってしまったのだ。

それは、へぼな映画監督ルイ・フゥイヤード〔二十世紀前半の代表的なフランスの映画監督。一八七三―一九二五〕の作品で、その当時から彼は、作品がくだらないことで知られていた。おまけにゴーモン社〔レオン・ゴーモンが一八九五年に設立した娯楽映画会社〕の映画であることもすべてを語っている。しかし、素晴らしい俳優たちと、偶然にもこの時代にぴったりの主題を選んだことによって、平凡な作品で終わったかもしれないものが、マルヌやヴェルダン〔いずれも第一次大戦の激戦地〕以上に、少なからぬ人たちの精神を生き生きと示す叙事詩の一つとなったのだ。当時は娯楽映画は新鮮だった。本物の熱狂が若者たちの心を捉え、そして彼らが期待したのは、小説の後追いなどではなくて、映画が目指す目的そのものだった。鮮やかで感動的な映画の活劇俳優たちが性急に求める誘惑こそ、大袈裟かつ明確なやり方で、初めて知的な人生の問題を投げかけたのである。それ以来、こうした人生の問題を、ライプニッツやランボーやバレスといった文学的作品に求めることも少なくなってしまった。モレノ〔コメディ・フランセーズの女優だが、映画に出演するようになった。一八七一—一九四八〕、あるいはイルマ・ヴェップ(1)の事例を誰にでも一般化するのは簡単だった。つまり、映画にのめり込むしかなかったのだ。人々が陥っている驚くべき道徳的混迷のなかで、若い連中が、あの憧れの悪党どもの姿に、自分たちの理想や正当性を認めないことなどありえようか。こうした事実と禁じられた熱狂とをいっそう掻き立てるかのように、ジャーナリズムはいっせいに映画を犯罪の学校として告発したのだった。思想点検の餌食となった子供たちは、新聞の常套句を秘かに承認しながら、自分たち自身の正しい目について、この上ない自信をひけらかしたのではないだろうか。そうなのだ、子供たちは、彼らを**犯罪**へと誘い込むもの、まだ少しも汚れていない希望だけが彼らを誘い込むものを求めていったのだ。

　こうした魔力や魅力に、大胆な性の露出という魅惑が加わった。芝居小屋はまだ閉まっているか、ようやく開いた時刻、ムーラン・ルージュの灯りがともったばかりだった。多くの若者たちの肉体的快楽に困惑をもたらすような点灯以外に、若い大衆の欲望にその形としるしを与えるものがあっただろうか。フランスの家長たちや道徳紊乱者たちを作り出すものはミュジドラの黒い水着だった。それゆえ、この美しい暗闇のなかの獣は、われわれのヴィーナスとなり、理性の女神となった。彼女の姿は、大学や学校のノートの終わりのページに、夢見るような手によって、いかがわしい思い出を引きずるかのように、やけに目立つインクの染みのように、描かれた。比類のない運命。彼女は、殺害されたり愚かになったり重症を負った人々の夢のなかに、あるいは馬鹿笑いをして生きながらえている人々の夢のなかに存在する最も不純なものと混ざり合うことだろう。多くの無器用な人たちがそのぎこちない表現（現代的女性、冒険の趣味、進取の精神などといった）によって言い表わそうとしたことを理解するためには、一瞬でもこの運命の不思議な支配を意識しなければならない。

　水着姿をしたミュジドラの郵便葉書が売り出されたが、それは、大きく乱暴に書かれた署名のせいで見えにくくなっていた[2]。この魅惑的な葉書について何か告白があってしかるべき人々をことごとく調査してほしいものだ。ああ、夜な夜なわれわれを訪ねてくるのは、腕のないギリシャ彫刻でもなければ、空気の精でも、ロマンチックな夢想の女淫夢魔《シュキューブ》でもない。おそらく、ここに、年長者とわれわれ若者とを分かつ根源的な無理解の理由の一つがある。われわれの感覚は、人間の歴史において、前代未聞の餌食にさらされている。われわれは、かつてのようなありふれた恋人同士ではない。われわれ固有の肉体的欲望の観念があり、その欲望は、殺人と詐欺のイメージを伴う映画によって、われわれにもたらされたものである。しかし、他方では、われわれがまったく注意を払わないままに、人々が間違いなく〔第一次大戦で〕殺害されてしまったのだ。

『ペレアス』再演

その頃〔一九一九年秋と思われる〕われわれは、よく街に出て友人たちと落ち合ったものだ。正午頃ヴァル・ド・グラス（一）から外出しては、モンパルナス大通りで、封鎖部隊の補佐官室から抜け出してきたルイ・ド・ゴンザグ＝フリック〔パリ・ダダの仲間、『ジランド』（一九一九）など。一八八三―一九五八〕と待ち合わせた（二）。ヴァル・ド・グラスでは、ロジェ・アラール（われわれの当番のときに第二連隊の負傷者として運ばれてきた）はほとんど恢復していたが、その枕元で、フリックやフルゥーレと出会ったのだった。

ところで、ヴァル・ド・グラス広場に面して、キャフェ（そこでは偽の外出許可証を発行していた）の真向かいに、ベルタンの家があった。辞書のヴィダル社でアルバイトをしていた医学生のピエール・ベルタン（1）は、ブルトンとぼくの知り合いだった。われわれの宿舎が近かったので、よくベルタン家に上がったものだ。ベルタンは、その家族とは違って、よく見かけるような、やたらとパリ風な男というわけでもなかった。自分なりの、それほどしっかりした意見を持ってはいなかったので、「マックス・ジャコブは重要だと思うかい？」などと問いかけたりした。それに対するぼくの返事は真面目なものとは限らなかった、と言わねばならない。曖昧な判断とか断定的な判断を下して、彼の不安を掻き立てて楽しんだ。この若い俳優《ベルタン》は、観客の前でブルトンの詩を幾つか朗読したとき、ブルトンの詩がとても気に入っているように見えた。しかし、ぼくは彼のことをこんな風に評したものだ、あんまり都会的ではないし、鼻が尖っていて、うんざりするほどキーキー声を発するし、おまけに近眼で、顔にパウダーを塗りたくって、不格好な洋服を着ている、と。いつも二枚目でありたいと願っていたピエール・ベルタンも、その頃はかなり間抜けな様子だった。彼の内には一種の情熱が潜んでいるが、趣味や優雅さや意欲を身に付けようとしてもうまくいかないように見えた。実を言えば、彼こそ、現代詩などというものの存在に疑問を抱いていると思えるただ一人の俳優だったのだ。しかし、とても物怖じするたちだったので、たとえば、初めてマックス・ジャコブを訪問したときに受けたもてなしとか、ジャコブから「きみ」と親しげに声をかけられたこととか、ジャコブの神秘的な物言いや無遠慮さにびっくり仰天してしまうのだった。

ところで、バトリ夫人〔ドビュッシー、サティ、ラヴェルを得意としたピアニスト。一八七七―一九七〇〕が、ヴィユ＝コロンビエ座におけるマチネーで、詩の朗読部分の構成をベルタンに依頼したのは、なんと素晴らしい企画だったことか！　この話はそんなに以前のことではない。ベルタンが女流ピアニストのメイエル嬢[2]と婚約した頃のことである。

ぼくは、このピアニストの両親の家で過ごした夕べのことを覚えている。婚約者の姉妹たちが勢ぞろいしていた。この小さな集まりでは将来の計画が練られていて、そのおかげでピエール・ベルタンがフランス文学史と関わり合う運命となったのである。実際この時期というのは、書かれたものが大衆に読まれることなど期待できなかったので、俳優が重要な役割を果たすと思われた。ベルタン以外にいったい誰がその役を果たしえようか。

ベルタンが大きな仕事をやろうとしたのは、結婚後間もない頃だった。一九一八年以降に人々の精神が辿った道を示そうとしてもすべてを語り尽くすことはできないが、いったいどういうわけでメーテルリンク〔ベルギー生まれの詩人、劇作家。一八六二―一九四九〕がまだ斬新な作家と思われたのだろうか。『ペレアス』を上演するには、世間の本当の評判などまったく気にしない覚悟が必要だったのだ。そして、ベルタンがオデオン座の支配人から上演の許可をもらったのも、実はその覚悟あってのことなのである。ほとんど満員の観客（リュクサンブール座から名称が変わったことに気づかない人々が興味本位にやって来た）を前にして、公演は失笑を買わずには済まなかった。メリザンドの髪は短すぎたのに、ベルタン演じるペレアスが明らかにその髪をつかむ振りをしたからである。まるで一生懸命に芝居を演じる児童が、船に乗っているかのように、あるいは髪が長いかのように、それらしく演技しているのに似ていた。

芝居はほとんどすべてがこんな具合だった。観客は騙されはしなかった。ペレアスはきわめて挑発的な態度を取り続けた、ということは認めねばなるまい。そして、ゴロ〔登場人物の一人。メリザンドの死後、その子供を育てる〕が、恋人たちを監視させるために子供を高く持ち上げると、観客席からは卑猥な笑いが巻き起こった。ぼくは、観客に抗議したいと思ったが、それは単なるヒロイズムにすぎない。公演がはねてから楽屋へ行って、ベルタンと握手をした。そこにはジョルジェット・ルブラン[3]や、彼女の甥や姪たちがいて、めいめいが朗読を誉め、彼をサン＝ヴァンドリル〔メーテルリンクの私邸があった〕へ招待するのだった。ジョルジェット・ルブランは、詩人メーテルリンクのことを、不遇の天才に対して示されるあの尊敬の念を込めて語った。みんなが、舞台装置のまずさやメリザンドの失敗を取りなした。メリザンドという平凡な創作上の人物がなぜルブラン夫人をいらだたせたかがよくわかるというわけだ。ベルタンは、自分が克服しなければならなかったさまざまな難しい工夫について語った。たとえば、芝居の一齣で、羊の群れが舞台の袖を通るときに、子羊がメーと鳴く声を何とか真似ようとして、ふいごを吹いたのだった。実際それはうまくいったと彼は思ったに違いない。しかし、ブルトンとぼくは、まったく容赦しなかった。芝居が引ける頃には雨になっていて、夜もふけていた。サン＝ジェルマン大通りでベルタンと再び出会ったときには、彼はしょんぼりとして、しょげかえった様子だった。やっぱり『ペレアス』のせいなのだ！　ところがブルトンは、この不幸な男に向かってぽつりとつぶやいた。「どうしたって『ペレアス』は難しいんだよ、いまは無理なんだよ」。「それじゃ、いったい何を演じたらいいのかね？」とベルタンが言った。ぼくたちが舞台芸術を地下に葬ったとでも思ったのだろう。

要するに、失敗だ、無駄だ、幼稚だ、滑稽だと言われながら、このときの『ペレアス』の再演は、長い年月が経ったあとで、一つの時代、一つの転機を意味したのである。ピエール・ベルタン一座は、自分たちこそがこのようなきっかけを作り出したことを少しもわかっていない。教科書で、ワシントン大統領に答えたラファイエットの演説を読む代わりに、ぼくと同じように『ペレアス』を学校机の下で盗み読みしていた連中、十三歳にしてこのしたたかなベルギー人〔メーテルリンクのこと〕の本を手にして感動していたような連中にとっては、記念すべき日のしるし、つまりあのペテンが必要だったのだ。色を染めた短すぎるメリザンドの髪の毛にいつまでも窒息していた**サンボリスム**から解放されるためなのだ。まだ二十歳にすぎないわれわれにとっては、二流のオデオン座におけるこの単調な芝居のおかげで、『ユビュ王』〔アルフレッド・ジャリの一八九六年の作品〕や『チレジアスの乳房』〔アポリネールの一九一七年の作品〕がどんなに際立ったことだろう！『ペレアス』のなかにわれわれが確認したものは、われわれの精神とは正反対な精神の敗北であり、見出されたかもしれないユーモア（ヴァシェの言う意味での〔三〕）をまったく欠いた精神の敗北である。

『ペレアス』に対するわれわれの退屈な気持ちこそ、この場合、われわれ自身を新たに確認させる機会となったのだ。

ポール・ヴァレリーの『若きパルク』出版

単純な疑問を提出することによって何もかもが変わってしまう。同じ人物の書いたものであっても、ことのほか大事であったものが、またたく間にわれわれの嫌悪の対象になってしまうことさえある。ポール・ヴァレリーの冒険は、この点から見てとりわけ重要な意味を持っている。彼自身の簡潔なことばによれば、一つの道に身を投じたこの人物《ヴァレリー》がテスト氏の謎を残したあとで沈黙してしまったのは〔二〕、二〇年後に人々の頭を混乱させるためだったのである。それは象牙の塔に籠ることでも、謙虚さを示すことでもなかった。わがヴァレリーは実験者という姿を見せたのだ。そして何よりも、『若きパルク』の出版〔一九一七年四月〕が、この実験者としての態度を裏切るようには見えなかったことだ。事態は世間の無頓着のうちに過ぎた。実のところ、まことに不思議な話であり、その意味するところは人の理解の範囲を超えていた。一種不謹慎な光景、それがいったい何を意味するのか、もう誰にもわからなかった。まったく逆に、すべてを一種の状況詩と受け取るべきだろうか。実際、その頃は戦争のさなかだったことを忘れた者はいないのだが、マラルメやユイスマンスのこの旧友《ヴァレリー》は、新聞のあの目障りな大見出しを忘れてしまおうとしたのかもしれない。

ヴェルダンは突破されることはない。

無益で道理のないあらゆることばを駆使して歌う。

湿った、藻の絡んだ大地よ、ぼくを連れて行っておくれ〔『若きパルク』の一節〕。

このとき、ヴァレリーは自分を語らなかったのだ。

ヴァレリーは何を言おうとしたのか。彼は言っている、「わたしがものを書くのは、とりわけ文学好きの大衆のためではない。人づてに手渡されるささやかな個人コレクションのためであり、大勢の人間のためではない」。

さらに、別の機会に言っている。

「知的生活とは、要するに評価能力と過小評価能力との不可思議な交代である。人はまるで、何か問題を出されて黒板に向かい、書いたり消したりをくり返すのと同じように、黒板の片隅に大事なことを書き残して、あれやこれやと考えるのだ」。

この文章全体が奇妙なものであり、まだ真意のわからないところがあった（たぶんぼくの理解力不足のせいだ）。「不可解な紳士だ！」とぼくがつぶやいたのは、尊敬の念がないからではない。ヴァレリーにあっては、知性こそ主要な資質であり、自分の感覚というものを彼自身が否定している。『若きパルク』が出版されたとき、表紙に描かれた、鏡を覗き込んでいる蛇のデザインに注目したものは誰一人としていなかった。この小型本は一般の無関心のうちに見過ごされ、三年間で絶版になってしまった。いまではヴァレリーを崇拝するようになった人たちも、当時はこの本を無視していたのだ。差し出された手の相を見ようとしたのは、何人かの人たちだけであり、その人たちの名前を挙げると本当にびっくりしてしまいそうだ。そしてまた、彼らこそ、エドモン・テストの手を一瞬なりとも握りしめた、と思い込んだのだった。

ピエール・アルベール＝ビロ[1]

第一次大戦のあいだ、フランスには二人の偉大な人物が存在した。ジョフル将軍〔第一次大戦フランスの総司令官。一八五二―一九三一〕とピエール・アルベール＝ビロである。今後、あの異常な時期に書かれたものを参照したいと思う人たちにとって、『シック』誌の編集長《ビロ》が、かくも長きにわたってどんなに名声を博したかを知ったならば[2]、これ以上の驚きはないだろう。

名だたるスキャンダル。ビロが目立たない小詩を発表したとたん、ジャーナリストも学者ぶった連中も怒号を発し、中傷記事を書きたくてむずむずしているその狂気じみた手を押さえることができなかった。中傷を得意とした連中が非難したのはアポリネールよりもビロに対してであって、この連中ときたら、どんな革新者に対しても必ず憤懣をぶつけるのであり、少しでも優れたところのある者には、ことごとく非難を浴びせてきたのだった。「笑い（発表時は「赤い笑い」）」、「ファンタジオ」、

「パリ生活」〔いずれもビロの詩〕も非難をまぬがれなかった。尽きせぬ揶揄、名誉ある無理解とでも言うべきか。

　そして、ごく当然のことながら、とりわけ外国では評判は端的に現われる。ピエール・アルベール＝ビロに対してどんな役割があてがわれ、どれだけの地位が与えられたかを見ると、目を見張るものがある。とりわけスペインではすごい。『ランスタン』誌は、当初ペレス＝ホルバ(3)によって発行されたが、のちに他の者の手に移って、複製画をふんだんに使った一種の文芸誌になってから、どんなにかピエール・アルベール＝ビロを才能ある詩人として扱ったことか。ビロについてのさまざまな研究がなされ、ルヴェルディは彼の弟子とされた。ビロは新旧両大陸のあらゆる前衛雑誌に協力した。ぼくは、一九一八年頃にあるポルトガル人から送られてきた一通の手紙のことを覚えている。この男は、「あなたの流派のリーダーである偉大なビロ」と書いていた。あとは推して知るべしだ。

　ところで、このような評判はいったいどのようにして作られたのだろうか。とても口うるさく、嫉妬深くて、疑ぐり深い連中の集まりであるアヴァンギャルド派の環境のなかで、当初はほとんど印象の薄かった一人の貧相な男が、いったいどうやってそれと認められるまでになったのか。初期の頃に、ビロのような男に嫉妬を感じるといったようなことが、いささかでもありえただろうか。彼の軽い存在が有利に働いたのだ。それに、このような状況ではいつでもアポリネールの取る態度は決まっていて、彼がビロを弁護したというわけだ。ビロの作品の一つにアポリネールが与えた序文を読んでみるべきだ。そのなかでは、ビロは発熱的人物《ピロジェーヌ》にたとえられている(4)。失礼な言い方だが、一人の人間が、それと知らずに人を小馬鹿にし、このような刻印を押すなんて信じ難いことだ。しかも、一方では支持し、他方では馬鹿にしていたのである。アポリネールがビロの詩を朗読したとき、涙を流して笑ったのをぼくは目撃したことがある。アポリネールはビロの作品の馬鹿さかげんを、小躍りして、とことん強調した。たしかに、彼はこの種の馬鹿さかげんに対してある種の好みを持っていて、自分でもそれを認めてはばからなかった。それはまったく信じられない、まことにあきれ返ることであり、まさしく、これまでに見たこともないものだった。ぼくは、ビロの幾つかの詩のなかに一種の巧みさ《エレガンス》を見出したことを覚えている。明らかに、それらの詩のなかには、ジャーナリストの反応に示されるような、凡庸さからくるある種の大胆さと、作者自身にもたらされる励ましとが認められた。

　ところで、ビロが人気の頂点に立ちえたのは、ところどころ韻を踏んだ年代詩《クロニック》を作ったおかげである。しかし、これほど滑稽で無意味な作品を思い描くこともできない（他に探してみても無駄だった）。『ソワレ・ド・パリ』(5)誌以降、もはやカリグラムは見られなくなっていた。ビロはアポリネールの着想を横取りした。ビロの貧弱な頭脳のなかで、「風景詩」ということばによって、女の手仕事のような方法が甦ったのである。アポリネールは大いに関心を示し、自分の着想が間抜けな男の手よって作られたのを目にしながらも、称賛を惜しまなかった。

　それにしても、ビロをビロたらしめたのは、さまざまな悪条件にもめげずに『シック』誌を刊行するという彼の執念だった。それは一九一六年〔原文は一九一五年となっているが、一六年の勘違いと思われる〕には唯一の雑誌、ほぼ定期的に刊行される唯一の雑誌だった（『ノール＝シュド〔南＝北〕』誌は一年後にようやく刊行された）。この雑誌は若者たちに大いに開かれていて、そしてこれはビロを称賛しなければならないところだが、つねに斬新さと革新を目指していた。そのなかには、いろいろ貧弱な作品も散見されることがあったし、さまざまな間違いもあった。しかし、一歩でも後退すると思わせるものは、ビロは決して掲載しなかった。こうして、それ以降、何はともあれ、『シック』を抜きにして大戦期の文学を語ることはできなくなるだろう。この風変わりで子供じみた雑誌は、『ソワレ・ド・パリ』と『ノール＝シュド』とのあいだで、一つの地位を築くことができた。アポリネールに対するビロの心からの崇拝が、おそらくこの雑誌の出発点だった。この特異な精神の持ち主《アポリネール》との接触によって、郵便はがきのキャプション作者みたいなビロが、アヴァンギャルドの作家、想像力のリーダーへと変身したのである。ピエール・ルヴェルディ、フィリップ・スーポー、そしてピエール・ドリュ・ラ・ロシェルを登用したのは（アポリネールの示唆だと思いたいのだが）、ビロが最初であることを認めねばならない。その後、ルヴェルディの作品とほとんど間を置かずに、トリスタン・ツァラが掲載された。ツァラの詩の重要さを発見したのは、ビロがおそらく最初である。こうして、アポリネールがすでに亡くなっていたので、一九一八年から一九一九年にかけて、ツァラは『シック』のなかでは最も重要な地位を占めることになる。

ぼく自身は、あとで述べるように、いささか特別な条件で『シック』への協力を求められた。しかもそれは、ビロの自発的な考えによるというよりも、アポリネールの後押しがあったというところが本当らしい。しかし、その後ビロは、ぼくにとってきわめて魅力的な存在になったと言わねばならない。『シック』の各号には馬鹿げた作品や内容空疎なものが満載されたので、いつも世間はあきれ返っていた。アポリネールが人の訪問を受けたときに、「『シック』はもう出たかい？」とか、「『シック』はもうすぐ出るのかい？」と尋ねたということは、特筆すべきことなのだ。付け加えて言えば、この雑誌の各号の貧相な表紙、いまにもつぶれそうな特徴、明日をも知れぬ運命ということである。腹を立てるすべもなく、嘲笑するまでもないといったものだった。アポリネールはとても厳かに言ったものだ、「ビロを元気づけなくちゃ」。そう言ってアポリネールは、急に自分を奮い立たせ、若さを取り戻すかのように高笑いをするのだった。

『シック』はあちこちで目に留まるようになった。ぼくは、創刊号か第二号を、ヌイイ通りの小間物店で買ったのを覚えている。その店には切手も売っていたし（一九〇八年頃教理問答《カテシスム》へ出かける途中、この店ですっかり小遣いをはたいたものだ）、また、『赤いズボン』誌も売っていた。実のところ、新しい雑誌『シック』は、全体として見れば価値がないようで、それでいてすっかり気を和ませる率直さといった特徴を持っていた。とても家庭的なものだった。実際、ビロ氏は結婚していて、人からムッシュウ・チエールと言われていた〔二〕。そして、ビロのまわりには、彼ら夫妻の友だちであるアリー・ジュストマン[6]やシャナ・オルロフといった幾組かの芸術家のカップルが集まっていた。夫人は音楽や刺繍やデッサンや詩を嗜んでいたが、他の夫人たちもその頃にはすでに流行《はや》らなくなったものをやっていた。それが二流ホテルのような、たいへんブルジョワ的で親睦的な、ささやかな社交界を作り出していて、雨の日などに集まりが持たれていた。こうしたところから、『シック』の気取らない調子や、誰もが手に取るような雑誌の性格がにじみ出ていた。このささやかな社交界が少しずつ広がって、人々はちょっとした詩や音楽や親睦の会を思い浮かべるようになった。芝居のことも語られるようになる。それは魅力的なことだった。アポリネールはこれに着想を得た。こうして『チレジアスの乳房』の上演となったのである。それは見事に成功したのであり、ビロはそのために自分の雑誌のある号を捧げて、この上演のことを一度ならず宣伝し、この記念すべき日を忘れないために全ページを割いたほどである。ぼくもそのページの一端を担当するように言われたのだった[7]。

ビロは今度は劇作家になった。しかし、控え目に、人形芝居を書いたのである。そのことが、先に述べたあの集まりにちょっとした物議を醸した。みんなは四六時中集まってきて、鍋やテーブルなどを手当たりしだいに叩いてわめいた。「おい、もっと楽器を鳴らせ」。ビロ夫人は、次作の曲のためにそれを記録していた。『シック』は何だか「アナール派」の趣味を帯びてきた。そんな傾向に関心を持つ人たちの小グループができて、予約購読の数も増えた。雪だるま式だった。そしてまた、論争を仕掛けたり、あちらの原稿やこちらの原稿を持ち上げるといったビロの巧妙な作戦も効いた。そしてついに、あのフランケル＝コクトー事件[8]が持ち上がり、世間を思いがけない騒動に巻き込んだのである。ぼくが言いたいのは、ビロを逆上させたこの悪趣味が、世間をあっと言わせたあげく、『シック』の夫妻をどんなに笑いものにしたか、毎号この問題を扱った論争のみを掲載して、ビロを攻撃するためだけに一冊の雑誌が発行されたほど評判が高まったのはどうしてか、ということだ。ともあれ『シック』は存続した。

かくして、ビロという偉大な人物が脚光を浴びた。それは、背筋をしゃんと伸ばした、褐色の肌をした小柄な男であり、精神的にも肉体的にもたくましい男だった。ナポレオンというよりはカルロス・ラロンド〔フランスの詩人。一八八八―一九四〇〕によく似ていた。妻よりもずっと小柄なのだが、彼女の横でこれ見よがしにふんぞり返っていた。すると、この尊敬すべき夫人は、彼の方にそっと耳を傾けるのだった。というのも、喋るのは四回のうち三回は彼の方だったからだ。彼は、古臭い冗談がとても気に入っている風だった。自分のことや『シック』のことが、それとなく、あるいは公然と語られている雑誌や新聞は何でも熱心に収集していた。そして、ペルピニャン地方の雑誌〔『モクリー（嘲笑）』とか『プロヴァンシアル（地方人）』などの雑誌かと思われる〕とのちょっとしたやりとりのおかげで、彼が多くの同時代人よりも知的に優れていることが明らかになった。いかにももったいぶって、馬鹿げた話を強調するのが好きだったのだ。

こうして、詩人になろうと決心したこの凡庸な人物《ムッシュウ・ペリション》が、文学共和国において、なくてはならぬ重要な人物となり、ピエール・アルベール＝ビロという偉大な名前を持つにいたったのである。

アンドレ・ジッド

アンドレ・ジッドとの面会ほど、不毛で楽しみのないものはかつてなかったように思う[1]。ジッドと知り合った当初は、たいへん漠然としたこの戸惑いはいずれ消え去ってしまうだろうと考えていたし、会話さえうまく運べば十分だ、などと考えていたのである。ところがどうして、ほかの人たちに対する場合も同じことだが、当初からジッドについて大きな幻想を抱いていたのだと言わざるをえない。ぼくは二十一歳だった。ジッドのなかには作為的なもの、人工的なものが存在することを、ぼくは見抜いていた。袖なしマント《ケープ》、かすかにシュウシュウと口から漏れる音、重々しい態度と揶揄、オートゥイユにある風変わりな家、ざっとこんな調子だ。しかし、ぼくは狭量な判断を下したくはなかった。なぜなら、この人物に偉大なところがあると見なしていたからだ。ワイマールの法廷で語ったこともあるこの人物は、ゲーテほど偉大な存在ではなかったとはいえ、ゲーテのような作家になろうとする野心を抱いた点で、ぼくはジッドを尊敬していた。ぼくは、ファウスト博士〔ゲーテ『ファウスト』（一八〇八、一八三二）の主人公〕からジュリウス・ド・バラリウール〔『法王庁の抜け穴』の作中人物〕へと続く道程を楽しんできたからである。それでも、『法王庁の抜け穴』〔一九一四年の作品〕のなかで、著者の本当の姿を示しているのは、とても平凡な人物であるこのジュリウスなのだということを理解したときには、本当にがっかりしてしまった。少なくとも、ゲーテ自身がヴェルテルであったのに比べると、ラフカディオ〔『法王庁の抜け穴』の主人公〕はまったくの仮構の人物にすぎなかった。

ジッドにとって、初めの頃のもてなしは、どう考えてみても、ぼく個人に対してというよりも、ある種の抽象的な存在に対してなされた、と思われる。彼の目から見れば、ぼくという人間は、ぼくの世代と別のものには見えなかった。つまり、ジッドは青春という観念にいつまでもこだわり、青春に目をつぶることができないのだ。『プレテクスト』〔一九〇三年の文学評論集〕を読んでみればわかることだが、ある朝、文学的興奮に捉われた最もたちの悪い若者のグループが、立派な紳士（そんなものが本当に存在するとして）から受けてしかるべきだと思われるような、きわめて好意的なもてなしといったものを、いつもジッドから感じ取っていたということである。まさしくこのような善意が、ある時期ぼくを感動させた。だが、ある日、モンモランシーにあるジッドの別邸から出てきたとき、ぼくはちょっと考えた上で、アンドレ・ブルトンに言ったものだ。「もし自分がジッドの年齢になって、万一青年たちから訪問を受けるようなことがあったら、彼らを足蹴にして追い返してやるよ。その連中が何に興味を持っているか、ぼくにはもうさっぱりわからないと思うな。ぼくは耳をふさぎ、自分のなかに閉じ籠って、敵対的、攻撃的になり、人の言うことなんか信用しないだろうね[2]」。

そしてたぶん、そんなことがあって、いつもわれわれの面会は我慢のならないものになったのだ。そもそもの考えがくい違っていた。ぼくはジッドに尊敬の念を抱いていたが、それでも、彼が求めていたのはそれ以上のものだった。とにかく、あえて言えば、ぼくが**青年**（大文字を使って言うが）の代表ではなかったということだ。ジッドにとって、ぼくが言ったことを理解しようとすれば、本来の自分から一歩出なければならなかった。彼はいつでも時流に精通していたいと願ったが、実際には何も理解できないので、時流に暗いことに死ぬほど不安を感じていた。「時流に暗い」という表現は、ジッド自身が口にしたことばである。繊細な精神に代わる揶揄の精神があればこそ、われわれ二人が共通に抱いたかもしれない最も低俗な考えを、彼はものともしないでいることができたのだ。もっとも、この共通の考えとは何かよくわからなかったのだが。人とのこのような出会いにすっかり満足し、気をよくしたので、彼は一時間でもお気に入りの話題から離れようとはしなかった。しかしながら、多くの場合、それは疎ましいだけだったから、ぼくは意地悪くこの大先輩に対して、知らぬ顔の半兵衛を決め込むこともあった。ぼくはときどき、自分の考えを説明しようと努めた。だが、本当のところ、それはくたびれもうけだった。実際、ジッドはほとんど関心を示さなかった。その当時は、人間というものはその人が書いたものよりも卑小なものだと、ぼくは考えていた。いまでは、それはまったくもって等しいものだと理解するようになった。ジッドとの会話のなかで生じた誤解というのは、彼の作品が好きか嫌いかをはっきりさせることができるという誤解と同じものだ。要するに、ぼくが最も批判しているのは作品のことであり、そのことは、彼と話しているうちによく感じられるということである。ジッドは、生涯を通じて、非常に重要な諸問題、つまり一つの世代全体にわたって知的な闘争が展開されるような諸問題を明らかにしようとした。しかし同時に、それらの問題を歪曲し、性急でお粗末な解決を与えてしまった。かくしてアンドレ・ジッドは、知的には、経験者であり先駆者であるといった様子をしているというよりは、むしろ、藪医者かいかさま師といったところなのだ。そんな生活から、袖なしマント、別邸、シュウシュウと口から漏れる音が生じるのである。

その別邸は陰気なところだ。ぼくは朝とか夕方にそこを見たことはあるが、昼間は見たことがない。地下鉄のミシェ＝ランジュ＝オートゥイユ駅で降りて、イタリア大使によって設立された戦傷病院の大きな白い建物、そこはまた、アポリネールが肺炎に罹ったときにぼくが見舞いに行ったところだが、その真後ろを通り、広い路地に入り、シコモールの小道を曲がると一軒の家があって、その家には、ノルマンディ風の彼の奇抜な好みが染みわたっていた。それはジッドの生まれながらの趣味をよく表わしていて、耐え難い感じだった。どんなに時代遅れなものだったか。芸術家の家、フランスの芸術家にありがちな家だ。ジッドは、ジャック＝エミール・ブランシュ〔文学者・芸術家の肖像画を得意とした画家。一八六一―一九四二。アラゴンには、ブランシュの『絵画について――ダヴィッドからドガへ――』（一九一九）についての書評がある〕やジャン＝ポール・ローラン〔歴史画を得意とした画家。一八三八―一九二一〕よりはもっとましな家を作ろうとした、という印象を受ける。それは家というよりは、一個の舞台装置である。いかなる生活臭もない。すべてが生活の幻想を与えるためにしつらえてある。その形からして、人が住むような感じではない。家のなかは、ジッドが思ってもみないほど通俗的なものだ。置物、オブジェ、家具といったものはすべて、彼が収集したさまざまな中国の民芸品の域を出るものではない。そのインテリアを比較すると、アポリネールのものよりはずっと安っぽい。アポリネールの家の方が本当に人間が住んでいるという感じだった。ワインの瓶も、カウンターの亜鉛板にしても、ジッドのものとされていた趣味を示してはいなかった。彼の別邸には、芝居のプログラムの片隅に書き込まれているみたいに、建物の隅に、「ダルセーム社製の絨毯」と書かれている。ところが、彼の家にはほとんど絨毯は敷いていないのである。間違いなくこの家の冬は寒いだろう。あの広い部屋も、あの階段にしつらえられた本棚も、あの仕事部屋も、居心地の悪い幾つかの部屋も、どう見ても暖まることはないだろう。この家の主《あるじ》は言い訳をしながら、肩にケープを羽織る。彼はしばらくロマンチスムにひたる。だが、それは寒さを凌ぐことにはならない。ことばがよく聞き取れない。いつも家の隅に誰かが隠れているのではないかという印象を受ける。照明が不十分なのだ。声が大きすぎるのではないかと気になって、小声になってしまう。簡単にタンスのなかに収まってしまいそうなこの小男といっしょに、いったい誰が住んでいるのか知りたくなるだろう。ジッドはかなり大柄なのだが、小柄に見えるので、まさに威厳を示すためにケープを身に付けたがるのだ。われわれはこれ以上彼を訪ねることはあるまいが、それでも、そういう機会があるときには、一人の家政婦が、自分の主を大声で呼んで、すぐにドアを開けて顔を出すに違いない。ジッドといっしょにその安っぽい邸宅のなかにいると、たしかに孤独を感じる。しかも不幸なことに、彼は、この箱のような家のなかに、少しでも陽気さをもたらすような放浪者も亡霊も入れようとはしないだろう。ジッドがすでに結婚していることを偶然に知ったのは、何年も経ってからのことである。いったい奥さんはどうしているのでしょう、と人に尋ねてみても、誰にもわからなかった。

ところでジッドは、その豪華な家にほとんど住んではいなかった。その家は、わずかに若い作家たちや、チェコスロヴァキア人や、ドイツの知識人たちや、科学者協会の会員を迎えるためのものだったのだ。だからその家は、わがジッドにとって、まったく見せかけだけの、住み心地の良くないものなのである。その家は、自分の経歴が作られるという考えと結び付いている。なぜなら、ジッドは、政治家の経歴とかなり類似した経歴の持ち主だからだ。彼の家はまた思索家の家でもある。このことは、この文の第一ページから語っているのだが、もっと続けることもできるだろう。ともかく、こうしたことこそ、まさに彼が求めていたことなのだ。

ところが、自己顕示欲の強いジッドがいるかと思えば、伯父として一家とともに暮らしている、プチブルジョワのジッドも存在する。とりわけ彼は伯父として存在する。彼はその家族のなかへ入り込むが、それは倹約のためである。高級な大邸宅を別に構える必要などないのだ。家政婦だって無用となる。いつだってこうなんだ。こうして、ジッドには数多くの住まいがあり、そのうちの一つがトゥール街のはずれにある。そしてまた、オルレアン通り一二二番地にもある。ジッドがモンモランシーの別邸に電話を設置していないのは、単に用心のためなのか、それとも狡猾《マキャベリスム》さのせいなのか。倹約と言えば、実は、オルレアン通り一二二番地には電話がある。しかし、ジッドはそこには住んでいない。もし彼に会おうとしたら、と言っても彼に会えるかどうかわからないが、とにかく会いたいと思っても、いったい誰がジッドに取り次いでくれるのだろうか。ちょっとした秘密にも、ちょっとした慎重さが隠されている。彼が「新フランス評論」の私書箱に、彼宛の郵便物をほったらかしにしていることは知られているところだ。どう見たって背信行為だが、その理由は誰にもわからない。ぼくが思うには、それは郵便受けをいっぱいにしていることによって、通りかかった人に「ジッド氏には手紙がよく来るんだ」と思わせるためなのだ！

それとともに、彼はよく旅行をする。出たり入ったりしている。彼は海辺が好きなのだ。彼はあちこちから招待される。ときどき、彼はキュヴェルヴィルで過ごす。クリクト＝レスヌヴァル（セーヌ・アンフェリウールにある）を抜けるとキュヴェルヴィルの館があるが、それは、『一粒の麦死なずば』〔一九二〇年の作品〕や、フランシス・ジャム〔詩人。クローデルの影響でカトリックとなる。一八六八―一九三八〕の回想のなかに出てくるところであり、死を拒んだジッド夫人を『背徳者』〔一九〇二年の作品〕のなかに忍ばせているのもその場所に違いない。

手紙を早く届けようと思えば、キュヴェルヴィル宛に出すのがよい。かりにジッドがパリにいるときでもだ。郵便物はキュヴェルヴィルから直ちに届けられる。たぶん、ジッド夫人自らがその任に当たっているのだ。不思議な役割である。というわけで、ぼくはマダム通りでアンドレ・ジッドに会ってから、キュヴェルヴィルの館へ手紙を出したのだ、四日後にオペラ座横丁のセルタで会いたいと。モンモランシーの別邸宛に書いていたら、二週間も前に投函していなければならなかっただろう。

ジッドはさらに、住居を移動することによって多くの効果を引き出している。彼は欠かさず返事を書く。あなたのお手紙をXで拝受しました。Yから返信をお送りします。あるいはまた、お返事を欠礼してしまいました、Xに暮らしていたものですから、等々。彼の会話にはしばしば旅行をほのめかすことばが混じる。彼はあのよく知られた北アフリカ旅行が自慢だった。さも重大そうにその旅行のことを語る。大げさに、アラブの心などと言う。ぼくにも旅行を勧めた。「旅行することによって、人は多くのことを学ぶものだよ」。彼が旅行の思い出を語ることはよく知られている。しかしながら、旅行は文鎮ほどにも重みのあるものではない。

アンドレ・ジッド(その2)

ぼくと友人たちが初めてアンドレ・ジッドを知った頃、彼は自分のまわりに信頼できる弟子を集めたいという願望を育んでいたように思われる。内心秘かに、アポリネールの死がチャンスだと思っていたのかもしれない。それはまったくありえないことではない。それを諦めることがあるとすれば、悔しさに苛まれながら、ノルマンディの土地所有者のような、しみったれた本能によって我慢するしかないだろう。一派の指導者と見なされるようになるためには、とても大きな犠牲を払わなければならないだろうし、それまでに手に入れた多くの有利な立場を捨てねばならなかっただろう。しかし、結局、このような幻想を捨て去って、精神的な先駆者という役割に甘んじたのだった。そして、三年後にアンドレ・ブルトンに対してこう言うことになる、「どうってことはないね。五〇年後には、わたしは最も影響力のある人間になっているだろうから!」。こうして彼は、野心に取りつかれ、そして少しばかり器用だったせいで、人生を美化するかと思えば、失望を味わったりもするのだった。

スーポーとブルトンとぼくは二十二歳だった、と言っておくべきだ〔二〕。世間のことを知らなかったし、生粋のパリジャンというわけでもなかった。ほとんど作品を通してしか文学者たちを知らなかった。つまり、文学者たちは、見事な外見のかげに、好んで自らを繕っていた。われわれは自分たちの嗜好と一致しうるものを探し求めたが、多くの場合、それを見出すことはできなかった。だから、ある精神と理解し合えると思われたときには、すぐに我を忘れて夢中になってしまうのだった。アポリネールや、その頃われわれが付き合っていた『ソワレ・ド・パリ』の執筆者たちはみな、ジッドとその取り巻きに対する強い反感をわれわれに植え付けようとしていたけれども、ジッドの作中人物、とりわけラフカディオの存在は、われわれに強い期待を抱かせた。つまり、『法王庁の抜け穴』を執筆した人間ならば、われわれの心を占めている問題の幾ばくかを理解しているだろうと思われたのだ。ところが、ジッドを中傷する人たちは、しっかりと見極めることもなく、何もかも否定してしまったのではないだろうか。彼らにとっては、ラフカディオもアリサ〔『狭き門』（一九〇九）の女主人公〕もまったく同じ存在だったのだ。こうして、われわれはうっかりと、アリサの存在を忘れてしまったのである。抜け目のないジッドは、おそらくすぐにわれわれの落ち度に気づいた。しかし、われわれにそれを改めさせることよりも、そのことを確認させ、少しばかりことばを弄んで、その落ち度を利用しようとしたのだ。あいにくと、ジッドにあっては本心がつねにちらついている。そしてわれわれはまた、この人と付き合うことがどんなに益のないことかをすぐに感じてしまうのだった。それほど彼は、一人の人間である以上に一人の物書きなのだ。彼の最も出来の悪い作品でさえも、彼との会話が垣間見せてくれたものよりはまだ魅力を感じさせる。ぼくはこれまで、本物であれ偽物であれ、あらゆるたぐいの偉大な人物を見てきた。彼らは自らの存在を誇示するか自己を弁護したけれども、自らを偉大な人物と名乗る素振りを見せたことはなかった。ジッドのような人物とはこれまで決して出会ったことがない。彼は偉大な人物が持つようなあらゆる華麗さにつつまれ、その偉大さを恣《ほしいまま》にしていたが、何事につけ人の期待を裏切ったので、彼の作品に対して抱いているぼくの尊敬がとても強いだけに、彼がそれらの作品の著者であると想像するだけで耐え難くなるのだった。あるいは、少なくともそのときまでは想像することもできなかったのだ。なぜなら、いまでは作品と著者との関係がわかったからで、つまり、人物の評価とはまったく関係なしに著者を貶めることが十分に可能であるということなのだ。

アポリネールが持っていた権威の遺産を羨望の目で見ていたのは、何もジッド一人ではなかった。それはまさに悲しむべき茶番《ファルス》だった。たぶん、アポリネールの権威を容認していた若者は、アンドレ・ブルトンとフィリップ・スーポーとぼくだけだったというわけではなかっただろう。しかし、われわれはこのとき最も年少であり、そして、友情で結ばれ、雑誌『リテラチュール』によってまごうかたなく団結していたので、われわれがすでに、他の若者たちを自分たちのまわりに結集しうるような一つの核を作り上げていたことは明らかだった。ポール・エリュアールやトリスタン・ツァラは、すでにわれわれのあいだで話題にのぼっていたが、まだ面識はなく、われわれに近い存在ではあるが、仲間とするには時期尚早だと見なしていた。われわれは、『ノール＝シュド』[1]のグループに再結集しうる唯一の架け橋だった。結局われわれの存在は、ジッドにとっては、ポール・ヴァレリーの注目を引き、ヴァレリーとの友情を結ぶための保証とでもいったものだった。要するにわれわれは、ちやほやされてしかるべき強い立場にあり、誰もがわれわれの気を引こうと努めたのだった。コクトーが自分の時代が到来したとどんなに信じたかは周知のことだ。マックス・ジャコブは、アポリネールの一番古い友人として、以前の良好な関係を楯に取って、ある種の長子相続権を主張していた。あとは推して知るべしである。スペインでは、偉大な人物ビロやエッティンゲン男爵夫人〔ロック・グレイまたはレオナール・ピィウー〕[二]までもが、ひたすら王冠を要求したものだ。われわれがダダをパリに呼び寄せて、文学共和国〔文壇〕を宣言しようとはまだ誰も想像すらしていなかったのである。[2]

　しかしジッドは、どんなに厳しい物差しによって自分が評価されるかを感じ取っていた、とぼくは思う。彼は退役検査といったものを少しばかり恐れていた。それゆえ、われわれが称賛しすぎていると思われる人物について、会話のなかでそれとなく一言非難を加えるのだった。一九一九年春のことだったが、トロカデロに通じるある大通りで、ジッドはぼくの方へ振り向いてこう言ったのだ。「アポリネールの……、彼の散文にはがっかりしたよ。わたしは『異端教祖』〔アポリネール、一九一〇年の作品〕はあまり好きではないね」。彼の好みではない人物はほかにもいるだろうし、われわれが評価しすぎだと思っている人物もいることだろう。バレスがまさにそうだ！　その後ぼくははっきりとわかったのだが、まさにバレスもまた、ジッドに対して同じ評価を下していたのである。ぼくの世代の連中がジッドとバレスに対して知的な位置と価値を与えているのは、彼らの想像力と公明正大さという大きな努力に対してだけであり、現存している同時代人には決して許されないような多くの欠陥については大目に見ているのであるが、まさに注目に値するのは、二人の人物はお互いに無理解を露にしており、その無理解は不信に陥らざるをえないものだということである。というのも、影響力という重要な問題について、よくよく考えてみると（冗談抜きでよくよく考えたと言おう）、二人とも同じ領地において、一方はカービン銃を、他方はラッパ銃を用いて狩りをしているようなものだからである。しかも、お互いに敵に対して銃弾と塩を送り合っている。何人かのジャーナリストによる下卑た追従とか、幾人かのお世辞屋どもの馬鹿げた言動以外にライバルを利するものは何もないというのに、二人が競い合っている光景は滑稽きわまりないものである。

　われわれ多くの若者からの称賛をまだ受けられると当て込んでいたあいだ、アンドレ・ジッドは、『リテラチュール』誌の協力者よろしく、ときどき雑誌の編集者たちを自宅へ招いたものだ。一方、ジャック＝エミール・ブランシュは『コメディア』誌のなかで、ミュルフェルト夫人〔三〕のサロンでのポール・ヴァレリーのことばを吹聴して、『リテラチュール』誌のことを『新フランス評論』の「滑稽な付録」と呼んだ（ところで、このブランシュのことばはわれわれにとって益するところがないわけではなかった。というのも、それはわれわれを傷つけはしたが、われわれを利用しようとしているやり方について注意を促してくれたからである。そしてわれわれは、あらゆる物事を思いがけない道へと転進させることだってありうると心に誓ったのだ)。奇妙なことに、ジッドが接客する場合、われわれがこの人物《ジッド》のことを知らない分だけ期待するものもあったにもかかわらず、彼はわれわれに語るものを何も持ち合わせていないということだった。一方、われわれ自身は彼に尋ねたいことも少しはあったのだが、結局、われわれがどんなに誤解されているかがわかったので、思い留まってしまうのだった。こうして、会話は、中味のない文学の話か、ちょっとした噂話に限られたのである。

アンドレ・ジッドが語ったのは、フランシス・ジャムがまだカトリックの信者ではなかった頃の精神の特徴とか、クローデルとの仲違いのことなどだった。ジッドはまた、ピエール・ルイス〔詩人、作家。一八七〇—一九二五〕の何枚かの滑稽な写真を見せて、笑った。人に頼まれると、ヴァレリーについても話したが、それは彼があまり好まない話題だった。というのも、彼がいつも少し畏怖していたヴァレリーとわれわれを結び付けている宿命を、ジッドはまだ正確には知らなかったからである。こうした訪問で恐いのは、人の心が冷えてしまうということだった。オートゥイユの別邸の、まったく飾り気のない部屋にいても同じことだった。戸外の天気が悪くない時期でも、そこはつねにグリーンランドの気候のような厳しさがあったからである。四囲の壁から降りかかってくるものが、寒さなのか湿気なのか、それとも文学の話題なのかわかりかねるようだった。実際、面会はとても不愉快なものだった。だから、この人物と会って顔を付き合わせることになったとき、彼の注意を呼び覚まし、少しでも一般的な問題へと彼の注意を向けるために、大変な努力を払ったものである。新しい精神《エスプリ・ヌーボー》とは何かを彼に理解させようとして苦労した。だが、性急にアップ・トゥ・デイトたろうとしたせいで、彼はすべてをごちゃまぜにした。だから、彼を納得させるためには、大変な苦労が必要だったのだ。面会はほとんど成果が得られず、ぼくは諦めてしまい、会話は沈滞し、澱んでしまった。ジッドはあちこちで、アラゴンとの会話にはうんざりした、その理由はよくわからない、などと語った。そんなことを言って、自分が若返るとでも思ったのだろうか。それはたぶん、機先を制したつもりなのだ。ぼくは勝手に言わせておいた。

　それでも、気詰まりに耐えられなくなったとき、われわれはあわてて二人の人物のことに話題を移した。これならお互いに話し合えると思ったのだ。その上、その二人は同一人物と言ってもよかった。ラフカディオとジャック・ヴァシェ、この二つの名前はわれわれの話題に警笛のような効果を持った。ラフカディオを話題にのぼせることは、ジッドにとってうれしいことであり、ぼくがこの作中人物のどこが一番気に入っているかを、ジッドは心得ていたのだ。ぼくはまた好んで、ジャック・ヴァシェのことを話題にした。ヴァシェはもちろん小説の作中人物ではないが、最近の彼の死（一九一九年一月六日のこと）はぼくの心のなかにさまざまな印象を残していて、四年後の今日でも[3]、その印象は消えることはない。ジッドの話は誤解を解くようなものではなかった。ある人物について、あるいは人が生き続けたり、生を断ち切ってしまう理由について語るとき、ぼくは相手の目のなかに見るのだ、この人は一つのことしか理解していない、この人の性格は、何かの薬品やシチュー鍋の商標と同じように自分を売り込みたいのだといったことを。ジッドはあるとき、知り合いの青年のことを話題にした。それは独学をした肉屋の店員で、ラフカディオのモデルそのものではないけれども、幾つかの類似点があるように思われたのだった。その店員はまたジャック・ヴァシェにも似たところがあると、彼はご丁寧にも付け加えた。その日ぼくは、わがバラリウールもまた軽率で混乱した人物であることを知って、呆気に取られた。ラフカディオ＝ヴァシェの話題は、何もジッドに対する追従ではなかったし、ジッドを美化するためでもなかった。『法王庁の抜け穴』の主人公が誕生したのは、まったくの僥倖であることがわかった。ラフカディオの生みの親は、この作中人物についてぼくに教えることに何の興味も示さなかったのだ。そんなジッドを見つめながら、ぼくはジャック・ヴァシェのことばを思い出した。「アンドレ・ジッドが、もしロマンチスムの時代に生きていたとしたら、どんなに生彩のないミュッセ〔ロマン派を代表する詩人、『世紀児の告白』（一八三六）など。一八一〇―五七〕となっていたことだろう」。ところが、ジャック・ヴァシェは『アンドレ・ワルテルの詩』〔ジッドの一八九二年の詩集〕を読んだことがなかったのである。ぼくはその冒頭の一節をそっとつぶやいてみた、「その年は春がなかった、愛する人よ……」。

『リテラチュール』誌の創刊

まず言えることは、ジャック・ヴァシェの精神と『ソワレ・ド・パリ』[1]誌の手本とが、雑誌『リテラチュール』の誕生に影響を与えた、ということである。何か新しい雑誌を創ろうという計画が、アンドレ・ブルトンとフィリップ・スーポーとぼくのあいだで初めて持ち上がったときのことをよく覚えている。それは一九一七年から一八年にかけての冬のあいだで、フランドラン大通りを歩きながら、ブルトンがジャック・ヴァシェの何通かの手紙[2]をスーポーに見せたときだった。そして、環状線の汽車の煤煙を浴びながら、汚れた軍服を引きずって、士官たちに敬礼をするのも忘れ、あらゆるたぐいの儀礼を忘れ、時間も、自分自身のことも、かなり厳しい寒さも念頭になかった。まったく斬新な精神、しかもわれわれの精神にきわめて近いと意識し、また、こうした斬新な精神がやがてぶつかるであろう敵意のことや、その精神をどこにも示すことができないということを意識しつつ。

この時期、精彩を放っている雑誌と言えば『ノール＝シュド』(3)しかなかった。そして、われわれはルヴェルディに対して大いに関心を持っていたのだが、彼が『ノール＝シュド』に斬新な作品を載せることはありえない、と思われた。それに、この雑誌がどんなに良質なものであったとしても、われわれは檻に閉じ込められるのを望まなかった。われわれのあいだには、ロートレアモン、ジャリ、ランボーに対して、共通した特別の好みといったものがあったのだ。われわれに最も身近な人物であるルヴェルディにしても、ランボーについては、ちゃんと扱っていないように思えたのだった。つまり、ルヴェルディは事実をつねにその正しい位置へと引き戻そうと心がけたということだ（ランボーはキリストではない等々）。ましてや、他の詩人についてはロにするまでもない。たとえばジャリについて言われていたのは、彼が『ユビュ王』しか書かなかったとか、彼の傑作は『メサリーヌ』〔ジャリ一九〇二年の小説〕という貧弱なものだ、といったことだ。

ロートレアモンにとって、ジャリは図書館の骨董品だった。ヴァシェのお得意であったユーモアの観点をわれわれは忘れたことはなかったが、それは現代の最も良識ある人たちにとって、間違いなく反感をそそるものだったはずだ。さらに、われわれが現実の生活と混然一体になろうとしていたあの欲求からすれば、『ノール＝シュド』は不十分に思われた。一方、現実の生活は『ソワレ・ド・パリ』誌には反映していると思われたのであり、この雑誌には、夜の雰囲気や、歩道の両脇に並ぶキャフェの強烈な照明といったものがあふれていて、皮膚の色とか怪しげな様子には関係なく、誰もがパスポートなしで迎え入れられるといった雑誌だった。

この頃、われわれのあいだで芽生えていた計画はまだ不完全なもので、仲間うちでは、雑誌の名称は『ル・ネーグル〔黒人〕』と呼ばれていた。資金の問題や戦争のせいで、おまけにちりぢりばらばらの状態で、ことがうまく運ぶはずがなかった。それで、雑誌のことを諦めていたとき、ぼくが凍りつくような日々を送っていた（アルザス地方の）駐屯地オーベルホッフェン〔アラゴンは第一次大戦直後、フランス軍駐屯地に残留していた〕で、次のような手紙を受け取ったのだ。


一九一九年二月五日水曜日――午前六時。

『ル・ヌーボー・モンド〔新世界〕』が、間違いなく、三月一日に刊行される。

発行者アンリ・クリックノワ。編集者アンドレ・ブルトン、フィリップ・スーポー
この刊行は間違いない。フィリップ・スーポーが一〇〇〇フラン用意している[4]。われわれだけで発行できるのだ。

君にも執筆を分担してもらうように、あらゆる準備が進んでいる。

間違いなく、「ピエール・ファンドル[二]」と書評を掲載することを承諾してくれたまえ。その原稿は、必要ならビロの雑誌に再度掲載したってかまわないよ。それと、（一五日までには）『シック』誌で断られたツァラについての短い論評[三]も届けてくれたまえ。

何も心配することはない、われわれは確信を持っている。
われわれの名前のなかに君の名前も加えるために君の帰還を待つのみ。
何を書いたかわからないほど、急いでいる。

アンドレ・ブルトン

事態の経緯は次のようなものだった。若いクリックノワは、まったく影の薄い雑誌『レ・ジュンヌ・レトッル〔青年文芸〕』を主宰していたのだが、ある日、ブルトンが住んでいた、パンテオン広場(5)のホテル「偉人館」の四階で、ブルトンとばったり出会った。そして、ブルトンがあっけに取られているあいだに、お世辞を並べたて、お金は自由に使っていいし、自分の雑誌を別のものに変えてもらってもかまわないと言い、自分は余分な口出しはしない、物質的な負担をするだけだと誓ったのだった。断る手はない。

ぼくはすぐにブルトンに返事を書き、彼やスーポーの名前といっしょにぼくの名前も加えてくれるように伝えた。駐屯地からの帰還の日は近いと思っているが、それを待つまでもない、と言ってやった。『ル・ヌーボー・モンド』というタイトルは、一八八五年以来発行されていたある新聞にすでにあったので、ぼつになった。ポール・ヴァレリーに相談すると、『リテラチュール』にしてはどうかと提案した。「文学《リテラチュール》」ということばは、われわれのあいだでは馬鹿にされていたし、ヴェルレーヌも侮蔑すべきものと主張していた（「あとの残り滓が文学なのだ」）と一般に理解されていたので、すぐに、このタイトルは、挑戦的で、不快で、思い上がった、中味のないものとされてしまった。それは概して、とりわけルヴェルディの気に入らず、彼はわれわれの雑誌を『カルト・ブランシュ〔白い手帳〕』(6)とするように提案したのだった。しばらく迷ったあげく、ルヴェルディのこの題名は放棄された。あまりにもピカソ的、ルヴェルディ的であり、あまりにもキュビスム的だと思われたからだ。ぼくがピカソやルヴェルディやキュビスムということばを強調しているのは、あの当時われわれが軽蔑していた俗悪さを確認するためである。そして、たぶんその俗悪さのせいでわれわれがその題名を捨てて、当時われわれが最も気に入っていたものを彷彿させるような魅力的なタイトルを採用したというのが真相である。『リテラチュール』の誕生を特徴づけているものは、たしかにキュビスム的な嗜好に対するまだ漠然とした反感の芽生えであり、優美さの再生に対するある種の抵抗なのであるが、その優美さとはやがてアンドレ・ロート派〔ロートはキュビスムに参加したフランスの画家。一八八五―一九六二〕の絵画が称賛あたわざるものとなる理由であり、またその理由は、今日では詩歌や絵画におけるポムパドゥール調に対する一種の反動と言ってもかまわない。

『リテラチュール』第一号は、当初は白い帯を付けて、草色の、ノート型のサイズで発行されるはずだったのだが、同じ頃にジュリアン・バンダ〔批評家、『知識人の裏切り』（一九二七）で有名。一九一八年の著作に『ベルフェゴール――フランス社会の美についての批評――』がある。一八六七―一九五六〕の小冊子がクレス社から同じ体裁で出たので、結局この体裁にはならなかった。そこで、『メルキュール』〔一八九〇年から一九六五年まで発行された雑誌〕と同じ版にすることが考えられたのである。一六ページで、少し厚みのある用紙を用い、明るいグレーの表紙に、白い文字でタイトルを入れ、目次は裏表紙だった。

当初の目次計画は次のようなものだった。

ポール・ヴァレリー——詩
ピエール・ルヴェルディ——詩
アンドレ・ジッド——散文（またはレオン＝ポール・ファルグ——ポール・ヴァレリーについての最初の研究）
マックス・ジャコブ——ラヴィニャン通り
アンドレ・サルモン——詩
ルイ・アラゴン——ピエール・ファンドル〔ひび割れる石〕(7)
ブレーズ・サンドラルス——文学通アポリネール
ジャン・ロワイエール——詩
書評——ルイ・アラゴン
雑誌評——X姉妹
月刊時評——

この目次については若干説明が必要だ。

　われわれがポール・ヴァレリーとどんなに強い関係で結ばれていたか、そして、どれほど『テスト氏との一夜』を愛読したかは周知のことである。それゆえ、ヴァレリーの名前はあらためて説明するまでもない。ルヴェルディの名前も同様である。しかし、サンドラルスを目次のなかに加えたのは、『リテラチュール』と『ノール＝シュド』との違いを示すためであり、それは、『ノール＝シュド』に対して抱いていた好みの問題というよりも、いたずらな口論を避けるためであった。アンドレ・サルモン〔三〕についても同じことが言える。ロワイエール[8]については、以前からの付き合いによって説明される。彼は、象徴主義的な、古くさい、マラルメ的な詩を書いていたが、そうした詩は断ち切るべきだったのだ。ファルグ〔象徴派の詩人。一八七六―一九四七〕は、われわれの目から見れば、以前からのありもしない噂で得をしていたが、その噂とはアルフレッド・ジャリとの関係で、彼が『ユビュ王』の創作に一役買っているというものだった。X姉妹は、スーポーと知り合いの二人の若い女性で、すでに『ビビ＝ラ＝ビビスト』という題名のユーモラスな小品を出版していた。さらに、われわれはテオドール・フランケル〔医者でシュルレアリスト仲間だったが、作品はない。一九一九年六月にアルザスで除隊になったアラゴンは、フランケルとともにライン地方、ベルギーをまわってパリに帰還した。一八九六―一九六四〕にもページを割こうと思っていた。ジッドについては、ラフカディオに関するものしか期待しなかったが、彼を巻き込みたいとは思っていた。

〔一九一九年〕一月一〇日には、一瞬ではあれ『カルト・ブランシュ』が雑誌の正式の題名となっていた。ジャン・ジロドゥーには『哀れな男シモン』〔一九一八年の作品〕があったので[9]、協力を求めようと考えた。ジャン・ポーランは、第一号か二号に「ことばは記号か、あるいはペテン師ジャコブ・コウ」を書くと約束してくれたが、それは二年後に実現した。[四] ファルグは一編の詩を送ってきた。

結局、『リテラチュール』の題名の方が優勢となったが、アンリ・クリックノワは、予約購読受領書の発行者として自分の名前を印刷させた。その頃、この青年は尊大さという狂気に捉われていて、実際独裁者のように振舞いたいと思い始めたのだった。ブルトンとスーポーは、彼に手を引くように頼むしかなかった。かくして、フィリップ・スーポーが初めの数号の発行資金を負担したのである。

ブルトンとスーポーがジッドから協力の約束を取り付けたのは、サティとサンドラルスのマチネーが催されていた二月一九日、ローザンベール[10]〔フランスの画商、一八七九—一九四〇〕画廊においてだった。ジャン・コクトーは自分の名前が『リテラチュール』の協力者リストから漏れているのをひどく気にしていた（そして、すぐにそのことをぼくに書いてきた）。サンドラルスは早くも何か文句を言ってきた。ルヴェルディとスーポーとブルトンは、ほとんど評判にならなかった『喜望峰』〔コクトーの一九一九年の詩集〕について抱いていた批判を隠そうともしなかった。

ところで、その日のマチネーでは、ピアノはジュリエット・メロヴィチによって演奏されたが、彼女はまもなくこの世を去ることになる。

後日ジッドを訪問したとき、ぼくの友人たちは理解したのだった、コクトーがどれだけ『法王庁の抜け穴』の作者《ジッド》の名前を悪用してわれわれに圧力を加えたかを。皮肉まじりの厚かましさで、ジャン・コクトーは次々に奔走や訪問や手紙などに精を出した。しかもそれらの具体的な中味がまた奇妙なのだ。遠く離れていると、こうした企《たくら》みは一向にわからなかったが、ぼくに対して彼がくどくど訴えかけてきたので、コクトーの名前を『リテラチュール』の協力者リストに加えるよう友人たちに頼み込んだほどだった。そのことについて語るのは止めておこう。当時のぼく自身の手紙を見ていると、何だかむかむかしてくる。

しかしながら、コクトーがジッドに対してどんな役割を演じたかを語らねばなるまい。ジッドがコクトーのことを受け入れているとぼくがどうして思い込んだか、コクトーが『リテラチュール』に協力できるように、ぼくが友人たちに対してどれだけ手紙で取りなしたか、どうして彼の名前が第一号の裏表紙に載ったか〔『リテラチュール』創刊号の裏表紙に載った氏名は全部で二七名であるが、そのなかにコクトーの名前もある。しかし第二号以降彼の名前はない〕、どんな経緯で彼がサティに関する論文を寄稿したか、そのサティが『雄鶏とアルルカン』〔コクトーの一九一八年の作品〕を読んでどれだけ憤慨し、アドリエンヌ・モニエの店〔五〕へねじ込んで行ったか、サティの支持者たちが二度とコクトーのことを口にしないように求めたか、どうしてコクトーが原稿を引っ込めたか、といったことを語らねばならないのだが、しかし、こんなことは大事な話ではない。

そうこうしているうちに、『リテラチュール』の創刊号が出た。それは内容豊かな、称賛に値する雑誌だった。われわれに対するしかるべき人たちからの協力は、彼らの信頼のしるしという性格を持っていたことは疑う余地がなかった。それは第一次大戦後における、かなり重要な最初の試みだった。

だが早くも、雑誌の目次に名だたる名前を並べることによって、われわれが強化されるというよりは彼らを巻き添えにしようとしたのだという声が聞こえてきた。そしてまた、われわれの都合のいいようにあらゆる文学的価値を置き、その価値に尋常ならざる修正を加えようとしているとも言われた。隠すこともないが、スーポーとブルトンとぼくのあいだには、まだ十分明確ではないとしても、つねに表面化しようとする一種の陰謀があった。われわれはたいへん慎重に事を運んだ。それでも、第一号で書評にどんな本を取り上げたか（ルヴェルディの『迷彩服を着たジョッキーたち』とツァラの『二五の詩編』[11]）ということだけで、耳をそば立てる騒ぎだった。ヴァレリーのように、われわれの嗜好をかなり安易にパラドックスと受け取った人たち、そして、実際はあのアポリネール[12]よりもわれわれの方にいっそう信頼を寄せてくれた人たちでさえ、雑誌のなかに一種の遊びしか見なかったし、われわれが強く否認したにもかかわらず、たとえばマラルメへの崇拝でまだ凝り固まっていると思われていた。ツァラなどはほとんど『ノール＝シュド』の役に立たない端役ぐらいにしか見なされていなかったし、彼がわれわれの雑誌のなかで占めていた位置は、まさしくわれわれの期待通りの位置だったとは誰も想像していなかった。そして、この未知なる男ツァラを最初に信用したルヴェルディでさえも、ダダの騒々しい指導者に対して、いささか悪感情を抱き始めて、彼を重要視しなくなるのだった。

ちょうどその頃、われわれはヴァシェが自殺していたのだという確信を持つにいたった（『ラ・ロワールの灯台』誌の噂によって）が、彼の詩のことばは、われわれにとって不思議な意味を持っていたのだった。それはまた、大衆には理解しえなかったものでもある。またその頃、自筆原稿を扱うある商人が、ランボーの散逸した詩をパテルヌ・ベリション〔ランボーの義弟〕のところへ持ち込んで、後述のような闇取引が始まったのである。(13)これらのことは、大戦によって眠り込んでいたものがいっせいに覚醒したということでもあった。こうして、一九一九年三月五日にローザンベール画廊で初めてブラック展が開かれ、それとともに、キュビスムは第二の冒険へと走り出したのだった。

われわれに固有の、しかしまだ潜在的なこうした精神の存在を、われわれは早くも第二号から明確に打ち出そうとした。それというのも、ブルトンが国立図書館に出かけていって、自らの手でイジドール・デュカス（ロートレアモン）の『詩編』を筆写してきたからである。(14)この作品は、それまで未発表のままで稀覯本そのものだったが、われわれの雑誌の精神に照らしてみれば、基本的なテクストであり、強烈な魅力で飾られ、ある日突然使徒たちの脳髄を襲った一種の言語の教訓《モラル》といったもののように思われた。われわれの独占的な嗜好を明らかにするために、デュカスの名前と、ジャリやアポリネールやランボーの名前とをいっしょに扱う必要があった。だが、残念ながら、われわれにはジャリの作品を掲載する用意は何もなかった。しかし、「ジャンヌ＝マリーの手」（われわれは手に入るものと信じていた）と「乞食」（アポリネール夫人がわれわれに渡してくれた）が、第二号の目次をうめてくれるはずだった。以下が当初の計画である。

アルチュール・ランボー――ジャンヌ＝マリーの手
イジドール・デュカス――詩編（第一部）
アンドレ・ブルトン――デュカスとランボーについてのノート
ギヨーム・アポリネール――乞食
ジュール・ロマン――詩
トリスタン・ツァラ――フレイク家
アレクサンドル・ガスパール＝ミシェル――ピットとコブール
ポール・エリュアール――見るために
フィリップ・スーポー――栄光（映画詩）
ダリユス・ミヨー――屋根の上の雄牛
ジャン・コクトー――ソクラテスへの序論の断片
ジョルジュ・オーリック――ソクラテスについて
ルイ・アラゴン――書評
レイモンド・リノシエ――雑誌評

「ジャンヌ＝マリーの手」がこの号に載らなかったのはご存知の通りである。ジュール・ロマンの登場は、われわれがあちこちで喧噪を引き起こそうと望んでいたことから説明される。ユナニミスム一派[15]のなかでは、『餓鬼ども』〔一九一三〕の著者であるロマンを除いてほかに誰が読むに耐えただろうか。ツァラは今回は長編詩によって登場したが、この詩は無視しえないものだった。ガスパール＝ミシェルの名前は笑いを誘うかもしれない。何よりも、彼を通じて「ジャンヌ＝マリーの手」を受け取ったからであるが、しかし、第二号の発行が遅れたせいで、「ピットとコブール」を含む詩集が先に刊行されてしまい、われわれがこの詩を載せるまでもなくなった。「ソクラテスへの序論」がどんなものかはよく知られているところだ。リノシエ嬢とは、X姉妹の一人〔レイモンド。一八九七―一九三〇〕である。彼女自身がこの時評の掲載を諦めたのだった。そうこうしているうちに、ぼくが二カ月以上も前からヴィッテルシュバックの炭坑の入口で無聊をかこっていたザールブリッケンから、休暇を得て三月半ばにパリへ戻ったのである。所属する連隊が解散するところだったので、すっかり除隊になったも同然だった。このときには、あちこちに解放の精神が広がっていて、幾つかの事実がそれを示していた。人々は、もう二度と軍務に服さないと決心して自分の家に戻った。トゥールーズのある床屋では、誰かの持ち帰った手榴弾が子供の手のなかで暴発した。来るべきメーデーについて、大きな不安が生じていた。総選挙の予想があり、また、くり返される七月一四日〔パリ祭〕の、果てしなく続くお祭りや桁外れのイルミネーションへの大きな期待もあった。一息入れるための心地よい知的混乱と不安。こうしてぼくは、頭のなかがまっ白なままの状態で、パリへ乗り込んだのである。

　アンドレ・ジッドが死ぬほどぼくに会いたがっていると伝えられた（それは事実だった）。ぼくの方は、死ぬほどピカソに会いたかった[16]。パリに到着するとすぐに、友人たちはぼくをレオンス・ローザンベール画廊へ連れて行ってくれた。ブラック展の一環として、ルヴェルディの詩が朗読され、ブルトンはルヴェルディの詩「テクスト外の期間」を朗読したように思う。

レオンス・ローザンベール画廊でのルヴェルディのマチネー

一九一九年三月一四日か一五日に、ブルトンと連れだって、レオンス・ローザンベール画廊に出かけた頃は、デュカス（ロートレアモン）の『詩編』を新たに発見した余韻がまだ残っていた。ぼくはザールブリッケンの駐留部隊から戻ったばかりだったが、すでに『リテラチュール』第二号のゲラ刷りで、この作品の第一部を読んでいた。第二部はまだだった。ブルトンが国立図書館でまだ筆写していなかったからだ。文学に対するデュカスの姿勢はわれわれの姿勢とそっくり同じだった、と考えるべきだ。われわれとは、スーポー、ブルトン、エリュアール、さらにはすでに三年間付き合っている他の多くの若い連中のことである。ところで、ローザンベール画廊でルヴェルディの詩を朗読するように勧められて、錚々たる出席者が犇《ひし》めいていると思われた画廊での苦役に引きずり込まれてしまったことを語らずにはいられない。飾り付けの絵画と階段とが見事に調和している玄関で、ぼくのほとんど知らない画家たちや大勢の文学者たちに出会った。権威集団《エスタブリッシュメント》と呼ぶにふさわしい、ちょっとした集まりである。要するに、専門家集団だ。この瞬間から、ぼくはこうした人々の前で朗読する勇気をなくしてしまった。一番好きなルヴェルディの詩だったにもかかわらずである。ぼくはルヴェルディに対して、朗読はできないと告げた。するとそのとき、荒々しくぼくの手を握る者がいた。それはジャン・コクトーで、その日彼は、年齢以上に地味な服装をしていた。それまでちょっと顔を合わせただけだったが、すぐに彼だとわかった。しかし、彼が名乗るのに耳を傾けた。彼を見ていると、突然疑念が浮かんできた。その疑念は、誰から説明されても得心できそうにないものだった。われらの**詩人**《コクトー》が手紙でぼくのことをほめそやしてきたさまざまなこと(1)が、一瞬にして疑わしくなってきたのだ。彼はぼくを抱くようにして二階へと導いた。そこには幾つかの椅子が置いてあり、いまや遅しと待っている何人かの観客が、ブラックの絵を取り囲んでいた。ぼくが自分の受けた印象をうまく隠すことができなかったのか、それともコクトーが期待されている以上に繊細な態度を示したのか、「雄鶏」の羽根で着飾ったこの道化師《アルルカン》(2)は、突然自分のことばの一つ一つについて言い訳を始めた。あなたの心を傷つけたことはよく承知しています、わたしたちは似た者同士ではありませんか、等々。エルバン〔オーギュスト、フランスの画家。一八八二―一九六〇〕風の円柱の陰に、マックス・ジャコブの姿があった。

ああマックス・ジャコブ、この人をぼくはどんなに信頼していたことか！　骨の髄までキュビストそのものであった彼と思いがけず再会してみると、時評『一三の研究(3)』の最も優れた読者たちや少なからぬ若者たち（たとえばジョルジュ・ガボリ〔批評家、『アンドレ・ジッド論』（一九二四）など〕）の熱狂に取り囲まれていたあのジャコブが、いまはなんと貧相に見えることか！　彼の会話もまたいささか生彩を欠いていた。ラテン語風の文体への偏愛、いらいらさせられることば遊びへと流れてしまう表現、見せかけの謙虚さ、友情の押し売りといったものは、六カ月経っても元のままだったのだ。

　サティと何人かの音楽家の欠席が告げられた。彼らがソレル・カザボンに対して反感を持っているせいなのだ。だから、朗読のあと、誰かが何か代わりに演奏しなければならなかった。今度は、ビロ夫妻が部屋に入ってきた。さる婦人が子供を三、四人連れていて、その可愛らしい子供たちがあちこち走り回っていた。それがこの集まりにちょっとした家庭的な雰囲気を加えた。このちょっとした雰囲気は、幾つかのモンマルトル風とかモンパルナス風な家財の存在によって強調されていて、目立たない、ひと味違ったブルジョワジーといった様子を色濃く与えていた。未来に対する楽観的な見通し。ぼくはとても息苦しくなり始めた。このような社交界ではルヴェルディの作品を朗読することなどできそうにない。どうしてもそう思われた。結局のところ、ブルトンとマルセル・エラン〔コメディアン。一八九七―一九五五〕が代役を果たしてくれた。

　このような場所で、しかも理解に乏しい集団を前にして朗読することほど嫌なものは他に思いつかない。この連中は、耳が悪いのを座席のせいにして、横向きか、斜めか、正面に着席することしか考えない。出世主義と愚行のひどい匂い。この連中をじっと観察していると、誓ってもいいが、誰一人として、壇上で朗読されていることばに耳を傾ける者はいなかった。その壇の近くでは、いま善良な母親が、絵を描くためにしゃがんでいる子供たちを傍らに呼び寄せていた。ところで、そこに一人のとても美しい女性がいた。イレーヌ・ラギュ〔画家でピカソの弟子。一八九三―一九九四〕という名前らしかった。彼女は、たとえて言えばララ婦人〔ルイーズ、コメディ・フランセーズの元正座員〕に匹敵する美人だった。ここはルヴェルディの住んでいたコルト通りからはかなり離れたところにあるが、レオン・ブロワ〔小説家・批評家。一八四六―一九一七〕が暮らしていたその場所を、ルヴェルディはまったく当然のように自分の住まいとしていたのだった。文筆家固有の齷齪ものの礼儀正しさと、連れの女たちの安っぽいお白粉の匂い。これだけはご免だ。そうだ、忘れていた、何人かの本物の社交家の存在を。まさしく、場の雰囲気をさらに不透明にする存在。ぼくはまったく別世界からやって来たような存在なので、理解するのに苦労する。

　こうした出席者たちの重苦しい存在に視線をめぐらしていると、壁際にいるガボリの側《そば》に、一人の若い男が目に留まった。この男は、参加者をすべて完全に黙殺しているように見えた。これはまたなんという悪意に充ちた目つきだろう！　あたりの木偶《でく》の坊どものなかで異彩を放っていた。ぼくはビロ夫妻の後ろにいたので、この『シック』の発行者に、その険しい目付きの男を指さした。あれはラディゲというやつだ(4)、とビロが言った。ビロ夫人はマルセル・エランと熱心に話し始めた。ぼくはもううんざりしていた。ラディゲの名前にすっかり当惑させられていたからだった〔一〕。というのも、最近の『三九一〔二〕』誌で、ツァラはぼくの名前とラディゲを結び付け、と書いていたからだ。もっとも、のちにツァラはあれは根拠のないものだったと言ったのだが。それからぼくは、ガボリの側へ行って、ラディゲを紹介してくれるように頼んだ。こうして、まだ文学的偉業を達成するまでにはいたっていない、これから世に飛び立とうとする人物と知り合った。ところで、ぼくが田舎出であること、まだほんの若造だということを忘れないでほしい。つまりぼくは、九柱戯の犬のように〔邪魔者のように〕、マチネーの幕間《まくあい》の自由時間を利用したのである。しばらくのあいだに、誰にでも何か馬鹿話をする方法を見つけて、気づかないうちに、パリにおける文学生活の日常的な糧であるお決まりの噂話を優に半ダースも作り出したのだった。いったい、こんなことが自分一人でできるなんて思っていただろうか。

あいかわらずラディゲは、マックス・ジャコブから少し離れたところにいて、何気なく話に耳を傾けていたので、ぼくは大きな声で言った。自分がどうしてこの場所に呼ばれたのかわからない、ルヴェルディとは他の場所で会う方がもっとよかった(5)、と。また、ピカソやジッドも出席するだろうと期待して来たのに、来ていないから話にもならない、と言った。ぼくは彼らがいなくて残念だとコクトーに話した。そう言って、コクトーを不愉快にさせようという意図があったのだ。だが、マックス・ジャコブが自分のことだと勘違いしてしまった。そして二日後には、ぼくの家へやって来て、ぼくに対してそれまで抱いていたという善意なるものをひけらかし、若者特有の忘恩だと言ってあげつらった。実際のところマックスは、ぼくのことなど少しも気にしてはいなかったのだ。ところで、これらの人のいい連中のなかで暮らしているラディゲという名の存在について、ぼくの気づいたことをジャン・コクトーに語った。コクトーはぼくに、この青年のものを何か読んだことがあるかと尋ねたが、まったくないと答えた。ぼくは、ラディゲの名前が『シック』にはふさわしくないと思っていた。しかし、実を言うと、彼の名前以外には注意を払っていなかったのだ。その上、ぼくを驚かせたのは、ラディゲの悪意に満ちた態度だった。彼の文学を見ればわかるというものだろう。ぼくがどんなに純朴であったことか。

そうこうするうちに、ブラックの存在に気づき、彼がボタン穴に付けている赤いリボンを見て驚いてしまった。さらにぼくを驚かせたのは、ことのほか親切そうに話しかけてきた人たちが、本心を隠すための外交辞令の裏で関心を露にしていたのは、ぼくの謙虚な性格のことではなくて、雑誌『リテラチュール』や、この雑誌で占めているぼくの立場の方だったということである。この連中はみんな、次号に何が載るかをどんなに知りたがっていたことか。本当のところは、いったい誰が協力者なのかを知りたかったのだ。とどのつまり、ぼくはうんざりして、スーポーとブルトンを外に連れ出した。音楽なんてくそくらえだ！　ジャン・コクトーは発想を転換するよう求められていたのだ。

トリスタン・ツァラのパリ到着(1)

エミール・オージエ通り(2)のその応接間では、十八世紀風の家具のあいだに乱雑に掛けられた大きな機械の絵が人を迎えているように見えたが、そこへ入ってゆくと、隣室のドアが開き、褐色の髪をした小柄な男が出てきて、急ぎ足で三歩進むと、立ち止まった。彼が近視なのがわかった。ぼくはツァラに会いに来たのだが、このような、鼻眼鏡をかけた、若い日本人といったタイプの男だとは想像もしていなかったので、いささか戸惑ってしまった。彼も同じ様子だった。パリで扇動者と呼ばれていたのが、この男なのだ。写真で見ると、皮の手袋をはめて、ジャック・ヴァシェに似ているこの男、そして、彼の詩がいまやランボーの詩(その頃大いに話題にのぼっていた)と比較されている男だ(3)。両肘を身体にぴったりくっつけ、とてもほっそりした両手を半ば握って水平に前にのばして、おまけに黒っぽい髪の房が目の上まで垂れているので、陽の光におびえた夜鳥といった様子だった。

DADA
LOUIS ARAGON
DADA

一見すると、とても素敵な男に思えてくる。しかし、二分間も話を交わしているうちに、突然笑い出して、(4)三つに分かれた髪の房が垂れ下がって、顔が半ば隠れている様子を見ると、この男が醜悪に思えてくるのだった。なんと醜い姿だろう！　笑ったかと思うと、急に唖然とした様子に変わり、その東洋風の繊細な顔が死者のように青白くなった。そして、黒くてとても美しい瞳の輝きがすっかり消えてしまうのだった。パリに到着したばかりのその頃、彼はとても強烈なルーマニア訛りで、かなりゆっくりと、しかも不正確なフランス語を話した。とても短い二つのシラブルを「ダァダァ」と発音したので、テオドール・フランケルから、フランスでは「ダダ」と短く言うのだと教えられていたのを思い出す。彼は自分の発音を意識して、公衆の前にさらすのをひどく気にしていた。われわれが計画した初期の催しでは、彼はいつも無言の役をやりたがった。チューリッヒではいつも派手に振舞っていたツァラがである。最初の「『リテラチュール』の金曜日」のとき、ウルス通りの観客の前に彼を登場させるために、観客はもうすっかり事情に通じていると言って彼を納得させ、鈴の音でごまかすから、朗読するときのひどい訛りも聞こえないはずだと言い含めねばならなかった。それでも彼は、新聞の一節を朗読しようとはしなかった（それは、レオン・ドーデ〔極右の思想家、一九一九年から一九二四年まで国民議会議員。一八六七―一九四二〕の最新の議会演説だった）。

　ツァラが到着する数日前、ジョルジュ・オーリックといっしょに、ホテル偉人館を出てモンターニュ・サント＝ジュヌヴィエーヴ通りを歩きながら、チューリッヒの噂をしていたとき、突然オーリックが口をきゅっと結び、本と書類をしっかり抱えて、立ち止まって言った。「もしずっと待ちこがれていたあのツァラが、田舎者で、おしゃべりで、嫌らしいスイス人だったら、がっかりだな」。われわれはみんな、そのような失望を恐れていたのだが、初めてツァラと出会ったときには、その失望を感じずにすんだ。繊細さがいたるところに表われていて、そのおかげでツァラは救われ、身を処している。だからいまだに、彼がなぜ人から非難されるのか、ぼくにはよくわからない[5]。しかしながら、一目見たときから、スーポーもブルトンも、エリュアールもそうだと思うが、われわれはみんないささか戸惑ってしまった。彼はわれわれのようなタイプの人間ではなかったのだ。それは、女性だったらこんな風に言うような人間だった。「わたしに対しては、彼はとってもきちんとしているのがおわかりなるわ」。それに対して、われわれの仲間が答える。「そうかな。あなたにとって、彼は厄介な存在のはずだがね」。

　ブルトンにとっては、この新来の男にはジャック・ヴァシェのイメージと重なるものがあったことはたしかだ。ピカビアの家から退出するとき〔その頃ツァラはピカビアの家に住んでいた〕、いつだって何らかの感激を抱いていたのはぼくだけだっただろう。はっきり言って、ツァラはスーポーには好かれていなかった。

　彼の手紙や作品類を除けば、われわれがツァラについて知っていたことと言えば、絵入り新聞に載ったある噂によるものしかなかった、と言わねばならない。ツァラのパリ到着直前のことだったが、ダダの協力者の一人である画家ヤンコ〔ルーマニア生まれの画家、チューリッヒ・ダダに参加。一八九五―一九八四〕がパリに立ち寄ったときに、(6)ツァラの噂を大いに広めたのである。この若者《ヤンコ》は、その頃ピカソやブラックの仕事をとても気にしていたのだが、ブルトンとピカビアに対して、チューリッヒにおけるダダの出発のことを話したのだった。ヤンコが客観的に言うところを信ずるならば、ダダは一般的理念も指導的理念もなしに出発した。生きるためには金を稼がねばならなかったというわけだ。そして、戦争のせいで、商売人、脱走兵、スパイ、お尋ね者、扇動者、俳優、遊蕩者《エピキュリアン》といった連中に不信の目が向けられていたチューリッヒの街で、ツァラやヤンコやその他何人かの者たちがキャバレ・ヴォルテールを創設し、その店では、踊り子に仮装したこれらの若者たちがベリーダンスを踊った。それから、事業を拡大して（これはヤンコの言ったことばだ）、客を呼び寄せるために町中の女性を勧誘した。ダンスあり、タバラン芝居あり、グループ笑劇ありで、ヤンコの大風呂敷が大いに威力を発揮したのだった。ツァラが身体を張って踊る、奇妙でびっくりするような姿が見られるかと思うと、他方では、初期のダダイストたちがダンスに興じ、亢奮剤の混じった水を飲んで極度に興奮しながら、ともに時間を過ごしている姿も見られた、という。

　これらの話《レシ》は、当初われわれにとってまったくびっくり仰天するものだった。その後、いったん嘘の話ができあがってしまうと、ツァラの思想の価値を知っていたわれわれのあいだで、噂が不思議と拡大され、何でもありうる末期症状的な世界のなかでは、彼の思想が評判になってしまうということもありえたのだ。しかし、遊びの世界も終わりといった様子で、落ち着いて建築家の仕事をするためにヤンコがナンシーへ旅立ってしまうと、ツァラが少し浮かない顔をしただけで、その噂はまったく立ち消えになってしまった。ツァラに腹を立てたヤンコ、――それで事情はすっかり飲み込めた。[7] 実のところ、われわれはその見事なまでの乱痴気騒ぎの雰囲気が少々うらやましかったように思う。その騒ぎのなかで、ツァラは常軌を逸した連中の先頭に立って、クラクションの騒音を響かせ、あの大騒ぎを引き起こしたのだった。その大騒ぎはわれわれも同じように期待していたものではあったのだが。[8] 実態がもっと人間的なものだということを確認して、われわれは安心した。この若者《ツァラ》は、いつも不快な気持ちや不安に取りつかれている冒険家であるというよりも、一日中ひどい頭痛に苦しめられていたのだった。彼はチューリッヒでの生活について語った。午後の四時まで眠っていて、それから、喫茶店でチェスをやってだらだらと過ごした。[9] 以前の彼は、恐れおののきながら自分の部屋に閉じ籠っていて、そこから外出することもできず、またその元気もなかった。暗闇のなかで着替えをし、自分が生きなければならないこの恐ろしい場所を見ないようにした。数年のあいだに、数多くの貴重な原稿や古い書類が、その部屋で無雑作に積み重ねられた。ある日、外出から帰って来ると、自分の部屋がふさがっていて、所持品が別の暗い小部屋の片隅にまとめて投げ捨てられていた。もう自分の部屋だと主張することは不可能だった。それからは、その小部屋の方が彼の住む場所となった。その年のあいだ、彼が言うところのあの恐ろしい不安に襲われることが何度もあった。それはあまりにも激しいものだったので、不安が続くときには、自殺しかねないほどだった。

そこで彼は山登りに出かけた。すると、まるで魔法の杖を一振りするように、不安はすっかり消えてしまった。これらのことはかなり大げさに語られた。不器用な言葉遣いが話をいっそう感動的なものにし、抽象的なことばと、ときには正確な〔フランス語とルーマニア語の〕二重言語を駆使したので、心を動かされずにはいられないといったところだった。このような思いがけない感受性だけではなく、われわれにとってかなり新鮮なタイプの知性を、この新しい友人のなかに発見することになった。議論のなかでは、彼は絶えず、立場の優劣を超えて、論争の目的そのものに立ち返った。それはある種の感嘆すべき三段論法であり、無限の尺度ですべてを不断に推し量るやり方だった。ツァラにとって最も重要だと思われたものは絶対的相対主義の方法であり、それはポワンカレ〔フランスの政治家。一八六〇―一九三四〕の相対主義とは大きくかけ離れたものだった。

ある晩、それはわれわれが初めてツァラと会ってから二、三度目だったが、日がすっかり暮れているのに、アブキール通りやその近くの通りの街灯がまださほど灯っていない頃、ブルトンとぼくはツァラに、アインシュタイン〔アルベルト、ドイツ生まれの物理学者。一八七九―一九五五〕の話をした。アインシュタインの名はまだフランスではまったく知られておらず、われわれはポール・ヴァレリーのおかげでアインシュタインの発見のことを知ったのだった。アインシュタインの名前がわれわれの友人《ツァラ》を大いに興奮させるように見えた。ツァラはアインシュタインを知っており、彼と話をしたことがあり、さまざまな命題について語ったという。(10) 二人ともまことに輝かしい存在だったというほかはない。それだからこそ、二人はダダを肯定した、しかも大いに肯定したのだと思われる。「もしあなたが無限というものを見つめるとして、あなたは、自分の背後に何を見ますか」と偉大な人物《アインシュタイン》が言ったという。そしてアインシュタインは、ツァラに対して、自分自身の発見に背くようなことばは理解できないと告げたのだった。アインシュタインは、計算によってある一つの星を発見することができたのであり、その星の存在を予見したのだった。しかしそれは、アインシュタインには意味のないことのように思われ、ことばによって確認された制約が信じられなかった。彼は幾ばくかの天文学の知識を持っている一人の物理学者にすぎなかった。数学者たちから耳を傾けてもらえるようなものは何もないし、実際に一度も見たことがないイノディ〔ジャコモ、イタリアの数学者。一八六七—一九五〇〕の演算のようなおかしなやり方ですべての計算をやってのけたのだ。

　フロイトについて、ツァラはひどく悪口を言った。まったく愚かしい人物で、自分の弟子と喧嘩をし、フロイト自身がアドラー〔オーストリアの精神分析学者、フロイト門下。一八七〇—一九三七〕やその他の連中の模倣者だというのだ。しかも、ある種のブルジョワ的観念、すなわち正常な人間の原型という観念にもとづいて自分の思考体系を打ち立てたというのだった。

　ツァラは、フロイトよりもユングの方が好きで、ユングと知り合いであり、よく議論したのだった。しかし、ユングは狂人として隔離されそうになった。(11) ツァラが幾人かの精神分析学者について語ったなかに、実を言えば、ツァラのあの性格が感じられた。つまり、自分の最も慣れ親しんだ思想が他人のものと同じだと感じられたり、通俗化されようとしていると感じられたときに、まったくそれに関心を示さなくなるという性格である。彼はとりわけ、精神分析が今日のドイツ文学やスカンディナビア文学の基礎となり、印象主義やルノルマン〔アンリ＝ルネ、フランスの劇作家。一八八二―一九五一〕の演劇の基礎となっていることを批判したのだ。

トリスタン・ツァラがパリにやって来て五日も経つか経たないうちに、最初の「『リテラチュール』の金曜日」が、ウルス通りとサン・マルタン通りに面した「パレ・デ・フェート」の建物で開催された。そこは二つの映画館に隣接した小さなホールで、それらの映画館では二つのオーケストラが「妖婦《ヴァンプ》」と「小娘《ミニヨン》」を演奏しているのが、ごっちゃになって聞こえていた。

最初の『リテラチュール』の金曜日(1)(その1)

DADA
LOUIS ARAGON

一九二〇年の初頭はこの上ない混迷のさなかにあった。その頃、ブルトン、スーポー、エリュアールとぼくの四人は、世間をあっと言わせるような行動を起こそうと決心したばかりだった。というのも、われわれは、いわゆる前衛と言われる作家たちを同じ平面でごちゃまぜに判断するのに飽き飽きしていたし、「文学のキュビスム」の追従者、つまりわれわれの先輩たちと決定的に区別されるような基本的違いを気にしている追従者だと否応なしに見なされることにうんざりしていたので、たとえば自由詩に関するような技術的な議論を長引かせて、文学的論争を支配している、子供じみた小心な精神を、われわれの沈黙のせいで容認してしまったなどと、これ以上人から思われないようにしたいと決心したからである。さいわいにも、**何ごとか言うべきことを持っていた**ので、われわれは、それがよりましなものになることを期待して、詩のマチネーといった形式にしようと決めた。そして、

「『リテラチュール』の金曜日」シリーズを予告して、一カ月に二回開催することにした。それはちょっとした始まりにすぎなかったが、これまでの月並みなマニフェスタシオンは回避しようと思っていた。つまり、幾つか注釈を付けた造形的作品の展示と朗読とを混ぜ合わせたマニフェスタシオンにしようとしたのである。

　われわれが各詩人に対してどんな評価を持っているかはともかくとして、まず決定されたのは、すべての前衛詩人が全員出演するマチネーということだった。こうしてわれわれは、互いに面と向かい合うことで、詩人たちの対立をはっきりさせようとした。とりわけ、ある連中が目立った姿を見せたりすると、そんな連中を自分たちの亜流だと見なし、もう彼らの巻き添えを喰いたくないと思うようにすることだ。われわれが招待した作家たちには、当日のプログラムの内容をあらかじめ知らせなかったのは言うまでもない。唯一例外的に、ほぼ完全な（少なくとも手渡したときにはそう思っていたのだが）プログラムを手にしていたのはピエール・ルヴェルディただ一人だった。彼はすぐに激しく異論を唱え、何人かの参加者の名前に驚きを示したが、それはわれわれに対する不信ではなかった。彼は消極的な協力を約束した。彼が催し物に参加するとは思われなかった。その間にも、われわれは六人組[2]の作曲家たちに声をかけていたのだが、ルヴェルディは自分の友人であるソレル・カザボンに音楽を演奏させるように強く推薦した。しかし、プログラムはもう印刷に回っていたので、彼に演奏を依頼するのは難しかった。それに、ソレール・カザボンは六人組からボイコットされていた。ぼくはルヴェルディに、第二回の「『リテラチュール』の金曜日」には彼の友人《カザボン》に声をかけると約束した。それは二週間後に予定されていて、スーポーは欠席のはずだった（彼はジュネーヴに出かける予定だったと思う）。

ツァラがパリにやって来たときのわれわれの準備状況はそんなところだった。『新フランス評論』を相手どって『リテラチュール』が展開した最近の論争、それは『新フランス評論』がわれわれに対して好意的になったと思われるときだったのだが、ダダに関するジャック・リヴィエールの論文に対して、『リテラチュール』に発表されたツァラの回答[3]、さらには、われわれが詩壇においてツァラに与えた地位（人々にはいまもってさっぱりわからないようだが）、こうしたことのすべてが、いわゆる前衛的な文学環境のなかで、われわれの友人《ツァラ》に対する好奇心を掻き立てたのだ。ツァラについての悪い評判が立っていたそのパリに彼が到着したとき、彼を見舞っていたどこか臆病な発作と、人々のそうした好奇心とが完全に混在していたので、われわれはピカビアと相談して、しばらくのあいだツァラの到着を隠しておくことにした。それは火曜日だったと思う。翌日われわれはツァラといっしょに喫茶店セルタ[二]に出かけた。毎週水曜日に行く習慣だったのだ。彼を誰にも紹介しなかったから、彼は黙ったまま、われわれを訪ねて来たかなり多くの人々を秘かに観察していた。オーリックがやって来たのは間違いないし、ドリュも来たと思う。他の連中は忘れたが、ラディゲがいたようにも思われるし、画家も一人や二人はいたようだ。ルイ・ド・ゴンザグ＝フリックはどこかの新聞のための取材をしていた。

木曜日に、ピカビアの家で催し物の最後の詰めを行なった。ツァラは観客の一人といった態度で話したが、それはわれわれを驚嘆させた。彼が語ったのは、耳をつんざく騒音とか長い沈黙といったきわめて簡単な方法によって、どれだけ人々がわれを忘れ、自分たちがどうなったかわからなくなるまで感動させることができるか、ということだった。それというのも、彼はチューリッヒで、観客が舞台に投げつけるものがなくなって、自分の鍵まで投げつけてしまい、家に帰ることもできなくなった姿を目にしていたからである。しかし、われわれが求めていたものは、さまざまな反応を引き起こすというよりも、観客の品格を傷つけることだった。ツァラの経験、つまりチューリッヒでの、さまざまな詩（言うまでもなくツァラのもの）を朗読するとか、多くの詩を含んでいる幾つかの宣言を読み上げるといった経験に対して、われわれはジャック・ヴァシェの思い出を打ち出さなければならないと思った。宗教的な瞑想を伴ったヴァシェの作品は、このような雑駁な朗読には耐えられなかっただろう。われわれは、第一回の「金曜日」の大安売りといった特徴を際立たせようとしたが、このような朗読は最後となるはずだった。そしてまた、全体が詩の朗読に取って代わるような明白な特徴を表わすために、スーポーが提案したのは、観客の目の前で長時間にわたって手を洗う行為だった。多くの計画が検討された。結局、延々と続く朗読によって、きっと会場全体に醸し出されるに違いない退屈さを考えて、反＝詩的なマニフェスタシオンだけに留めておこうということになった。それをできるだけ激越なものにし、驚愕をさらに強烈なものにするためには、ツァラがパリにやって来たというニュースが引き起こすであろう驚きと好奇心を利用しない手はないということになったのである。

当時は現代詩を朗読してもらうのは簡単なことだった、などと思われてはならない。ベルタンやエラン(4)以外に、出演者を探すのを諦めねばならなかったほどだ。エーヴ・フランシス〔女優、映画監督ルイ・デリュックの妻〕は病気だったし、ヴァランチーヌ・テシエ〔女優、映画『ボヴァリー夫人』など。一八九二―一九八一〕は自分の任ではないと断ってきた。一悶着あって、結局われわれ自身で朗読することに決まった。ドリュが協力してくれたし、ラディゲも手伝うと約束してくれ、コクトーも申し出てきた。コクトーの場合は少し当惑させられたが、断るわけにはいかなかった。やはりベルタンに頼む必要があった。彼は自分であれこれ選んで朗読するのが好きだったので、土壇場になって、マックス・ジャコブの短い作品を（それはこの著者のくだらないコントよりはまずまずの精神を示すものだと思われたのだが）、やたらと長いものとすり替えてしまった。この俳優《ベルタン》は、この作品のなかに「繊細さ」を示すチャンスがあると思っていたのだ。同じく彼の妻のメイエル夫人にも依頼する必要があった。彼女はオーリックやプーランクやミヨーのピアノ曲を手がけていたのだが、しかし、彼女がすでにあちこちで演奏していたサティをどうしてもやりたいと言ってきかなかった。そこでわれわれは、未発表の曲（幾ばくかの贅沢な精神だ）だけを希望した。彼女はまた、聴衆が詩の朗読にうんざりしてしまう前に演奏したいと主張した。彼女に言わせると、聴衆は舞台装置にはすっかり慣れているし、音楽にも精通しているので、ご承知のように、演奏はあのような庶民相手ではたいへんな仕事だというのだ。

ジャン・コクトーに頼まねばならなかったが、彼もまた、いいタイミングで登場することを望んだ。つまり人々がまだ笑いを求めている時刻ということである。さらには、人気のない詩人もいて、デルメ(5)やビロにはどんな朗読者も見つからなかった。ビロについては、ラディゲが引き受けると約束していた。しかし、おしまいまでくると、彼は取り付け襟で飾った喉の奥で、すっかり嗄れた声で読み始めたのだった。ぼくが催し物の具体的な構成をまかされていたので、朗読の引き受け手がいないそれらの詩を全部ぼく自身で朗読しなければならなくなった。こうしてぼくは、とりわけ「イソワール墓地のナポレオン」の作者である誇り高きビロの、きわめて激しい反感を買ってしまったのだ（ぼくはのっけからまずい発音をしたと言わねばならないのだが）。

ポール・デルメについては、なぜ彼がその場にいたのか説明しておいた方がいいだろう。ピカビアがフランスへ戻ってきたとき、デルメは彼に対して愛想を振りまき、お節介をやいた。デルメは実業家といった一面を持っていたし、実際それを望んでいた。ピカビアは、モンパルナス派とモンマルトル派〔モンパルナス派にはツァラ、デュシャン、マン・レイ、アラゴンなどがおり、モンマルトル派にはピカソ、マックス・ジャコブなどがいた〕とのいざこざにはほとんど関わらなかったが、デルメに対して与えられた、かなり大げさで馬鹿げた追放処分に若干同情さえしていた。この追放処分というのは、不運なデルメが、マックス・ジャコブやその常軌を逸した仲間たちの芸術について行なったお粗末な講演のせいで、前衛派のあいだで決定されたものである。実を言えば、デルメとわれわれのあいだには、もっと深刻な別の不満の種があったのだ。われわれがルヴェルディの精神に従ってデルメをやっつけるのに大いに動いたことを、彼が知らないはずがなかった。ぼくは彼の著書をたったの二行でこき下ろしたものだ(5)。デルメは、首都パリに到来したダダのなかにかなり重要な跳躍台を見たがゆえに、とはいえ数カ月のあいだ何が問題なのかまったくわからなかったのだが、ピカビアと相談した上で、躊躇なくわれわれに接近してきたのだった（なぜなら、われわれと協力すれば、「黄金分割」グループ〔一九一〇年から一一年にかけてマルセル・デュシャン、ジャック・ヴィヨン（デュシャンの弟）等によって設立された芸術グループ〕とちょっとでも繋がりができると考えたからだ）。彼はブルトンとパンテオン広場のキャフェで会う約束をし、われわれに対する好意とわれわれの計画への賛意を表明し、また、われわれと良好な関係を保ちたいという願望を示した。彼の方ではわれわれを批判するに足るだけの理由もあったのだろうが、われわれにはデルメを非難するものは何もなかったので、彼をわれわれのマチネーから外すのは難しくなった。こうして彼は、マチネーに一編の詩を提供したのだが、それがどんな風に朗読されたか、よく覚えていない。また、ルヴェルディからは相当長いあいだ恨まれてしまった。ルヴェルディの詩が、木曜日午前の一番最後の朗読にまわされたのだが、その理由をルヴェルディに隠そうとしたからだった(6)。

われわれは、自分たちの催し物を公開する場所について、あれこれ迷っていた。しかし結局、とても安い使用料とどこか詩的な雰囲気があるので、パレ・デ・フェートに決めた。それは大きな建物で、ウルス通りとフォーブール・サン＝マルタン通りに面している。その上、このパレには広い回廊が付いていて、さまざまな呼び物（黒人の頭を殴る力量計、自動カメラ、それに喫茶室もあった）と、二つの映画館を併設している。そのうちの一つは、少なくともパリで最も大きいものだ。映画館は、一階と二階にあって、それぞれ一週間に二本の映画を上映している。したがって、レ・アール地区に住んでいる贅沢な住民たちは、週に四回パレ・デ・フェートに出かけるのだ。われわれはここを以前から知っていた。戦争中、ぼくはすぐ近くで医療当番に当たっていたので、その機会を利用して映画を見に行ったのは言うまでもない。そこで、とても奇妙な観客と出会ったことがある。レ・アールの人たちは、パリの農夫といった風に、街の大気で日焼けしていて、粗野で頑健であり、女たちはまぶしく輝いて声高にしゃべり、男たちは騒々しくみだらなのだが、彼らは、あれこれの映画の主人公の力強い味方なのである。週間ニュースは騒々しい噂の対象になった。映画館ほどポワンカレ〔一九一三年から二〇年までの大統領。二二年以降四次にわたって首相を務めた〕がいつでも激しくやじられるところはパリには他にない。そこはまた、ブルトンお気に入りの映画館の一つだった。

　われわれは、このパレに一室を借りたのだが、それは「団体の会合、結婚式、定例の小舞踏会のための」部屋で、その入口はフォーブール・サン＝マルタンに面している。しかし、二つの映画館のあいだにあるので、映画の上映中はずっと、舞台の袖で、二つのオーケストラの調子外れの音楽を耳にしなければならなかった。狭い袖を備えた小さな舞台があって、その上にわれわれは何本かの木材の支柱に支えられた室内舞台装置（馬鹿馬鹿しいほど小さな舞台装置だ）を設置した。金曜日の朝になると、われわれはツァラといっしょに、その部屋の点検に訪れた。そして、開始を告げるための二つの小さなベルを手に入れようとして一時間も費やしたのだった。

観客がやって来たときには、まだ椅子が並べられていなかった。彼らは、とりわけ前日の夕刊『ラントランシジャン』紙の予告を見てきた人たちだった。その頃はまだ、われわれはジャーナリストから評価されていたし、公演の初めに演説をするはずだったアンドレ・サルモンの支援もあったので、印刷を引き受けたトレーズ社が、雑誌『リテラチュール』はマチネーを組織し、サルモンの「為替相場《シャンジュ》の危機」と題する講演から開始されると書いてくれたのだった。モンマルトルやロシアについて多くの著書を出している作者《サルモン》によるこのような悪ふざけは、何人かの老人たち、すなわち自分たちの応援が期待されていると信じて疑わない老人たちに受け入れられたのだ。そのなかに、大きな補聴器をつけ、耳をじっと傾けている老人が一人いて、マチネーのあいだじゅう一列目に座っていたのだが、何も理解できない風だった。プログラムが全部終了すると、その男はがっかりした様子で立ち上がって尋ねた、「まだ為替相場の危機についての話はないのかね」。もう一人別の観客は分別を持っていた。こういう客こそ、ダダのマニフェスタシオンでもっと増やさねばならない層だった。すべてが完了するのに時間がかかった。何事も始まるのはずいぶん遅れてからだ。入口では、サン・パレイユ社の経営責任者であるルネ・イルサム(7)がスーポーを手伝っていた。イルサムがポール・モーランの著書を出版して以来(8)、ぼくが言葉を交わしたのは、それが最初だった。何もかもが特別な日だった。

最初の『リテラチュール』の金曜日（その2）

その金曜日当日、ホールや狭い舞台の袖をつつんだ興奮がどのようなものだったか、その主な内容についてはすでに述べた。今回は、ジャック＝エミール・ブランシュがウルス通りにさしかかったときに、公道で心臓発作に見舞われたことを付け加えておこう。ダダの最初の犠牲者を出してしまったのである。

催し物の第一部はすべて慎ましくて静かで厳粛な特徴を示していて、それは、モンマルトル派とモンパルナス派の連中が、闘い、辱められ、軽蔑されたあげく、ついに身にまとった特徴だった。アンドレ・サルモンがそのくだらない儀式の開会を宣した田舎風饗宴《バンケ》向けの演説は、あらゆるものに、あの美しい灰色の色調（灰色は当時良き趣味を表わす究極のことばと思われていたのだ）をもたらすのに大いに貢献した。この演説家《サルモン》はこの日、『リテラチュール』とその協力者たちに対して、彼がそれ以後見せたことがないような親切な態度を示したのだった。『ソワレ・ド・パリ』(1)以来、前衛的な雑誌と言えば『リテラチュール』しかなかった。それは明らかだった。わが国の文学史は、簡単に言えば、サンボリスムとアポリネールと**われわれ**とに要約することができた。もちろん、こう言う裏には、猫かぶり《パトラン》の態度と、活発でありたいという欲望、さらには人気を博し、理解され、称賛されたいという欲望が隠されている。やれやれだ。

まず初めに、アポリネールの世代の詩人たちが一まとめにして朗読された。サンドラルス、ルヴェルディ、マックス・ジャコブである。次に、しばらくのあいだ音楽。さらに……、だが、ぼくが書くよりもプログラムを示す方がもっとわかり易いだろう(2)。何枚かの絵を提示したときをもって、催し物は前・後半に分かれた。ブルトンがある画家についての解説を朗読した。何点かの絵が示されると、耐え難いほどの沈黙が訪れた。レジェ〔フェルナン、画家。一八八一—一九五五〕、グリス〔ホアン、スペインの画家。一八八七—一九二七〕、キリコ〔ジョルジオ・デ、イタリア生まれの画家。一八八八—一九七八〕、リブモン＝デセーニュ、ピカビアなどの絵と、リプシッツ〔リトアニア生まれの彫刻家、一九〇九年パリに出る〕の彫刻が称えられたのが、その日の圧巻だった。キュビスムに対する大衆の無感動は、われわれにはそれほど驚きではなかったが、キリコの絵を前にして示された大衆の無感動の方がより深刻なように思われた。それにしても、ピカビアとリブモン＝デセーニュはわれわれの期待を裏切った。ぼくはリブモン＝デセーニュに対して短い注釈を与えておいた。それは、これらの注記の付録のなかに含まれるだろう(3)。というのも、この注釈は、ぼくが後悔しないではいられないほど、どうしようもない熱狂を示しているからだ。『キュビスムの画家たち』〔アポリネール一九一三年の評論集。「新しい画家たち」の章でピカビアを扱っている〕に収められている、ピカビアについてのアポリネールの論文は、かなり不十分なものだとはいえ、ブルトンによって刺激的なやり方で朗読されると、出席者たちから初めて激しい反応が生まれた。「ＬＨＯＯＱ」と題された絵が公衆の前に提示された[4]。この絵はたぶん、ぼくがピカビアの作品のなかで最も好きなものだ。それから、もっと詳しく語らねばならない一枚の絵が続く。というのも、その絵は、われわれの記憶にしか残っていないからだ。一枚の黒い画布の上に白墨で描かれた何本かの線が、幾つかの文字を遮蔽し、そのなかでも最も大きくて感動的なものは、「**鼻にご飯 riz au nez**」と書かれていた。ところがそれを、「あなた方をあざけり笑う ris au nez」と一瞬誤解した観客が怒り出した。すると、あらかじめピカビアと示し合わせておいたかのように、ブルトンがさっと立ち上がって、湿ったスポンジで、黒い画布の上に描かれたものをすべて拭き取ってしまったのである。

　催し物の第二部は、二回目の音楽演奏のあとで、もっぱら一番若い世代の文学者たちに捧げられた。ラディゲからビロにいたる文学者たちだ。第二部も佳境に入った頃、キュビスムの画家たちは、ピカビアが彼らのために作った芝居をどうにか上演し始めたときだったが（会場からは失笑が洩れた）、すでに自分たちの評判がよくないと感じていて、ろくでもない作品のために費やした数年間の成果が失われ、もはや自分たちの絵画や魂や自分たちの女まで**売る**しかないと思い始めたときに、会場全体が驚き呆れているなかで、ツァラが（ぼくが「風景の癩病の白い巨人[5]」を朗読して、出席した婦人たちのあいだに一大スキャンダルを巻き起こしたばかりだった）、カメラマンのような様子をして、これから最近の自作詩を朗読します、と告げた。

ぼくは、この朗読が告げられたときに生み出された観客の好奇心を理解した。この好奇心は、ときには「役に立った」のだ。つまり、子供が照明にびっくりするように、小柄で色の黒い男（ツァラのこと）が登場すると、どよめきに似たものが起こったからだ。すぐに、ツァラが朗読を始めた。しかし、誰も聞いていない。そこで、ブルトンとぼくが、両側から指も折れんばかりに二つの鈴を打ち鳴らして、ツァラが、ルーマニア人特有の抑制しがたい激しさで、レオン・ドーデの最新の議会演説を朗読している声をかばった。それは三分間続いた。その間というものは、礼儀のかけらも見られず、まったく信じられないほど、会場には名状しがたい大騒ぎと怒りが渦巻き、怒号と脅迫の声があふれた（この当時、座ったままで詩を朗読することがすでに無礼な仕草と見なされたことを考えてほしい）。「チューリッヒへ帰れ！」と叫ぶ連中がいるかと思うと、他の連中はもっと下品な言葉を発し、ある者などは「殺っちまえ！」と叫んだ。言うも憚られることだが、それは、『アクシオン』誌の編集長フローラン・フェルス氏[6]だった。ホアン・グリスもまたびっくり仰天したままだった。この不幸な男は、自分が危険に巻き込まれたと思い、そして、このスキャンダルのなかで、何か大事なものが奪われてしまう（どうしてそんなことがありえようか）と考えたのだった。アンドレ・サルモンは、自分がたったいましゃべったことを後悔していた。他の連中のことはもう言うまい。

この暴発騒ぎのあと、何もかもがいささか拍子抜けし、飽き飽きして、かなり長い時間が経ったように思われた。その日は結局、詩を貶め、最も善良な人たちを落胆させるだけで終わってしまった。口にするのも愚かなことだが、観客がすっかり引き上げてしまったあとで、とうとうぼくは、空席を前にしてビロの詩を朗読する羽目になった。その朗読は誰一人として引き受け手のなかったものだが、コクトーと彼の友人たちが親切にも入口の敷居のところで立ち止まっていた。

閉会が近づいて、開始の頃の興奮と、われわれが初めて演じたあらゆる愚行による吐き気とに襲われた。デルメは何もかも了解したような振りをしていたし、グリスは、つい先ほどまでは催しが終わったらツァラの顔を殴りつけようと心に誓っていたのだが、結局ただ握手をしただけだった。レジェはこの催しをとても奇妙だと感じた。とても奇妙だということばは耳障りな、嫌な響きだが。そして、嵐のときがやってきた！　ブルトン、フランケル、エリュアールとぼくは、気分を悪くして帰途についた。そして、舗道の上で、めったやたらと口論した。みんなが、コクトーに対して寛大すぎると言ってぼくを非難した。エリュアールがこざかしい口をきいた。突然ぼくは、我慢の緒が切れて、エリュアールに対して、二言三言、人に言ってはならぬ本心を口にしてしまった。セバストポール大通りで起こったことは、まるで多量の放電のようなものだった。このとき初めて、その争いと口論とによって、本当のダダ運動が始まったと言えるかもしれない。そして、この重苦しい雰囲気はその後三年以上経ってもまだ晴れてはいない。また、さまざまな経験、凋んでしまった熱狂、落胆、怒り、こうしたすべての不面目がこの奇妙な時期を特徴づけてはいたが、しかし、それはダダの光と闇を説明しうるようなものではない。

それでも、われわれのあいだには、ある種の感情的な結び付きがあった。だが、残念なことに（あるいは好都合かもしれないが）、今日では何人かの連中はそれを忘れてしまっている。とりわけ、われわれにとっては、ツァラのあの魅力はとても新鮮なものだった。それはたぶん、われわれのみじめな催しがあった翌日の土曜日だと思うが、われわれはほとんど終日いっしょに過ごし、もう前日の激しい対立は問題ではなくなっていた。夕方七時頃、ツァラ、ブルトン、エリュアールとぼくは（スーポーはジュネーヴに出かけて留守だった）、他の催し物をちょっと覗いてみようと思い立ったのだ。われわれはセルタにいたのだが、オペラ座でロシアバレーをやっていた。ぼくは大急ぎでヌイイへ戻って着替えをしてから、劇場の入口で再び友人たちといっしょになった。ブルトンとぼくは入場券を持っていたが、あとの二人は無料でもぐり込んだ。ツァラは青いワイシャツに灰色の服を着て、小さな蝶ネクタイを結んでいた。それがずいぶん歪んでいた。ところで、彼ら二人がオペラ座広場でぼくを待っているあいだに、赤毛の、大きな髭を生やした男が彼らに近づき、オペラが退けてからアングラ映画（クリスタル＝パラス座）へ案内したいと申し出て、オペラ座が閉まる頃に会う約束をさせられたというのだ。

その晩のオペラ座は、「奇妙な店」「夜啼き鶯」「三角帽子」を上演していた。われわれは最初の劇を、オーケストラボックスのあいだから見物した。そこはとても居心地が悪かった。幕間《まくあい》に、ヴィセンテ・ウイドブロ[7]と出会った。彼はわれわれ四人を自分のボックス席（すでに満員だったが）へ誘った。そこにはアポリネール夫人や、ぼくの知らない二人の人物、それにランヴァン夫人〔ジャンヌ、フランスの有名なデザイナー。一八六七—一九四六〕と思われる女性がいた（その他ぼくの知らない何人かのファッション界の人物）。とても大勢の人で、居心地が悪かった。案内嬢がやって来て、そこにいてはいけないと言った。すると、ツァラが尊大な態度で、「この名刺をディアギレフに渡してくれ！」と大声を出しながら、ポケットを探して、名刺を取り出した。ディアギレフ〔セルジュ・ド、ロシアバレー団を率いてパリで公演していた。一八七二—一九二九〕は、いくつかのボックス席に分かれてほしいという言伝《ことづて》をよこしてきた。こうしてブルトンとぼくは、他の二人と別れて、「三角帽子」を見たのだが、隣のボックスには見知らぬ男たちがいて、不審そうにわれわれを見ていた。突然、その男たちの一人が、いかにもわざとらしい仕草で、この暑さではまったく必要もないのに、ぼくの隣の席にいた彼の妻に毛皮のコートを乱暴に着せてやっていた。会場を出ると、その晩死ぬほど退屈だったロシアバレーにすっかりうんざりしていたことなどもう念頭になかった。

　マドレーヌ大通りの街角で、手袋をつけず、山高帽をかぶり、黒い口ひげを生やした一人の大柄な男が、アングラ映画を見ないかと誘ってきた。場所は推して知るべしだ。この男は、夕食時にぼくの友人たちに声をかけた男とは違っていた。イタリア大通りの街角では、先の男と見紛うばかりによく似たもう一人の男も、こちらは赤ひげを生やしていたが、アングラ映画に行かないかと誘ってきた。

われわれはロシアバレーとは違った、もっと俗っぽいスペクタルを見たかったので、映画の値段を尋ねてみた。われわれの持ち合わせを超えていた。立ち去ろうとすると、このたちの悪い周旋屋は、もっと安くて、ずっとおもしろい遊びがあると言い出した。結局、われわれ四人で三〇フランのシャンパンを一本空ける値段にまで値切って、赤ひげの男のあとから、ギャラリー・ラファイエットまでついて行った。地下鉄のコーマルタン駅にさしかかったとき、ブルトンがわれわれと別れた。わが案内人はわれわれ三人をラファイエット旧市街にある一軒の館まで連れて行った。引き返すいとまもなく、ぼくは一軒の売春宿を認めた。そこはぼくがいつもラファイエット通りから入っていくところで、ちっとも特別なところではなかったのだ。

蓄音機の音が響くなかで、くだんの女たちはサロンに並び、そして、われわれは金持ちの遊び人よろしく座っていた。やり手婆ぁが差し出す指定のシャンパンを飲んでいると、女たちは逆向きに一列に並んだ。「みなさんがた、さあお相手を選んで下さい」。相手を選ぶのはまったく容易ではなかった。それに、三人とも、他の二人にあまり自分をさらけ出したくなかったし、いささか羞恥心も手伝っていた、と思う。ツァラは女たちを一列に並べて、相手を選ぶために、時間をかけて選ぶ振りをした。そして、ごく普通の一人の女の前で立ち止まった。エリュアールは「自分の相手」を選ぶのをぼくに任せると言った。そこでぼくは、梅毒に罹ったような鼻をした、意地悪そのものといった女を選んでやった。ぼく自身は、その隣にいた女を指名した。階段を登りながら、ぼくたちはとても疲れているし、この場所に飽き飽きしている（それに危険でもある）から、ただ顔を見ているだけにしようとお互いにつぶやき合った。照明の暗い、絨毯を鋲で留めてある、壁掛けのついた部屋のなかに、一台の天蓋つきの寝台が置いてあったが、それは、女たちがわざとらしくはしゃぎまわってすっかりくたびれている姿とそぐわないものがあった。しかも、彼女たちは、こんな光景がぼくの心にすぐに引き起こした、いささかやりきれない気持ちを察していたし、お互いに横目でちらちら見ている三人の無関心な若い男たちを前にして、自分たちが演じている喜劇に嫌気がさしたようだ。これだけですでに、やり手婆ぁの言った料金が理不尽にも超過してしまうのだった。ぼくは持ち合わせがなかった。ツァラがぼくの分も支払った。まだロシアバレーの公演が続いている時間だった。

翌々日になると、ぼくはこの情けない晩のことはもう忘れていた。ところが、月曜になってからようやく、われわれがどんなに危ういところを逃れたかがわかったのだ。ジャック・ルーシェ（オペラ座の支配人。一八六二―一九五七）の秘書をしていたセバスチアン・ヴァロル氏(8)は、エリュアールの知り合いだったが（なぜならヴァロルもまた詩人だから）、わが友人《エリュアール》のところへ駆けつけてきた。エリュアールもまたびっくり仰天して、ピカビアの家へ駆けつけて、ツァラに持ち上がった出来事を知らせた。いったい何事が起こったのか。各紙が、「**黒貂の襟巻き盗まる**」という見出しで、次のような出来事を語っていたのだ。

ジャンヌ・ランヴァン夫人（ほんとうに彼女なのかどうか）は、われわれも見物していた土曜日に、ディアギレフ劇団の公演を観劇していたが、ボックス席に黒貂の襟巻きを忘れてきたというのである。彼女の周りには名も知れない観客が何人もいた。劇場を出るときに彼女は、襟巻きが巧妙に首から外されてなくなっているのに気づいた。そして、ルーシェは、泥棒を見つけるために秘かに探索をしたという。自分の劇場の名誉を気にしたこの優秀な支配人は、ロビーでのわれわれの服装にひどく不審を抱いていた。ツァラの灰色の服、青いワイシャツ、歪んだ蝶ネクタイに注目していたのだ。盗難が知らされたとき、彼は強い憤りにかられ、盗んだ奴に心当たりがあると言明した。われわれがいたボックスから毛皮がなくなっていて、不審な名刺が床に落ちていた。ツァラが名刺を一枚案内嬢に差し出して、ディアギレフに渡すように言ったとき、同時に別の一枚を床に落していたことがわかった。これだけでも嫌疑をかけるに十分な理由だとルーシェは言明した。疑いをかけられないようにわざと名刺を置き去りにするこのやり方は、目新しいものではなくて、すでにアルセーヌ・ルパンによく見られる手口だというわけだ。おまけにツァラは外国人である。そのうえ、彼といっしょにいたあの若い連中はいったい何者だろうか、等々。

そのとき、セバスチアン・ヴァロルが救いの神よろしく登場したのだ。彼は大いに熱弁をふるったようだ。彼は主張した、ネクタイも、服も、ワイシャツも、また一見それらしく見える名刺ですらも、証拠として考えることはできないと。彼は自ら、われわれの潔白を証明する証人になると言い、ためらわずに嘘までついて、われわれ四人をよく知っていると言ったのだ。とうとうルーシェの怒りも収まった。

ぼくがこんなことをすっかり打ち明けるのも、この出来事のあとに吐かれた二つの台詞のことがあるからだ。一つはエリュアールで、「思ってもみたまえ、もしこのような珍事の噂が広まって、二、三回こんな風に評判が落ちてしまったら、われわれの書くものもおしまいだ。すっかり台なしだぜ」。一方、ブルトンの反応は、「ぼくは詩人よりも泥棒と見なされた方がいいよ」。

この二つの台詞は、ダダ運動の歴史におけるさまざまな波乱の芽を含んでいる。そしてまた、もし何かの折に、一度ならずこのことを思い出す機会もあることだろう。

フォーブールのマニフェスタシオン[1]

いまぼくが再現できることと言えば、レオ・ポルデス〔一九一八年にピュトー街に「フォーブール・クラブ」を設立。一八九一—一九七〇〕の「土曜の会」において、非常に多くの聴衆を前にして即興で話した発言《パロール》だろう。

それはツァラがパリにやって来てまだ間もない頃だった。この種のものでは特異な催しとなるはずだった、人を欺くような最初の「『リテラチュール』の金曜日」によって、われわれは誠実な前衛派の連中に背を向けたばかりだった。彼らはあれ以降、仲間に巻き込まれるのを恐れ、他のところですでに述べたように、何もかも駄目にしてしまうと言って、厳しくわれわれを非難した。次の週の木曜日[2]に行なわれたグラン＝パレのマニフェスタシオンでは、とどのつまり、われわれはほら吹きということになってしまった。われわれとしては新しい息吹きを注入しようとしていたのだが。

プログラムの売り子に売り上げ金と『ダダ会報』[3]の残部を持ち逃げされてしまったことに気づいた

頃、ダンタン通りのステップ〔外付き階段〕で、毛皮のコートを着た一人の人物、つまり社交界の人間特有の冷笑と、言論の自由に対する政治家としての尊重とをあわせ持っているレオ・ポルデスが、われわれに対して、〔グラン・パレでのマニフェスタシオンの〕翌々日に、教会を映画館に改造した彼の建物で、終わったばかりのマニフェスタシオンの続きをやらないかと申し出てきた。彼は、相手はおとなしい観衆だと確約した。そして彼は、何事にも偏らないということにやたら気を遣っているように見えた。この公明正大さについては、彼を正しく評価しなければならない。なぜなら、ダダに関わる者すべてに対してなされる要求[4]、ぼくがこれを書いているこの瞬間にもポルデスに対してなされる要求を、彼はあらかじめ察知していたからである。そしてこの要求は、のちになって、たとえばピエール・ミルなどが『ある貧困なダダの回想』[5]と題する本のなかで、お粗末にも利用したものであって、ダダということばが、著者ミルの精神のなかで表わすものは何もなかったのである（その精神は大変特徴的なもので、二年後に『コメディア』や『ヌーヴェル・リテレール』誌のインタビューのなかで、もはやダダが時代とは適合しなくなったにもかかわらず、ダダについて自分が理解したと信じるところを語ることがまったく自然だとするほどなのだ――こうしたことから、彼はいかにも一貫性のない男に思われる）。

　こうして、二日後の土曜日に行なわれる、木曜日の催しの続きを準備することにはあまり気乗りがしなかったのだが、とにかくわれわれは、自分たちダダの考えとそれ以外の人たちの考えを、パリの民衆のために簡潔に表現するように求められたのだった。このような催し、しかもこれほど決然としたものは、がむしゃらにやらなければ進まないものだ。かまうことはない。われわれはジャック・ヴァシェのいろいろな目論見のことを思い出した。慎重に構えてみたところで何の得にもならないというわけだ。その日から翌日にかけて、われわれがどれだけ戦闘的になったことか。とりわけ、ぼくの心をすっかり魅了したのは、われわれが見方を変えたということである。とっさに捻られるスイッチの素晴らしさ、それはきっぱりとどちらかに決めるということだ。

ぼくとしては何も準備をしなかった。集まった観衆の興奮を予感していたので、あらかじめぼくはバスのなかで、精神の独立とか、一九二〇年に左翼諸政党を形成していた人道主義について少し考えるだけにした。満員になった旧教会堂の外陣に到着したときには、レイモンド・ダンカン[6]〔アメリカの画家。一八七四—一九六六〕が、規範としてのスコラ哲学について講演し終えたところだったが、一人の女性が、おずおずとした声で、だが大げさな表現で、このギリシャ系アメリカ人〔レイモンド・ダンカンのこと〕に尋ねていた、美は道徳的であるべきだとはお考えになりませんか、と。想像していたよりは芝居がかったところの少ないこの人物《ダンカン》が、ヤンキー訛りで答えているのが聞こえた。その訛りはやがては彼の魅力となるのだが、初対面の者には耳障りなものだった。

次いで、小学校の先生を思わせる人物が立ち上がって、思い入れも甚だしく、バルビュスやドストエフスキーについて語った。さらには、自分自身の臆病さについて、また、本来ならば剝ぎ取って踏みつぶすべきだが、気の弱さから身に付けているという陸軍の勲章について、さらには、脱走や脱走兵の勇気等々について語った。他の何人かの参加者も同じような問題について語った。こうして、その男の崇拝する人物たちや彼の信条やモラルといった、ぼくが攻撃したくてたまらないようなことが、一挙に目の前に示されたのだ。しかし、進行中の議論は、すでに会場係によって販売されていた『ダダ会報』から論点がずれ始めていた。そして、幾人かの声がいっしょになって、三拍子で「ダダ」を連呼した。まさに観衆のなかに、パリの民衆ではなくて、哲学や百科全書や社会的文学をかじった中間的階層を認めることができた。そこに存在するのは、まさしく、われわれがこれから述べようとすることにはまったく無関心で、それを聞く用意もまったくできておらず、ひたすら偏見に満ちた観衆だったのだ。

ツァラ、リブモン＝デセーニュ、ブルトンとぼくは、レオ・ポルデスと並んで座っていた狭い壇上から、まず観衆の笑いを引き出そうとしたのだが、逆に、何人かの参加者の怒りを買ってしまった。若い娘たちが一番前の席でぷっと吹き出したので、われわれが不躾に彼女たちの顔をじっとにらみつけて、やっと静かにさせることができた。何の屈託もなさそうな一人の老人が、ア、ガ、ア、ガ、ア、ガ、ア、ガ！と叫んだ。誰かが怒りにかられてわれわれの国籍を尋ねた。ところが、いつの間にか少しはわれわれに同情的な雰囲気が会場の一部に生じていて、名うてのアナーキストの何人かが、妨害者どもを攻撃していた。

ぼくは自分の話したことばをよく覚えてはいない。自分が話す番になったとき、ぼくは思いきって宣言したのだ。わたしは、メモはいっさい持たず、まとまった考えもなしに、フォーブールのみなさんの前にやって来ました、と。そしてぼくは、この観衆のもっともらしい理性そのものに対して、思想の通俗化や、安易に手がけるくだらない仕事や、うわべを麗々しく飾った企業家たちの偽善、すなわち民衆の冷酷な搾取家どもや、同情を餌にした煽動家どもの偽善をあばいたのだ。ぼくは叫び続けた。

われわれのアナーキーな信条告白はかなり誤解されて、役人のなかに混じっている社会主義者たちを刺激したので、われわれの声は絶えず中断された。ところが、ごく少数の活発なアナーキストたち（ことばの現代的な意味での）が、彼らとわれわれを分かつものというよりは、彼らやわれわれ自身を会場の社会主義者たちから分け隔てているものを理解して、会場の議論を盛り上げてくれたのである。

ブルトンが『ダダ』三号に載った「ダダ宣言一九一八」を朗読し始めたとき、さまざまな考えから、観衆全体が文学にはまったく関心をなくしてしまった。この宣言が長かったのと、とりわけその詩の特徴のせいで、たちまち参加者の気分が一つになり、怒号が会場全体に広がった。逆に、一つの誤解は解け、明らかに好意的になったのだが、しかし、好意的になったはなったで、いっそう重大なことになった。つまり、われわれが懸命に取り除こうとしたこの誤解そのものによって、人々が当初拒絶した喝采を、さまざまな考えの人々のあいだにさらに巻き起こすことになったからである。

このような混乱のなかで、われわれが不満をかこっているのに気づいたレイモンド・ダンカンは、かなり巧妙な策を弄して、観衆とわれわれのあいだを取り持とうとした。彼が発言を求めたとき、会場全体が、彼のいるボックス席の方へ顔を向けた。そのときわれわれは、信頼感からくる混乱の沈静というものを知ったのだ。実際レイモンド・ダンカンは、みんなが驚きあきれているなかで、勇敢にもわれわれの味方をしたのだ。パリで初めて、こんなにも素晴らしい催し物を見た、と彼は主張した（彼が美しいということばを使ったかどうか確かではない）。根っからの玄人の雄弁家である彼は、われわれの方に向かって称賛のことばを述べた。ぼくに対しても予想外のお世辞を述べたので、ぼくは頭がすっかり混乱してしまい、うまくことばが出なかったから、知的な様子だとはとても言えなかっただろう。しかし、ダンカンは、ぼくが何かわけのわからないことを叫び出した（と彼には思われた）その熱意と誠意だけは評価してくれたのだった。このアメリカ人《ダンカン》は、そのとき観衆に向かって、仲介者よろしく、みなさんに自分のことばでダダを説明したいと提案すると、観衆は彼のことばに耳を傾けたのだ。何と巧妙にわれわれの代弁をし、かつ、われわれを裏切ったことか！　われわれは、自分たち自身のあまりにも急速な変貌に立ち会っていたようなものだった。この大西洋を渡ったユリシーズは〔ダンカンのこと〕、われわれにミイラ化の前兆をもたらした。博物館やソルボンヌに滞留している、あらゆる思想にとって宿命的な、あのミイラ化である。不本意にもわれわれが沈黙していたことも彼にはさいわいした。それは、幾らかは喜ばしいことでもあったのだが。少しずつ、われわれはプラトンのようなダンカンの思惑に嵌《はま》っていき、それはとても不思議なことに感じられた。あいにくと、この雄弁家は、その演説の後半で自らの話術の秘密を暴露してしまった。すなわち、われわれを非難しつつ、われわれに勝負がついたことを認めるように促し、幾つかのこまごましたことで彼の意見に従うように求めた。そして、すでにわれわれの同意を取り付けたと思い込むと、服装についての奇妙な執着癖を取り戻して、われわれに尋ねるのだった、どうしてあなた方は子供っぽい蝶ネクタイや、こんな風な背広を着ているのか、と。あとは推して知るべしだ。ぼくはどうにも我慢できなくなって、われわれの平服と彼のアッティカ風の制服とをいっしょにしてしまう、その馬鹿げたわけを問いただした。そのことが騒ぎのきっかけとなって、聴衆を引きつけていた演説家の話が中断されて、アンリ・マルクスが何か言うのがやっとだった。アンリ・マルクスには、その気取った表現にもかかわらず、労働者に対する愛情に満ちたことばがあふれていた。こんどこそ間違いなく、会場の人たちからはまったく耳を傾けてもらえないことになってしまった。

最後に、ジャン＝ミシェル・ルネトゥールの発言についても触れておかねばならない。彼はちょっとした入門的な哲学の講演をして、催し全体をこの上なく釣り合いの取れたものにしたのである。終わりに際して、われわれにはある種のおまけが付いた。一人の男がぼくにこう言ったからだ。「結局、あなた方は、今晩、自分たちの食費をまかなってくれる人物に依存しているわけだ。それは否定しえない事実じゃないのかね」。

ミス・バーネイ邸におけるポール・ヴァレリー

DADA LOUIS ARAGON DADA

ポール・ヴァレリーを以前からよく知っているものから見れば、彼はなんと変わってしまったことだろう！　暖炉の前に席を占めている彼と再び会った。荘重な家具類に囲まれ、活気に満ちた応接間の片隅に身を寄せているヴァレリーは、しゃべり出す前に（考える前にと言いたいのだが）、大きく口を開けて呼吸する彼独特の仕草のせいで、以前のままのとても冷笑的な態度を見せて、会話を避けているように見えた。ヴァレリーは、半ば数学的で半ば隠語のようなおかしなことばを、ことのほか楽しんでいたのだ。彼は後ろへ少し身を反らせ、まばたきをして、「トリスタン・ツァラと言えばだね、ねえアラゴン、わたしをよく見たまえ。ツァラの年齢の頃、わたしは変わった人間ではなかったが、別の意味できみの友だち以上にスキャンダラスな人間だったと思わんかね。その頃には、ずいぶんおかしな逸話があったんだよ」と言った。青い瞳の輝きが消えた。そして、もう一度、その目に輝きが現われた。「わたしだって相当ダダだっんだ！」。彼がランボーについて語るとき、ぼくに異論がないわけではなかった。湖の底にサロンを見るのは(1)、たやすいことだ。ヴァレリーならばイヤリングに湖を見ることだってできただろう。彼にものを尋ねるとき、いつでもぼくは、彼の生涯の全体を通じて感じられる、あの秘密にぶつかるのだ。いったいあの二〇年間の沈黙は何によって満たされたのか。あの微笑のなかに、きっと真実が隠されているのだろう。ところが、ヴァレリーが自分の体験を語ることになったのだ。あれから数年が経っている。パリで隠れた生活を送りながら、彼の知らないものはない、ということを疑わせるようなことが起こる。いったいどんな冒険心から、こんな名も知れぬ生活と関わりを持ったのか。彼の詩について彼に話してみたまえ、あなたという人は魂の技師なのだ、と。一枚の絵を前にして、それがどんな風に描かれたかがわかるまで、彼はじっとして動かない。秘密の隠匿者のようだ。そして、同時代人について語るとき、「わたしの尊敬する人物は、マチュー・ド・ノアイユ〔伯爵。アンナ・ノアイユ夫人の方が文学者として有名〕だ。なんと素晴らしい物腰、なんという尊厳、まったくあらゆる詩の上をいくものだ！」。あるいはさらに、『レオナルド・ダ・ヴィンチ方法序説』(2)を発表したあとで、「あなたは天才に対して厳しい、とクローデルが書いてきたよ。クローデルは感動したんだな」。

ぼくはしばらくのあいだ、ヴァレリーと会っていなかった。そして、誰もが彼のことを理解するときが訪れたのだ。もちろん詩人としてのヴァレリーを発見するということだ。というのも、さしずめ、彼が明晰な精神の持ち主であると見なされるのは、まったく正当だからである。ぼくは、人に連れられて、ジャコブ街のミス・バーネイ邸へ行ったのだった。そこでは、ヴァレリーのために二時間が過ごされた。ラシーヌが演じられ、アマゾン〔レミー・ド・グールモン『アマゾンへの手紙』のモデルと言われたミス・バーネイのあだ名〕に会うことができた。クリフォード・バーネイ嬢(一)は、あの不思議な部屋で客を迎えた。この家の女主人が蒐集した彫刻に囲まれているこの部屋では、古美術類が趣味の代わりとなっていて、それらの彫刻の一つは、少なくともお墓の記念碑をかたどったものである(3)。ちょっとしたざわめきが、立食用テーブルのある貯蔵室のあたりで起こった。そこには、鼻眼鏡をかけ、侮蔑心に満ちた老齢の女流詩人《サフォー》が大勢ましましていた。セニョーボス氏〔歴史家。一八五四―一九四二〕やマグドレーヌ・マルクス夫人、サロモン・レナック氏〔文献学者。一八五八―一九三二〕、それに二人の公爵夫人の姿も見えた。

フォーブール・サン＝ジェルマンのごく少数の住民たちが応援しようとやってきていた。誰かちゃんとした人物に勧められたからだが、しかし彼らは、ヴァレリーが何者であるかはまったく知らないのだった。アンドレ・ジェルマン(二)がいた。不思議なことに、彼は美しい婦人たちとはみんな知り合いだったが、マグドレーヌ・マルクスが近づいたときには極度の興奮を示した。彼女がいちばん美しいと思われたのに、まだ面識がなかったからだ。しばらくして、「あなたも少しは文学をおやりになるの」と、一人の老婦人が彼に尋ねた。ジェルマンはこの婦人にぼくを紹介しなければと思ったらしく、ぼくの方を振り向いて言った。「わたしには、このご婦人の言っていることがよくわからないんだ。きみはダダイストだから聞くんだが、いったいダダってどういう意味かね」。

ベルタンが朗読していた。板張りの応接間のなかで、クッションに覆われて窪みがついている長椅子《コージーコーナー》の上には、一丁の弓と何本かの矢が無造作にちらばっていて（ギリシャ神話のペンテシレイア〔アマゾンの女王でアレスの娘。トロイ救済に赴きアキレスに殺害される〕の館にいるかのようだ）、黒っぽい服を着た俳優《ベルタン》が、ゆったりと（と思われた）朗読している。役を演じるのではなくて、耽《ひた》りきることこそが大事なのだった。並べられた椅子、立食用テーブル、たくましい婦人たち、セニョーボス氏、これらすべてが、まさに雑然と存在していた。誰かが本を一冊取り上げて朗読する。このようなうわべの投げやりな様子や安易な態度は、間違いなくぼくをいらだたせるものの一つだ、と言っておかねばならない。しかし、ぼくが耳にしたことについては何と言ったらいいのか。『テスト氏』に心からの称賛を惜しまなかったぼくの耳には、「オーロール」〔ヴァレリー一九一七年の詩〕の朗読を聞きながら、そのすべてがどんなに安易なものに感じられたことか。安易であると同時に耐え難いものだ。人は言うかもしれない、ヴァレリーは自分の詩をすべて公表してきたのではなかったかと。そうかもしれない。それに、ぼくは人よりはさきに、彼の詩作品の多くを知っていた。しかし、ぼくから見れば、ヴァレリーは、まるでマルセル・デュシャン〔ニューヨーク・ダダを代表する画家。『階段を降りる裸体』（一九一二）、『泉』（一九一七）など。一八八七—一九六八〕がチェスをやるみたいに詩句を作ったのだ。二人が、その分野のチャンピオンであろうとなかろうと、そんなことは大したことではない。このように、もったいぶった馬鹿げた環境のなかでヴァレリーの詩を再び見出すとき、人の気に入るために作られた詩をぼくが見誤ることはありえない。いったいどんな連中の気に入る必要があるというのか。そもそも彼の詩が人に阿《おもね》るようなものだったのか！　彼の詩とは、大きなお尻とやせた腰の貧乏揺すりのようなものであり、チュール織りのコルサージュが大きく脹らんで、思わずセニョーボス氏が顔をそむける程度のものだったのだ。

　暑かったので、全身から汗をふき出しながら、集まった人たちは言った、「早朝にお会いしましょう。そうすれば、生徒のヴァレリーも高い評価を得ることでしょう」。若くはない参加者たちは、喉をむずむずさせながら、ことばにもならない一編の詩を残そうとしている。自己満足のつぶやきで埋め合わせをしていたのだ。ヴァレリーは舞台の袖で聞いていた。

　ところで、ベルタンは「アンヌ」〔ヴァレリー一九〇〇年の詩〕を朗読した。が、最後の節は省略した。というのも、この一節は朗読者の流儀で言えば、淫らなものだったからだ（今日では『古いアルバム』を読むときそれが感じられる）。この詩には新たな戦慄と哀願と願望があったのだが、しかし、高潔な朗読者《ベルタン》は妥協しないのだった。ときどき一人の老婦人が鞄を落とした。セニョーボス氏はあいかわらずの様子だ！

　ぼくの記憶の片隅には、ぼくが愛し崇拝する未知なるヴァレリーのイメージがある。ミス・バーネイ邸での午後以来、ぼくの目の前に彼の面影がちらついている。この狡猾で小柄なエクサン＝プロヴァンス人〔ヴァレリーのこと〕は、門の戸口でぼくに言った、「あなたは『海辺の墓地』を読みましたか」「ええ、でも気に入ったとは言えません」「そうでしょうとも。でも、あなたの気に入りそうな詩がありますよ、『エレアのゼノン』です……」。

愚かな連中の崇拝を受けて、影の薄くなったこの人物が復権に成功するためには、ぼくなどが持ち合わせていないような、一種の超然たる態度が必要なのだろう。

クレマン・パンサール（一八八五－一九二二）(1)

DADA LOUIS ARAGON

暗闇があり、そこではいつの間にか不思議な結晶体が形成されている。偶然にも、世界の強烈な光を浴びてそれらの未完の姿が照らし出されるかと思えば、その内部にも外部にも延びてゆくものは何もないのに、闇はこのように、神秘な性質を帯びたさまざまな現象を隠蔽する。そして、人間の盲目的な精神がさ迷う。このような秘密めいた影が突然姿を現わすためには、時間がはっきりと示され、少しずつ一つの時代が暴かれねばならない。個々の人間を人類に関係なく明らかにすること、こうして、現実の生とその歴史的な相貌との全面的な対立がくり広げられる。すると、運命の復讐によって、現実は噂と混同される。この噂の行き着くところには、ぼくが話したあの生きた亡霊どもが存在する。おそらく偶然によって、あるいは闇のなかを見つめようとするある種の無限の感情から、誰も不審とは感じないような、謎めいた幾人かの人物が通り過ぎるのが目撃されるかもしれない。神話の光り輝く王国のどこかに辿り着くことを期待しながら。こうしてぼくは、クレマン・パンサールを知ったのだ。

　クレマン・パンサールはその人生の始まりからさ迷い続ける。彼は、ぼくの目には、老成した人間、自分の人生を支配している大きな特徴をすでに備えた人間としか映らない。彼が住んでいるサン＝ペール通り(2)の建物の上階にある、あのがらんとした部屋で彼に質問したとき、彼は自分の子供の頃については何も話さなかったし、父親の名前を口にするのもほんの一、二度にすぎなかった。彼が自分の出生について洩らしたただ一つの情報によって、われわれは、彼の出生そのものよりも、彼特有の考え方を知ったのだ。彼は、自分の家に何人かの黒人がいたという。そしてたぶん、彼が自分を知り、そして白人化した黒人を思い出すのは、彼が、白い、というか青白い顔色をしていたというごく単純な事実なのだ。彼はぼくにブリュッセルを知っているかと尋ね、そして、ハイチ行き(3)の三等列車の値段を調べてみるように勧めた。おそらく、何よりも彼は、トゥサン・ルーヴェルチュール(4)の本当の子孫だったのだ。彼がベルギー人であることは知られている。そして、ヴラマンク〔キュビスムの画家で、シャトゥー街を題材にした絵が多い。一八七六―一九五八〕がある日、運命のいたずらで、シャトゥー街の船員キャバレーへ白ワインを飲みに出かけ、子供たちを恐がらせるような大きな仮面を旅行用に買い求めて、それによって黒人芸術を世界に知らしめる以前からすでに、コンゴの支配者たるベルギー人は、植民者たちが現地で発見した木製の偶像を、ブリュッセルの民族博物館に展示していたのだった。パンサールは、子供の頃から、それらの木像のくぼんだ目や不釣り合いな身体を見てきたが、のちに、それらの前へカール・アインシュタイン（5）を連れて行った。アインシュタインはコンゴ侵略によってブリュッセルへと逃れた人間だった。しかし、パンサールが不思議な偶像に想いをめぐらせ始めたのは、文明への嗜好のせいではない。彼は、ベニン人〔かつてのアフリカのベニン王国、現在はベニン共和国〕のアジア的な容貌とか、赤道直下で咲くあの洗練された温室花が好きなのではなかった。彼の体内で眠るすべてのものが、彼を、本物の野蛮さへと駆り立て、畏怖の落とし子である血まみれになった野性の神々へと駆り立てた。彼を神に結び付けているものは、その流儀ではなくて彼の性質そのものだった。われわれの風土のもとではきわめて稀な死にいたる病、ほとんど古代アフリカの人種にしか見られない重いリンパ腺病が、悲しくも物語っているのは、彼の喚くような苦痛と大きな腫瘍とが生来のものだという噂である。

　ところで、蛮性への熱狂的な好みを持ったこの人物が、いったいどこでその情熱を使い果たしたのだろうか。彼はもともと法律とエジプト学を勉強した。彼の人生はまっとうに始まったのである。教授職も約束されていた。しかし、エジプト史の大きな周期のなかで、いったい何がこの奇態な心を捉えたのだろうか。彼にはたくさんの情報が舞い込んだ。彼はときにはアントワープの海辺の街に住んでいたことがあり、アルコールと潮の匂いにつつまれて、支持者たちや女たちに取り囲まれていたとき、一人の王様の魅力に取りつかれて、好んでこの王様の話をするのだった。それは、一人のファラオ〔古代エジプトの王〕であったが、しかしながら、若いときに首尾よく宮殿を抜け出して、ナイル河の船頭たちといっしょに荒くれた生活を送ったのはいったいどの王様なのか、[6] ぼくにはわからない。ピラミッド時代におけるヴィヨン〔フランス中世の詩人。一四三一—不詳〕風な芸術が突然蘇って、馬鹿げた猥褻な詩を歌う放浪者や売春婦といった最下層の者たちによって広められた伝承が呼び求められる。ファラオが帝国を所有するとき奴隷は解放され、社会組織を打ち壊すとき女たちは共有される。ファラオは奇妙で理屈に合わない信仰を作り出し、理解不可能な祈禱文を書き上げ、戯画的な狂気の典礼に従って儀式を取りしきる。戦争や革命によって、この死せる王の血塗れた身体の上に、古い迷信や美徳や奴隷制が樹立される。パンサールは、固定されたファラオのイマージュに取りつかれてしまったが、そのイマージュは学者たちの注釈を通して見分けることができた。彼は、この軽蔑された人物を英雄的存在にまで持ち上げてしまった。ある論文のなかで、このロマンチックなファラオの生涯を描き、その詩を翻訳した。しかし、パンサールを評価していた教授たちが、スキャンダルだと叫んだのである。この若い注釈家《パンサール》が、過去の栄光に耽っている老教授たちを尻目に、我慢のならないファラオの輝きを復元したからだ。パンサールは大学と袂を分かった。

　彼は、祖国から排除された幾人かのドイツの著作家たちによって育まれた。[7] すなわちゲーテが圧倒した対立者たち、シラーやレッシングの対立者たちなどである。誰からも気に入られる人たちの成功によって圧倒された、未知なるすべての人たち。反抗の精神こそがいつでも彼の心を引きつけた。たぶん、古代エジプトの英雄の例に習って、彼は、ベルギーで有力だったコミュニスムの魅力に取りつかれたのだった。ベルギーでは、金持ちになる可能性もあったかもしれないのだが。しかしすぐに、コミュニストたちによるコミュニスムに吐き気をもよおし、彼らに対する軽蔑を感じて、その軽蔑を決して隠そうとはしなかった[8]。それは、言ってみれば、彼が真の意味で革命家だったということであり、革命以外のことは何も考えず、ひたすら革命しか、この全体的な大騒擾しか望まないということだ。こうした精神状態のなかで、戦争が彼を襲った。

「もしわたしが他の国に生まれていたとしても、おそらくわたしはナショナリストになっていただろう。しかし、ベルギー人のナショナリストとしてではない。ベルギー人ということばほど馬鹿げたことばはない。ベルギー人ということばをまったく聞いたことがない子供の顔をよく見つめながら、ベルギー人と言ってみたまえ。子供は笑い出し、爆笑する。誓ってもいいが、誰もが、子供が笑うのを望んでいるのだ」と、彼は言っている。

ドイツの知識人も芸術家たちも、軍部の行動に追随してしまい、ベルギー侵略に駆り出された。その結果、四年以上ものあいだ、ベルギー人の生活は、ベルギーが本来持っているあの親フランス的なイマージュとはすっかり違ったものになったのだが、パンサールも、四年間、ドイツの文学者たちと深く関わっていた。何よりも記憶に留めておかねばならない二人の人物がいる。カール・シュテルンハイム[9]〔ドイツの劇作家。一八七八—一九四二〕とカール・アインシュタインである。アインシュタインはパンサールの友人だったし、シュテルンハイムの方はパンサールを保護し、また利用もした。カール・アインシュタインのことを、パンサールは、現代ドイツでただ一人活躍している作家と見なし、その翻訳を試みたこともある。彼はアインシュタインを黒人芸術の世界へと案内し、二人はとても親密な関係にあった。一方、シュテルンハイムは、今日ではそのこけおどしの作品がフランスで受け入れられ始めたが、パンサールは、彼に対しても彼の夫人に対しても、いささかなりとも敬意を払ったとは思われない。パンサールはいつも、シュテルンハイムのことだけではなく、その夫人のことも話題にした。このずる賢い夫婦のことが、女性社員が男性社員と同じように扱われる商社みたいに、パンサールの頭から消え去ることはなかったのだ。

彼の貧困やベルギー人の貧困をいいことに、ドイツ人がベルギー人たちの所有していたあらゆる草稿や絵画や彫刻や黒人のオブジェなどをたいへん安く買いたたいたそのやり方を、パンサールはしきりと口にした。シュテルンハイムは彼に仕事を探してやると約束し、ドイツの権威筋に推薦してくれた。パンサールの名前は多少は知られていたので、ドイツ軍がフランドルの大学を再開したいと考えたとき、彼はエジプト学の講座について打診を受けた。彼がそれを断ったのは、大部分のベルギー人がそうであるように、祖国愛《パトリオティスム》からではない。戦後になれば、ベルギーで生活するのは不可能となり、国外に避難し、外国で生活する道を探さねばならなくなるということがわかっていたからだ。そこで彼は、条件を受け入れる振りを装い、給料として五〇万フランを要求した。当然のことながら、それは拒否された。のちになって彼はぼくに言った、「わたしは人を騙したわけではなかった。だって、誰もそんな大金を支払ったわけじゃないんだから」。ところが、彼の生活、おおっぴらな交友関係、彼の言動、彼が収集したオブジェ、彼が描いた絵[10]、制作した彫刻、さらには彼が書いたもの、それらすべてが、彼の同国人にとってはスキャンダルの種となった。シュテルンハイムのような人たちとの付き合いや、彼がドイツ帝国の教授に就任するところだったという噂に、同国人たちは納得がいかなかったのだ。そして、彼を知っている人たちすべてが、彼を狂人扱いして、間違いなく裏切りを働いたと思い込んだのだった。

こうして、連合軍がベルギーに再び進駐したとき、クレマン・パンサールが、カンピーヌ村の彼の家の敷居に立って、村を通過する兵士たちを見つめていると、鉛製の仕込み杖を持ったひとりの狂信的な兵士が、群衆の目の前で彼に中傷を浴びせたかと思うと、彼の家の前で突然彼を引き倒し、殴りかかって、瀕死の重傷を負わせるという出来事が起こった。

戦争中にパンサールは結婚していた。息子が一人いた。彼がすでに発表した作品やまだ発表されていない作品、そしていずれは愛人ブランシュの所有になるはずの作品のすべてを通して、パンサールの関心がこの息子に向けられていたことが窺われるだろう。やがて彼は、このブランシュとの愛欲のことしか考えなくなった。パンサールが愛人のブランシュと知り合ったのは、彼の妻が妊娠したときだった。彼は最後には、最初の妻と息子をベルギーに残して[11]、あらゆる偏見や怨恨や迫害を受けながら、ブランシュと生きなければならなかった。ベルギーで生きることはまったく不可能になってきていた。少しずつ、所有するものはすべて売却されたり、差し押さえられたりした。関係省庁で要注意人物と刻印されたので、彼が権利を有していた年金も貰えなくなった。たえず裁判だった。彼の家主も係争相手の一人だったが、愛国心をひけらかして、彼を非難した。

ベルギーでは、第一次大戦後、キュビスムもその他の現代芸術形式も、怪しげなものと見なされた。あるとき、彼が書いたものの幾つかが読み上げられたあとで、パンサールに対する判決が下り、納めることができなかった家賃の未払金を支払うよう督促があって、執行猶予の特典も奪われてしまった。破産し、信用をなくし、二つに分割された生活に満足しない二人の女性のあいだで送らねばならない隠れんぼに疲れ果て、アルコールと麻薬で健康を害したパンサールは、『裸の黒人の尻のぱんぱん』〔『リテラチュール』第一六号（一九二〇年九—一〇月）にはアラゴンの短い書評がある〕を出版したばかりの頃、手紙を通じて、ブルトンやぼくと知り合ったのだった。われわれは、彼の作品のなかに、ジャック・ヴァシェの声の響きを感じ取った(12)。そこで、われわれは熱烈な返事を書いた。一九二〇年のヴァカンスのあいだ(13)、あいにくブルトンもぼくも不在だったのだが、彼が初めてパリに立ち寄った折に、スーポーの家を訪れたのだった。翌春、彼は二週間ばかりまたパリを訪れた。われわれは顔を合わせた。それから一カ月後、彼は最終的にベルギーを捨てて、パリに居を定め、死ぬまでパリを離れることはなかった。

はっきりとした自覚症状もなく、どの医者も病気の前兆を疑ったようにも思われなかったのに、彼は、生命を奪われることになる病気の最初の発作に見舞われた。不眠に付きまとわれ、我慢できない痒みを訴えたが、医師たちはそれに対して、心理的な躁病しか見ようとせず、シャワー温水療法や電気療法などでの治療しか指示しなかった。古い写真を見て思うのだが、すでにやせ細り、青白い顔をした、亡霊のようなパンサールしかぼくには覚えがない。あれほど痛飲したアルコールももはや受けつけず、夜は早く寝なければならず、四六時中咳き込み、医師や女医の指示に翻弄されて、とうとう多くのことばが人のことばのくり返しになり、それも思うにまかせなくなった。苦痛も訴えなくなった。不安そうな笑みを浮かべた。やせ細った両手には、とても目障りで悪趣味な腕輪がはめられていた。鮮やかな色のネクタイには、日本の夜叉の面が描かれていて、それがパンサール自身の戯画のようにに思われた。彼は金縁の眼鏡をかけていた。そうした様子は名状しがたいほど眉をひそめさせるものだった。彼のベルギー訛りもひどかった。だが、それらのものすべてに美を感じずにはいられなかった。(14)

一九二一年、大いなるダダの季節(1)

一九二一年四月初め、正確に言えば三月の終わりなのだが、ダダは最初の眠りから目覚めた。すでに一九二〇年一〇月には、ファヴァール通りのレストラン「ブラン」で会合が開かれて、一つの裁定を下そうとしていた。その裁定とは、『リテラチュール』の常連メンバーは(ドリュ・ラ・ロシェルは含むが、ツァラとリブモン゠デセーニュは除く)、今後いっさいこの雑誌に、いわゆる文学的な文章は載せないという決定を宣言するものだった。『リテラチュール』第一七号(一九二〇年一二月)の組版は済んでいたので、この号は仕方がないということにした。ツァラとの当初の誤解はしだいに取り除かれており、他の号以上に文学的だった第一八号が発行されたあとで、一九二一年三月に、リブモン゠デセーニュやツァラとわれわれが和解したのだった。そのことは、他で語られる機会もあるだろうが、一つの歴史的な時期であり、活力の回復を図ったグループ全体にある種の新味が加わったことを意味する。

その頃はケルンに住んでいたマックス・エルンストと文通していたアンドレ・ブルトンは、われわれのまったく知らなかったこの画家に、パリで展覧会を開くために絵を送るように申し入れようと決心したのだった(2)。エルンストから初期のデッサンと水彩画が届いたとき、われわれは心底から熱狂に捉われた。とりわけブルトンとぼく、それにバンジャマン・ペレ〔シュルレアリストの詩人。一八九九—一九五九〕も同じだったように思う。われわれはいそいそと展覧会の準備に取りかかった。ほとんど毎日のようにして、ドランブル通りのブルトンの家に荷物が届いた。シモーヌ・カーン嬢〔ペルー生まれ、ブルトンの最初の妻。一八九七—一九八〇〕、ブルトンとぼく、ときにはジャック・リゴー〔詩人、アルコールとヘロイン中毒で自殺。一八九八—一九二九〕も交えて、古道具屋へ行って額縁を探し、エドガー・キネー大通りの絵具屋で額縁用ガラスを買い求め、ホテル・エコールでそれらの作品を全部額に収めた。カーン嬢が丁寧にガラスを洗っている姿を何度も見かけた。ところが、突然ちょっとした出来事が持ち上がった。額を釘で留めようとしたときに、ガラスがガチャンと割れてしまったのだ！　怪我のことよりも、一文無しの連中ばかりだったから、額縁を買い替えるなどということは、ほとんど不可能だったのである。

マックス・エルンストが『リテラチュール』に、アルプ〔ハンス、フランス名ジャン。チューリッヒ・ダダのメンバー。一八八六—一九六六〕に関する論稿を送ってきたことから、ツァラも『リテラチュール』に執筆することになり、エルンストの原稿に合わせて、同じテーマでアルプについての論文を書いた(一)。リブモン＝デセーニュはちょっとしたマニフェストを載せた（ぼくはそれを『リテラチュール』第一九号で読み返したが、正直に言うと、「ビュッフェ」と題されたこの文章《テクスト》ほど受け入れがたいものはない。このテクストは、まったく修辞学的な暴力を発揮し、品のない揶揄を用いて、白を黒と言い、**ノン**を**ウイ**と言いくるめることができるかのように思わせるものなのだ。それは、あの愚かな長男のコルネイユ〔コルネイユには、ピエール、アントワーヌ、トマの三兄弟があり、ここではピエールのこと。一六〇六—一六八四。その強引な悲劇の文体を指すと思われる〕の悲劇以来いささか使い古された論法である）。スーポーによって唱えられた詩の革新（「標的と王様の歌」）〔これも『リテラチュール』第一九号に掲載されている〕も同じことであり、本筋からそれた邪道な活動がいつの間にか再開されてしまったと思われたのだった。それに対してわれわれ全員が、心底から遺憾に思っていたのだが。

こうした経過があって、一九二一年四月一四日の「大いなるダダの季節」（**訪問——サロン・ダダ——会議——記念祭——オペラ——人民投票——論告——起訴と判決**）の開催が予告されたのである。参加者はサン・パレイユ書店に申し込むことになっていた。プログラム全体は念入りに作られていた。それによると、一連の集会と討論が予定されており、とりわけ二つの集会が考えられていた。一つは「セルタ」におけるもの、もう一つは「ミショー」（サン＝ペール通りとジャコブ通り、ないしその近くの角にある）だった。この新たな攻勢には、可能な限りの荘重さと威信を与えることが必要だった。難題が多かった。しかしわれわれはそれを十分覚悟していたし、そのこと自体がわれわれをいっそう奮い立たせるのだった。何しろ資金がなかったので、サン・パレイユ社の連中にマックス・エルンスト展を引き受けさせるのがまことに一苦労だった（サン・パレイユ社が作成した貧弱なカタログの代金を支払うために、展示された作品の幾つかをわれわれ自身で買い取る算段をつけねばならなかった）。出版界はダダにはすっかりうんざりしていて、彼らにとって、もはや新鮮な魅力というものがなかったのだ。しかも、われわれ自身が激しい内部対立に陥ろうとしていたのではなかったか。詩的イマージュに照らしてこそ、何もかもが可能となる。だから、われわれのうちの何人かにはおなじみであった習慣に従って行動を起こすことが決定されたのだし、われわれの知的状態をフランス革命のときの状態と比較してもみたのである。**恐怖政治**《テルール》を準備し、突然恐怖政治を宣言することが大事だった。まるで、革命が勃発して、われわれにはそのことしか念頭にないかのようにいっさいが推移した。他方で、われわれは〔恐怖政治の〕一七九三年まで待たずに、〔フランス革命の〕八九年に直ちに恐怖政治を決行しようと決めたのだった。

どんな注釈よりも、上に述べたイメージの方が、当のプログラムとその弁明（正当なものと言いたいのだが）を説明している。今日から見て、無害で、不十分で、まったく無償なものなど、そのときのわれわれの念頭にはまったく存在しなかったことを理解してもらいたい。われわれの念頭にあったのは、威信というものが欠けてはならないということだったし、今日では信じられないことだが、欲望というものが制限のないものとなってはならないということだった。とどのつまり、われわれの行為がどのような反応を引き起こすかまったくわからなかった。さまざまな試みが不測の事態を生むかもしれないのであり、想像と現実は紙一重にすぎない。突然、われわれがまったく予期しないうちに、すっかり別の計画に乗り換わることだってありうるし、羽目を外して世間を震撼させることだってありうるのだ。われわれのなかの何人かが抱いていたこの種の漠然とした期待を、ツァラはまったく感じていなかったように思われる。例によって、当のプログラムのなかに**オペラ**ということばを入れたいと主張したのはツァラだった。たぶん、**オペラ・ダダ**という表現に、いつものように嘲弄を込めてのことだ。そして、デュシャン＝ヴィヨン夫人〔デュシャン＝ヴィヨン（一八七八―一九一八）はマルセル・デュシャンの兄〕のおかげで、シャンゼリゼ劇場のなかに画廊モンテーニュを近く開設することができるという思いにことのほか興奮して、ツァラは「大いなるダダの季節」の呼び物として、「サロン・ダダ」を考えていたのだった。そこでは、誰もが作品を展示でき、また、世紀の偉大なる思い付きとして、文学者が絵を描くこともできるというわけである。[3] ところが実際は、プログラムにはサロン・ダダやオペラということばが入っておらず、威圧的な性格を帯びたものになったので、きっとツァラには気に入らなかったのだろう。幾つかのことばを表題の後に括弧で入れることになったのだ。

訪問というのは、不意に人や場所を実際に訪ねることを意味した。つまり、私生活における精神的領域への一種の闖入なのである。対象となるのは、若干の名声のおかげで、あらゆる実質的な責任とか、幾つかの型通りの社会生活（教会、墓地、美術館など）の見直しといったものを人為的に免れた人たちである。**会議**とは、大規模な機構の問題であり、知的革命の問題が提起されるときの大がかりな協議のことである。「国民公会」や「憲法制定議会」の問題でもあることがわかる。**人民投票**とは、単なる表現の問題ではない。われわれには、裁判官たちのちょっとしたサークルといったレベルを凌駕したいという野心があったし、われわれに関係し、かつ原初的でもあると思われる諸問題の全域を捉えてみたいという願望があった。**記念祭**は、たぶんいささか精神的なもののことであって、こうした馬鹿げた儀式を組織したり、それを暴動の機会に利用しようとしたのではなかった。最後に残った三点、**論告**、**起訴**、**判決**は、何よりもまず、革命法廷にしたいというわれわれの堅い決意を示していた。ここで思い出すのは筋違いかもしれないが、もっとのちになって、「知識人会館」で開かれた「バレス裁判」[三]のとき、バンジャマン・ペレの提案にしたがって、舞台の上の方に大文字で掲げられたのは「**何びともダダを知らないとは見なされない**」という表現だった。これがすべてを語っている。われわれの企画の終わりには、断頭台の輝きがあった。そしてわれわれは、万一の場合には、合法性を逸脱することもあると決意していた。

滑稽な第一幕では、観衆の注目を呼び覚ますことを期待しながら、われわれは、サン・パレイユ社におけるエルンスト展のヴェルニサージュ〔開催前日の特別招待〕の準備をしていた（機械造形的・可塑造形的なデッサン、整形術的・解剖学的・反酵素的な噴霧器式の彩色絵画、および、防水性の共和主義的先唱句集。「水夫のウイスキーの下の服装」、――カーキー色クリームの五つの構造《アナトミー》によって、[4]小規模ながらシャトレーのトリック[5]すべてを駆使した、とても古典的なちょっとしたマニフェスタシオンで構成される)。

ところでわれわれは、最後には、不吉な短い宣言によってすべてを取り繕う権利を留保していた。こうして、われわれは短い休止期間(四月一四日から五月二日まで)を設けた。それは、われわれ各人の気質や下心にしたがって、突飛なものとなったり、もっと凡庸なものとなるような別の冒険をいろいろと準備するためである。

ところでぼくは、数日間、一度ならず思ったのだった、われわれはパリの街にあって自由な人間であり、何でもやろうとし、何でもできる人間なのだと(6)。

ポヴォロッキー画廊におけるピカビア展のヴェルニサージュ(1)

ややこしい時期にさしかかっていた。以前からのダダ運動の参加者とフランシス・ピカビアとの関係は錯綜していて、すっきりしないものがあった。彼らはお互いに猜疑心といったものを抱いていたが、それは単に『コメディア』誌に発表された〔フランシス・ピカビアの〕幾つかの論文のせいとばかりは言えなかった。実は、このすっきりしない状況の真相がわかるまでに一年半もかかったのである(2)。

ピカビアがある体験の喜びに抗しきれなかったのは、彼のせいではない。それはたぶん、彼の展覧会のために社交界のヴェルニサージュを開こうということになったせいだろう。要するに、何もかもが、以前からの彼の友だちには気に入らないことが幾つか重なって開かれたのである。だから、ヴェルニサージュの晩にウイスキーを飲むためだけにやって来て、絵画のことなどあざ笑いかねない、くだんの仇敵どもとピカビアを和解させるまでにはいたらなかったのだ。

ツァラが、普段よく口にしていることばである宣言《マニフェスト》をそのヴェルニサージュのために作り、朗読することを引き受けたのを知って、友人たちとぼくは大いに驚いたものだ。その上、ジャン・コクトーがジャズバンドを指揮するという前触れだった。われわれは、普段コクトーと顔を合わせることはあまりなかった。しかし、何と厄介なことだろう！　コクトーが面倒を引き起こすかもしれなかった。それにわれわれは、ピカビアの横柄な態度にもかかわらず、彼に愛着を抱いていた。こうしてついに、ツァラが書き上げたばかりの「弱き愛と苦き愛についての宣言」が朗読された。それは、かなり論理的ではあったが、彼がそれまでに書いたもののなかでも、最も奇妙なテクストの一つであることがわかった。この宣言がのちに発表されたのが『文学生活』というくだらない雑誌なのだと思うと、かなり悲しいものがある(3)。

ポヴォロツキー画廊はよく知られていた。朝早くから人がいっぱいで、どの部屋も、隣接した読書室まで満員だった。押し合いへし合いして混雑している招待客たちがボナパルト通りにまで押し戻され、門の前で舗道を遮断して、人通りの妨げになるほどだった。小部屋では、人々は面白半分に書棚から本を抜き取っていたが、それがロシア語の本だとわかると、大げさに読む振りをするのだった。サン・パレイユ社がテーブルの上にちょっとした展示をしていたので、人々はさらに、ダダのさまざまな出版物や雑誌や著作にまで手を出していた。背広のポケットの、軽く持ち上げられた垂れぶたの下から、『ただひとりの護衛官』誌の濃い黄色や、もっと明るい色の『リテラチュール』誌がのぞいているのも見えた。ずっと向こうの奥の部屋では、何人かの特別の招待客たちがすでに立食テーブルの前にひっそりと姿を現わしていた。

読書室の奥の柱に挾まれた演壇上には舞台がしつらえてあり、そこでツァラが朗読することになっていた。すでにジャズ演奏が始まっていて、オーリックがピアノを、プーランク（だと思う）が擬音係を、他の者もそれぞれ受け持ちがあった。コクトーは、目の位置の高さにまで手を挙げて、全員を指揮している。演壇を通ってその後ろへ回ると、小さな部屋が一つあって、そこにピカビアや彼に最も近しい友人たちがいた。ぼくはそこへ呼ばれたのだった。その壇上に登ると、コクトーのすぐ隣だった。おそらく、詩人指揮者《コクトー》の友人たちは、ぼくもコクトーの顔を見たがっている、と思ったのだろう。この友人たちとは、ほとんどおおっぴらに付き合ったこともないが、彼らはもっぱらぼくのことを、友人をたぶらかす男（コクトーのこと）をあっさり見限ってしまったと言って非難するのだった。

その場所で時間を過ごしていると、ジャズ演奏は当時大流行していた「さらばニューヨーク」（あるいは他の曲）と「わが男」をやっていた。ツァラの宣言を聞いたのもその場所だった。人が絶えず押しかけて身動きが取れなかった。また、コクトーが、ツァラをまねて（『リテラチュール』のなかで、ダダの詩を創ると称しているムッシュウAaの方法参照（ツァラは『リテラチュール』誌で、何度か「ムッシュウAa反哲学者」のタイトルで作品を発表している））、上ずった声で喚いているのを聞いたのも、その場所だった。たとえば、女主人が、その晩の出席者がユダヤ人か怪しげな人物かコキュかを値踏みしたあとで、戯れ言を言い出すおそれがあるのと同じように、人のいい連中のふざけた調子が人を不快にさせかねないといったことはよくあるものなのだが、コクトーがこんなことを言うのが聞こえた。「紳士、淑女のみなさん、現代音楽（ここで声が鼻にかかる）を演奏するのに大事なことは何でしょうか。みなさんは音楽家を選び、調子外れの音が混ざった**フォックストロット**（鼻声で）を演奏してもらい、そして、一人の**詩人**（鼻声）を**指揮者**（鼻声）として選び、**パリ中を**（大げさな調子と大太鼓のような声で）練り歩かせることです」。そして、さらに続ける。

それでもぼくはすごい奴が好きなんだ――ツジィイム――

バンドが再開し、そして成功裡に終わる。演奏家たちやコクトーやツァラにとっては大成功だが、ピカビアや他の連中はそうは思っていない。何枚かの絵が壁にかかっているけれども、混雑していて、どうしたらよく見えるかわからないほどだ。ピカビアの方はかなり単純に楽しんでいる。彼の仕草でとりわけぼくの気に入っているものだが、例の極度に輝いた、軽蔑的な眼で、そこにいる人たち全員を見まわしている。場違いな連中が、部屋の片隅で彼を独り占めにしようとして、彼に向かって演壇をかけ登るのだった。おそろしく暑かった。ぎっしり詰まった人混みのなかでも、人を見分けることはできる。とても美しい女性たちがいた。いつでもどこでも美人はいるものだ。出席者の顔ぶれは、ミュラ王妃ことマリー・ミュラ、ピエール・ドリュ・ラ・ロシェル、クレマン・パンサール、ボーモン伯爵〔フランスのメセナ。一八八三—一九五六〕、アメリカの詩人ベネット、すでに酔いつぶれてしまった若い二人の男スゴンザクとモロー〔エミール、作家。一八五二—一九二二〕、ダダの全員、エマニュエル・ファイ、ビュッフェという名の二人の従姉妹、(4) さらには、ぼくと同じ世代で、ぼくが知り尽くしているこの野心的な小さな社交界の、しかもいまでは自分がこの世界の主役だと思い込んでいる人たち、すなわちクレマン、コレット・グリュンバウム、ドゥコーの娘、若いユゴー夫妻〔夫のジャン・ユゴーは文豪ヴィクトル・ユゴーの曾孫、妻ヴァランチーヌは画家〕、ペニョ夫妻〔シャルル・ペニョは印刷業者。一八九七—一九八三〕、メイエル＝メイ夫妻、リーゼ・ヒルツ、シャドゥルヌ兄弟〔ルイ、マルク兄弟とも作家、アラゴンにはルイの『海の親方』(一九一九)の短評がある〕等々。そして、一つの世代全体を占める放蕩者や文学者といった滓《かす》のような連中が加わる。それは『新フランス評論』のおかげで生活してきた連中だが、まさしくダダの取り巻きとなるであろう人たちだ（ダダがそれに同意するならばの話だが）。すなわち、レオン＝ポール・ファルグを筆頭に、ケルディック夫妻、ナム、ギイ・アルヌー、そして本物やら偽物やらの真珠で飾った女たちや情婦たちの一団、シュジィ・ラポポール、イヴォン夫人、その友だちのマルト、何人かの南アメリカの女性たち、モー・ロティ、彼女の背後ではポワレ〔ポール、フランスのデザイナー。一八七八—一九四四〕がバラ色の襟巻きから顔を出している。こうした世界のなかに、片眼鏡の奥からじっと見すえている小柄なアステ・デスパルベスの、(5) ナポレオンのような厳粛さと、『コメディア』誌（たしかに経営者のジョルジュ・カゼラが踊り子のジャスミーヌの肩に手をかけて、その場にいる）の代表者としての威厳が漂っている。この一団のなかに、アンドレ・ブルトンの姿を見分けることができない。彼は婚約者といっしょに来ていたので、演壇の上に登りたくはなかったのだ。そのときブルトンは、人混みのなかに、彼をしつこく追いまわしているあのD夫人の姿を認めた。人の渦のなかへ、スーポー夫妻が入って来た。彼らといっしょにいるのは誰だろうか。驚いたことに、アンドレ・ジェルマンともう一人の奇怪な人物である。その奇怪な人物は騒々しく振舞い、唸り声を発し、人から押され、押しつぶされそうになり、前に押しやられ、持ち上げられて、演壇上に運ばれた。なんと、女性だ。毛皮のマントで身体を締めつけるようにして、窒息しかねない様子である。髪に鮮やかな緑色の羽根飾りを付けているのだが、毛染め店で言われたことを信用して自分では赤褐色だと思い込んでいるのだ。鼻が顎のなかにめり込んだような、悲しみに沈んだ彼女の顔のことは言うまい。それはまるで、金色の小さな靴を履いたカラボスの妖精〔民話に出てくる悪戯な妖精〕みたいで、イタリア語《マカロニ》とドイツ語《シュクルート》の混ざったようなひどいアクセントをしている。やれやれ、ぼくは挾み撃ちにあってしまった。アンドレ・ジェルマンに片方から、スーポーにもう一方から挾まれて、その妖精の前に連れて行かれて、紹介された。それはデスランド男爵夫人で、スーポーは彼女のことを非常に奇妙な女性だと思っている様子だ。ジェルマンは、眼をくるくる回しながら、彼にとってかわいいお転婆さんであるこの女性を指さして、ぼくにささやくように言った、「あれはバレスの愛人だよ」。いやそうではあるまい、それは誇張というものだ。

誰もぼくの言うことを支持してくれるとは思われないが、ぼくははっきり言うことにする。ピカビアのヴェルニサージュにこの老男爵夫人が出席したことは、二つの文明の激しい接触を意味したということである。帝政時代のかつての知事であったデスランド男爵とフランクフルトの金持ちであった母親とのあいだの娘として生まれた彼女は、母親から強いドイツ語訛りを受け継いでいた。それは、彼女が訪れたさまざまな国のアクセントに染まることがまったくなかったということでもある。馬乗りの好きな紳士《ジェントルマン・ライダー》と呼ばれたある男と若くして結婚したのだが、この男は婚礼のミサが終わると、キュロットを脱ぐ間もなく、ソファの上でいきなり乱暴に彼女を抱いたので、彼女はこの最初の愛撫から逃げ出してしまい、以来二度とこの乱暴な男と触れ合うことはなかった。しかし、この男があまりにも激しく彼女を抱いたので、このとき子供ができてしまった。彼女はその子を**黒い森**のどこかに隠してしまい、結婚はローマの法廷において取り消され、まったく結婚しなかったものと認定された。自由な身となって数年、わが若き娘は、今度は、まだ若いフランスの本物のプリンスと恋に陥り、結婚した。いまや彼女は王女である。しかし長続きはしなかった。再び離婚すると、彼女は多くの旅行とさまざまな情事を楽しむ。華やかで、しかも噂に満ちたさまざまな関係を結ぶ。スフォルツァ家〔ミラノの名門、カルロ（一八七二—一九五二）は一九二二年にはフランス大使としてパリに滞在〕の男との結婚に失敗する。サロンを開くと、それは友人たちのおかげで文学的なものとなる。そして、いつの間にか、自分が年老い、皺も増えてきたことに気づく。彼女はこう言うのが口癖となった、「わたしは、バレスとダヌンチオとワイルドの愛人だったの」。彼女の主張しているワイルドとの関係はありえないことだったので、あとの二人との関係も疑わしくなってくる。しかしながら、世間の噂によると、モーリス・バレスのかつての愛人だったということだ。

この「法の敵」〔バレスには『法の敵』（一八九三）という作品がある〕は、妻も身分も捨てて、この女性とともに行方をくらますことさえ真剣に考えていたと言う者もいる。しかし、彼女はローマで第一次大戦に遭遇し、この地に留まった。それは何よりも彼女がドイツに保有していた財産を監視するためだと思われた。だが、今度はイタリアの情勢がひどくなった。彼女がイタリアを離れないのは、おそらくローマでは彼女の外国語訛りが、他の国ほど嫌われることがなかったからに違いない。彼女は二日前にパリにやって来たのだが、アンドレ・ジェルマンは彼女をダダに引き合わせようと考え、ご存知のように医者の息子であるスーポーを急遽彼女の家へ派遣して、男爵夫人をポヴォロツキー画廊まで連れて来させたのだった。彼女がぼくに説明したところによると、彼女は何が起こっているのかまったくわからず、ポヴォロツキーがロシアのプリンスであるかどうかも、ダダが一つのクラブなのかどうかもわからない、ということだった。

「わたしは一度ジャン・コクトーに会ったことがあるわ。あの可愛い子ちゃんは、良家の青年ってとこかしら。でも、あの山高帽にはどんな意味があるんでしょうね。あの人は酔っぱらっているのかしら。あの騒音といったら、本当にひどいわね。わたしたちはどこへ行くの。いまどこにいるんでしょう。ムッシュウ、あなたは申し分のない様子をしていらっしゃるわ。他の男たちとは違うわね。ほんとよ、否定なさらないで。わたしがこんなところにいることをあなたは誤解なさっていらっしゃる。本当に、あなた、わたしは自分がどこに連れて来られたのか、わからないのよ。本当に困ったわ、わたしを誤解なさるなんて。ダダとおっしゃったけど、いったいダダって何ですの。わたしにはさっぱりわかりません。二日前まで、わたしはローマにいましたの。パリって気が狂いそうだわ。ねえ、あの男の人はどこへ行ったのかしら。あの人の名前も、若い奥さんの名前も知らないのよ。たぶんあの人の奥さんなんでしょうね。あの人、スー……スーポーさんだったかしら。とても育ちが良さそうね、あの夫婦がジェルマンのところからわたしを迎えに来て下さったの。わたしがまだ着替えをしていないと言ったら、気にしないで、と言ってくれたわ。それで、とてもシンプルな茶会服の上に毛皮のコートを着ただけなの」。そう言って彼女は、金色のドレスの上に羽織ったコートをさっと広げた。「それで、わたしは来たのよ、ここへ。おかしな連中のところへ。あなた、お願いですから、こんな場所にいるわたしを本当のわたしとは思わないでね。わたしの家へ来ていただけると、おわかりになるわ。ほんとよ、わたしのことをどんな風にお考えかしら。わたしには何にもわかりません。マリー・ミュラがあそこにいるわ。彼女は頭がおかしいのよ！」。

人であふれているホールから、人々は静かに退出していた。そして、とくに選ばれた人たちだけに、おおかた散会したあとに別のテーブルが用意されていると、秘かに知らされていた。一つの部屋から別の部屋へ廻ることができた。ぼくは男爵夫人から離れた。それぞれに飲み始めた。ウイスキーとオレンジエードが招待客用に準備されていた。みんな喉がとても渇いていた。モー・ロティは、素足のままで、つねにポワレに付き添っていた。デスランド夫人が再びぼくを呼び止めた。彼女は何枚かの絵をじっと見つめてから説明を求め、ダダについて質問した。が、本当は返事など聞いていなかったのだ。「まあ、あそこにいるのはポワレさんだわ」。彼女は視線を手元に落とした。「とても気が重いわ、ポワレさんと顔を合わすのは」。人のいいこの婦人が溜息をついた。「あれは無礼な男です。ひどい人ですよ」と彼女は、感情を込めて、唸るように言った。「あの男が戦争中わたしにどんなにひどい仕打ちをしたかご存知ないわね。何をしたとお思いになります？　貧困のため、たった五〇〇〇フランの伝票のためですよ。たとえば、ドゥーセさんをごらんなさい。あの方は本当に男気のある手紙を下さいました。わたしがいろんなことに悩んでいるのをご存知だったから。あの方は、いつでも都合のいいときにお支払い下さい、とおっしゃって下さいました。あの方こそ、生きるってことをわきまえている人ですわ。ところがポワレの奴ときたら！」。非難の対象となっているのは鼻眼鏡の男だった。「ポワレ！　五〇〇〇フラン！　貧乏。ここで彼に会おうとはちっとも思わなかったわ。でも、とても慎しみ深そうな奥さんとごいっしょのあの若い方が、わたしを迎えに来て下さったんですもの。わたしは何の気なしに来てしまったのよ」。また金色の茶会服が露になる。「もしポワレと会うことがわかっていたら！　そうなのよ、今日、銀行から七万五〇〇〇フランを紙幣で受け取ったのよ。家においてるわ。お札《さつ》を五枚だけ持ち出して、それを小さく丸めて、彼の鼻先へ投げつけてやりたいわ。家にある七万五〇〇〇フランを、紙つぶてにして、ふふふ、鼻の先へ！」。

いらいらしたソプラノの声が、多くの人たちの耳に届いた。ポワレも、少し離れたところで、モー・ロティの肩に片手をかけながら、ソプラノの声を上の空で聞いていた。実際彼は、落ち着きをなくしていた。ウイスキーが入っているわりにはしっかりしていた。男爵夫人に近づくと、かなり舌がもつれた様子で、「奥さん、あなたはわたしのことを恨んでいらっしゃるようですが、どうしたらあなたの気が済むのでしょうか。そう、そう、これはわたしのマフラーです、どうぞ、あなたに差し上げましょう」と言って、肩からバラ色の羊毛のマフラーを外した。一瞬、デスランド男爵夫人の波乱に富んだ経歴もこれで終わるかと思われた。鼻眼鏡が外れて、金色の茶会服の上に落ちた。両手が空をきった。彼女はますます息苦しそうになっていた。ぼくを三番目の部屋へと導いたかと思うと、「あんまりだわ」と、この不幸な女性は呻《うめ》いた。「スーポーさんを信用すべきじゃなかったわ。ねえ、あなたはどう思って？　本当に、絶対許せないわ。ねえ、あなたはどうお考えになります？　ポワレさんと顔を合わすだけでも嫌なのに、マフラーを押し付けられたのよ。汚らしいマフラーを、このわたしによ！　彼のマフラーを、こともあろうにこのわたしに！」彼女はなみなみとついだウイスキーを飲み干した。「ああ、なんてひどい味！　わたしにはオレンジエードの方がずっといいわ」。彼女はオレンジエードを一気に飲んだ。ポワレは、酔っぱらいのように、にやにや笑っていた。モー・ロティは、椅子に座ったまま、腰にこぶしを当て、品のない帽子をかぶって怒りで震えているこの老男爵夫人を、いささか傲慢な様子でじっと見つめていた。「それにこの女も、なんてひどいんでしょう。ねえ、あなた、なんてひどいんでしょう！」と男爵夫人はモー・ロティを指さしながら叫んだ。「まあマダム、いったい誰のことをおっしゃってるんですか?」。「もちろん、この女のことよ」あいかわらずモーを鼻眼鏡ごしににらみつけながら、彼女がわめいた。「この女がはいている靴下はなんてひどい色なんでしょう」。「それは素脚だと思いますがね」。「素脚なの? なんて不潔なんでしょう」。「でも奥さん、魅力的じゃないですか」。「お黙りなさい、あなた、まったくひどい話だわ」。

ときどきジャズ演奏が再開された。ぼくはデスランド夫人から離れると、自分本来の役目に取りかかった。そして、そっと逃げ出すことを考えた。というのも、すっかり酔っぱらったスゴンザクが、いつもの癖で、ちょっとした余興を始めたからだ。彼はキャフェのボーイの役を演じた。何度も見たことのある彼のおはこの一つだ。ここいらで退散だと思ったとき、誰かに腕をつかまえられた。アンドレ・ジェルマンだった。「退散するのか。その方がいいな。わたしもいっしょに出よう」。最終の地下鉄に間に合わなかったので、ぼくは承諾した。男爵夫人もわれわれといっしょに出てきたのを見て、顔が引きつってしまった。

「きみはヌイイへ帰るんだよね。ちょうどいい都合だ」とジェルマンが言った。「もしよかったら、わたしをまずリヴォリ通りで降ろしてもらおうか」。車のなかで、男爵夫人がまた抗議と不平不満をつぶやき出した。彼女はあんなところへ出かけるべきではなかったのだ。あそこは、人から芝居小屋《ブウグラン》と呼ばれているところではないか。いったい彼女のことをどう考えたらいいのだろうか。ジェルマンはずる賢い男だった。彼が何か言おうとして、「男爵夫人は決して……」と口にしたとき、ちょうどリヴォリ通りにさしかかった。ジェルマンはホテルの前で降りた。「男爵夫人を頼むよ。ラ・ポンプ通りの自分の家に帰るのが死ぬほど怖いんだ。とても辺鄙な別荘だからな」。そうなのだ、このずる賢い男は、困惑した振りをしながら、この厄介な男爵夫人をぼくに押し付けたまま行ってしまった。

ぼくのこの服装を人は何と思うだろう。すぐにぼくは、夫人が家に隠し持っているという七万五〇〇〇フランもの大金のことや、そのことを語ったときの彼女の厳しい口調のことを考え始めた。そうなのだ、別荘に戻ったとき、空き巣に入られているかもしれず、そうなると、ぼくは窮地に立たされる。ほかにも気がかりがあった。というのは、ダヌンチオは別としても、ワイルドやバレスのかつての愛人は、ずる賢いジェルマンが耳打ちしていたように、おとなしい女性とはとても思われなかったからだ。

ある日、というよりはある晩、ドリュ・ラ・ロシェルが彼女の家の応接間にいたとき、他のみんなが退出してしまったあとで、彼女は、この哀れな男にサロンに残るようにと言ったのだった。食卓に向かってしばらく話を交わしたあと、彼女は突然スリッパをぶらぶらさせたかと思うと、両足をこの不幸な男の手に乗せて、言ったのだった。「これがフランスでいちばん美しい二本の足よ」。ドリュは、食事を中断して、ほうほうの態で逃げ帰った。

結局、ぼくの方は、馬鹿正直にも、無事にラ・ポンプ通りの別荘の入口まで辿り着いた。そこは袋小路で、ここに男爵夫人が住んでいた。彼女はついて来るようにと頼んだ。実際、その小路はまったくひと気がなかった。入口まで来ると、彼女は「エレベーターに乗せてちょうだい」と言った。そうだ、七万五〇〇〇フランのことがある、とぼくは考えた。彼女をエレベーターに乗せた。が、また降りてきて、ぼくに住所を尋ねた。いま名刺を持ち合わせていないので、間違いなく翌日には門番に名刺を届けておくと約束した。彼女が再びエレベーターに乗って、「さあ、家のなかへ入ってちょうだい」と言ったので、ぎくりとしてあとずさった。続けて彼女が言った、「いつかそのうちに、わたしのことがもっとよくおわかりになるでしょう。他のどんなところよりも理想的な楽しみを与えてくれる、選り抜きの芸術的環境だってことがおわかりになるわよ」。そうして、ぼくが建物の外枠に付いているドアを押すと、この老いたる妖精は鶏のようになかへ飛んでいった。ぼくはまるで気が狂ったようにタクシーのところまで駆けて行き、やっと家まで辿り着いた。翌朝、急いでいろんな新聞をめくった。**「デスランド男爵夫人絞殺さる」**という見出しを探した。しかし、その日の新聞には、痴漢の記事しか出ていなかった。

こうして、ピカビアのヴェルニサージュは、一つの危険な兆候を残しただけで終わったのである。

「髭の生えた心臓」の夕べ（一九二三年七月六日）

一九二三年を通して、トリスタン・ツァラは、社交界でのあらゆる努力や幾つかの前言の取消しを重ねたにもかかわらず、また、大変長いあいだもめ事があったあとで結局さまざまな人たちとの関係を清算したり、モンパルナスに住むロシア人やアメリカ人に対してへりくだった態度を取ったにもかかわらず、運動としてのダダの終焉を迎えてからというもの、彼の名前をめぐって大きな評判が立つようなことはなくなってしまった。彼が何か催し物《スペクトル》をやろうと企てているという噂が立ち始めたのは、この年（一九二三年）の春のことである。彼は、オデオン座を、次いでシメール座を確保したと言って自慢した。俳優も決めなければならなかった。結局、六月の初めに、チェレスとかいう人物(1)（ぼくはよく知らないが、ロシア人か、ロシア人グループの名前らしい）の仲介によって、七月六日にミシエル劇場を予約したということがわかった。ツァラはそこで、「ガスで動く心臓」を上演するはずだった。しかし、ダダの全盛期のように俳優を使ってやるのではなくて、友人たちによって演ずるのである。ところで、彼の友人たちは、その何人かはまたぼくの友人でもあるのだが、それ以前からの惨めな体験のあとでは、ツァラの芝居に出演したいとは誰も思っていなかった。したがって、動員されたのは、もっぱら新しい友人たちだった。そして、彼らに謝礼を支払う代わりに、彼らの作品を同時に上演したり朗読することが約束された。こうして、ピエール・ド・マッソ〔当初ピカビアやツァラと行動をともにした。一九〇〇－一九六九〕、ルネ・クルヴェル〔一九二一年に『アヴァンチュール』誌発行に参加、のちに自殺。一九〇〇－一九三五〕、ジャック・バロン〔回想『シュルレアリスムの一年』（一九六九）がある。一九〇五－一九八六〕が駆り出されたのだが、ツァラは彼らに何事か期待するものがあったので、わが著者《ツァラ》は、彼らに対して好意を示し始めていたのだった。(2)

その催し物は、ぼくの知る限り、最近になく印象の悪いものだった。これはまったく斬新さのないものだ。(3) その上ツァラは、ズダネヴィッチ〔イリヤ、ロシアの前衛詩人。一八九四－一九七五〕とかいう男と意気投合したのだったが、この男は、ぼくに言わせれば、ロシア人の愚昧さ、おそらくは最悪の愚昧さを備えた典型的人物であり、むしろ、不遇時代のP・アルベール＝ビロに似つかわしいザウムの言語を生み出した人物だった。(4) 他方でツァラは、ドローネイ夫妻とも意気投合した。ドローネイとぼくとは、一年間、まったく気楽に、感情というものの愚昧さと低劣さを分かち合ったことがある。(5)

だがそれにしても、おそらくは、不安感というものがぼくの旧友《ツァラ》の心を圧迫したのだ、と考えざるをえなかった。まさにツァラは、われわれが彼を見捨てたがゆえに、(6) これらの連中に頼る他なかった

なかった。

のだ。ぼくは彼のために言い訳を探した。催し物を予告するチラシは、ぼくを驚かすような内容ではなかった。

実際、ダダ運動の夜明けを告げた一九二〇年と同じように、ツァラは自分のプログラムを豊かにするために、六人組に呼びかけたのだった。今日では彼らは有名になっており、彼らが要請を受け入れれば、ツァラに名誉をもたらすことになる。六人組の協力はまた、メイエル夫人とベルタン氏の協力を予想させるものでもあった。自分を正当化し、自分の詩を正当化するために、わがツァラは、自分の名前といっしょに出演者名簿に載ることになる何人かの作家たちの名前をプログラムのなかに加えねばならないと思った。故人ではアポリネール（ツァラが、どれほど不謹慎なことばで、毎日のようにアポリネールのことを語ったかは周知の通りだ[7]）、現存のメンバーでは、ツァラの直接の協力者であるリブモン＝デセーニュを筆頭に、ジャック・バロン、マッソ、ズダネヴィッチ、それと絶対に協力すること請け合いの何人かの詩人、すなわちエリュアールとスーポーである。ところが、驚いたことに、エリュアールは前もって相談を受けていなかったし、スーポーも同じだった。

ところで、彼らの名前はジャン・コクトーの名前の後塵を拝していた。スーポーとエリュアールが、いつもコクトーのことを話題にするときに、どんなに侮蔑の思いを込めて話していたか、いつも二人がこの人物《コクトー》をどんなに避けていたかはよく知られている。したがって、そうした扱いは、あからさまに信頼を逆撫でするものであった[8]。さらには、上映される映画の一部も予告されていたが、結局、抗議の対象となったのは、一九二一年にシャンゼリゼ劇場で演じられた「ガスで動く心臓」と同じ趣向だったことである（ぼくは以前に主役を演じたのだが、ミシェル劇場での公演の数日前に、この偽善者《タルチュフ》ツァラは、バロンに同情を示しながらこう言ったものだ、「ぼくが役を書いたのはアラゴンのためなんだよ。それだけぼくはアラゴンに友情を抱いているってわけさ」）。

そのチラシは小さな辞書のデッサンで装飾されていて、それはちょうどツァラが一年半前に発行した小さなパンフレットに施したものと同じで、「髭の生えた心臓」という題が付いていた。そんなわけで、その晩の催しは「髭の生えた心臓の夕べ」とも呼ばれたのだ。

このプログラムの協力者の集まりやプログラムの構成、会場の確保といったあらゆることが、多くの細々とした逸話やさもしい行為や企みを予想させたし、実際、それは確実に起こったのだ。エリュアールは、自分の作品がすべて、このような怪しげな企みの渦巻くような場で朗読されるのを阻止しようと決心していた。(9) ぼくもエリュアールに賛成したが、しかし、あらかじめ友人たちに対して、どんな場合にもぼくは対抗デモや抗議行動には加わるつもりはないと告げておいた。(10) なぜなら、ぼくは、誰か知り合いを連れてこのソワレに行くつもりだったが、知り合いをこうしたごたごたに絶対巻き込みたくはなかったからだ。ところがツァラは、ぼくに思いやりや友情の証《あかし》を強制する一方で、自分の知り合いのアメリカ人はみんな無料で入場させ、ぼくに対しては無料で入れようとはせず、結局入場料を払わされてしまったのだ。ぼくは会場の入口で見てしまったのだ、この若い人気作家《ツァラ》が、公演に先立ってどんなにへりくだった態度で観客を迎え入れようとしたかを。いままでに人がこんなに気を遣っているのを見たことがなかった。本当にツァラは、社交界から容認されるためには何でもやってのけたのである。

　ダダやそれに関わるものに対しては、いずれにしても愛想よくしなければならない。ぼくはバルコニーに席を取った。友人たちもまた席料を支払って、オーケストラボックスにいた。検札に立ったセルジュ・ロモフ〔ズダネヴィッチとともにロシアの劇団チェレスを率いてパリ公演を行なった。「バレス裁判」特集号である『リテラチュール』第二〇号にロモフの「証言」が載っている〕なる男は、このソワレの組織者の一人で、かつてバレス裁判のときにはわれわれに理解を示してくれたのだが、慎しみも機転もない態度で、ブルトン（席料として二五フランを支払っていた）に言ったのだった、「わかってますよね、ブルトンさん。あなたを入場させますが、それもおとなしくしているという条件でですよ」。他方で、ツァラがさまざまな手段を使って、われわれに対して間接的にわからせようとしたのは、秩序を維持することが大事であり、どんな邪魔者も外へ投げ出されるだろう、ということだった。こうしたことすべてが、たぶん、十分に取り巻き連中に呑み込ませてあるのだった。彼らは、ツァラの側にあって、何年ものあいだ決して暴力に訴えることもなく、観客が投げつける腐った卵やトマトにも耐えてきた連中なのだ。しかも、それはひたすらツァラを喜ばせるためであり、一方ツァラは、馬鹿げたことに、死ぬほど退屈なさまざまな種類の詩を彼らに暗唱させ、合唱させていた(11)。

　その晩のミシェル劇場は、かなり人が入っていた。が、それだけのことだ。一九二〇年のマニフェスタシオンほどの混雑ではなかった。当日集まった人たちは、ほとんどが外国人だったが、事情通の人々であり、さまざまなファションの観客であり、モンパルナスの芸術家たちだった。催し物が彼らにとって何かを引き起こすきっかけになるとか、憤慨の種になるといった恐れはなかった。彼らは、まるでバー「屋上席の雄牛」〔コクトーの芝居にちなんで、一九二一年に店の名前となった〕へ出かけるみたいに会場へとやって来た。というのも、その晩は、彼らの知り合いの人たち、そしてグラン・プリを見物したあとですぐにパリを立ち去りがたい人たちがみんな、ミシェル劇場へ行こうと言っていたからだ。三年前にガヴォー・ホールの作品展〔一九二〇年五月二六日に開かれた「ダダ祭」のこと〕で、動物のような叫び声を上げた人たちの顔を、ぼくはよく覚えていた。あのとき、ぼくに話しかけてきて、ぼくの友だち全員のなかで一顧だに値しないのはツァラただ一人だと断言した人たちがすべて、そこに出席していた。そこにいたのは、自分だけでは決してツァラを評価することができなかったと思われる人たちだった。彼らはかつてぼくに丁寧に尋ねたものだ、あなたやあなたの友だちから、自分が一人前の詩人とは見なされず、馬鹿にされていることをツァラ自身わかっているのでしょうか、と。

ソワレはまず音楽から始まった。よく作法を心得た観客が割れんばかりの拍手を送った。プログラムの二番目として、ピエール・ド・マッソがツァラによって紹介された。友人たちもぼくも、何か突飛なことが起こるのを予感して待っていた、と思う。実際（われわれのうち）誰も、モンパルナス大通りの、たしかレストラン・デュゲスクランで、たった一年半前に起こった茶番劇を忘れたものはいない。ぼくはあのときのことをよく覚えている。その晩、夕食のあいだに、ツァラが、ピエール・ド・マッソがベルギーの雑誌『サ・イラ』に載せた、とても軽妙な論文を読み上げた。ところが、そのなかで、この青年《マッソ》がツァラのことを「ルーマニアの小柄なユダヤ人」と呼んでいたので、ツァラは狂ったように怒り出して、われわれ全員に対して、名誉が傷つけられたことを認めさせようとやっきになった。それから彼はわれわれに提案した、どこかでマッソを待ち伏せして、みんなで杖で打ちのめしてやろう、と。みんなが、それは品のないやり方だと注意してやった。そして、夕食のあいだじゅう、その侮辱した男に対して決闘を申し込むべきだと、[12]ツァラを説得したのだった。彼は熱心に決闘の詳細を定めた。誰をマッソのもとへ派遣するか、誰が介添人となるか、医者はどうするか。より確実にマッソを倒すにはどうすべきか。剣がいいか、それとも拳銃にすべきか。われわれはみんな頭がおかしくなるほど笑った。ことにリブモン＝デセーニュがひどかった。ところがツァラは、笑われたことにすっかり気分を害し、まるで法王のように真剣になるのだった。このとき以来彼は、何事につけ、マッソに対してつねに侮辱を加えたのだったが、それにはそれだけのわけがあったのである。

そんなことがあって、この若い変わり者〔マッソのこと〕を、要領のいい「ルーマニアの小柄なユダヤ人」自身が観客に紹介したとき、われわれ全員が抱いた嫌悪感も理解されよう。マッソが朗読した宣言のうち、以下の部分だけを示しておこう。

アンドレ・ジッドは名誉の戦死を遂げた
サラ・ベルナールは名誉の戦死を遂げた
クロード・テラス〔作曲家。ジャリ『ユビュ王』の舞台音楽を作曲。一八六七―一九二三〕は名誉の戦死を遂げた
フランシス・ピカビアは名誉の戦死を遂げた
パブロ・ピカソは名誉の戦死を遂げた 等々。

この宣言は、新しくもなければ、知的でもない。おまけに曖昧でもある。周知のように、ダダの言語において、「名誉の戦死を遂げた」という表現は、くだらないものという意味しか持ちえないのであり、その上、同情すべき名前や嫌悪すべき名前の羅列は、哀れなマッソの「宣言」を取り違えて解釈することにもなりかねない。マッソに対して善意さえ抱いていたパブロ・ピカソが、ホールのなかで怒りを露にし、腕をわざとらしく組んで、エリュアールに目配せをした。ブルトンは、そのとき、これ以上聞くに耐えないと思ったのか、ぼくにはあまり容認することも賛成することもできないような態度で、すっくと立ち上がって叫んだ。「もう我慢できない!」。彼は、杖を手にして、舞台に跳び上がった。誰も彼を止めようとはしなかった。ブルトンはマッソに退場を命じた。マッソの方は何かぶつぶつ言っているうちに、左腕に杖の一撃を受けて(13)、あわてて逃げ出した。何人かの手先どもが舞台の袖から飛び出して、この朗読者《マッソ》を救い出そうとした。ホールの観客全員が、もしかしたらこの場

面は催し物の一齣ではないのかもしれないと一瞬疑って、総立ちになった。総じてロシア人でいっぱいのこの会場には敏感な人々が大勢いたので、張り裂けるような叫び声が上がった。人はふつう、杖の一撃を、残酷で不快な行為だと受け取る。だから、ブルトンの行動の意味がよくわかったと言える。それは、これから起こることの前触れであり、説明のことばは一切存在しない。ブルトンは、彼が軽蔑してやまない同情なんてものを人から受けるようなみっともない行動は決して取らない。彼の怒りは相手を選ばないのだった。どうやらマッソが最初の相手のようだった。マッソの惨めな様子も、ブルトンを前にしては無実の証明とはなりえなかった。ブルトンは、一瞬といえども、会場全体の侮蔑や反感を受けてたじろぐようなことはなかった。会場全体が叫んでいた。ぼくのよく知っているフランス人たちの声はどうやらコクトーの取り巻き連中のもので、これらのきれいに着飾った、鼻のとがった若者たちは、金切り声を上げて、観客に向かってブルトンの名前を呼び続けていた。大衆にとっては、その声はコーラスとなって、「追い出しちまええええ、ブルルルトンを!」と聞こえたはずである。それは紙に書き留められないような、スラヴ訛りそのものだった。

ツァラは、ヘラクレスのように大きな身体をした道具方に守られて、舞台上の、半ば降ろされたカーテンの前に再び姿を現わした。ブルトンが襲われると思い込んだデスノス〔「眠りの実験」でシュルレアリスムの中心的役割を果たした。一九〇〇―一九四五〕とペレが舞台まで駆け寄って、ブルトンを連れて自分たちの席へ戻った。ツァラが会場の奥の方に向かって何事か合図を送ったが、当初バルコニー席にいたぼくには、その意味がわからなかった。すると、何人かの警官が前進してくるのが見えた。このとき初めて、この催し物が馬鹿げたものであることが明らかとなった。昨日まではアナーキストで、頑固なダダイストだったトリスタン・ツァラは、何かことをかまえて邪魔しようとする連中に対して警察を呼んだのだ[14]。いったい誰に対してか！ パリ、というよりは世界で、彼らだけがツァラを擁護してきた、その人々に対してである！しかも、ツァラが警官にどんな声をかけたか注目しておかねばならない。「この連中ですよ、**おまわりさん**」と彼は、いつも通りの、無意識に出る奇妙な声で言ったのだ。彼が指さしたのはペレであり、デスノスであり、ブルトンだった。しかも、会場を一掃する必要があると考えたのか、一言も発していないエリュアールをも指さした。「この男もですよ、おまわりさん」。

　このときぼくは強い怒りに駆られた。何の抵抗もせずブルトンはおとなしく連行されたが、タキシードを着ていたので、警官からは丁寧に扱われた。一方、デスノスとペレはもっと雑な身なりだったので、文字通り引っ張られていった。ペレなどは、身体検査をした警官どものために、上着をうんと破られてしまったほどだ。ぼくは、手出しはしないと誓っていたことも忘れて、ツァラに詰め寄り、侮蔑のことばを投げつけて、ぼくもいっしょに追い出してみろよ、きみは自分の友だちを外に追い出したではないか、と叫んだ。ツァラはぼくの方へ振り向き、あいさつを送ってきた。そうこうしているうちに、会場はまた静かになった。すでに二人の人物がオーケストラの前に現われていた。一人はマレシス氏だが、これは下手くそな詩人にすぎず、もう一人のジルベール・シャルルも、たちの悪いジャーナリストだった。ブルトンを強制的に退去させたことに抗議したエリュアールを、この連中が非難した。マッソは彼の短い朗読を終えた。奇妙なことに、観客はその朗読が知的なものだと思った様子だった。観客の程度とはこんなものなのだ。

　この一騒動のあと、公演は無難に音楽へと移った。われわれは何も言わずに我慢して聞いていた。しかし、メイエル夫人がピアノの前で震えているのがはっきりとわかった。サティはいつものようにちょっとした成功を博した。目新しい曲は何もなく、オーリックの「フォックス・トロット」や「梨の形の小品」などであった。われわれはまた、ベルタン[15]がアポリネールの「丘」〔『カリグラム』所収の詩（一九一八）〕を朗読しているあいだも、何も言わずに聞いていた。この下手くそな俳優は、アポリネールの詩を口ごもりながら、泣きまねをしているように朗読した。ところどころで、あのサラ・ベルナールの口調をまねるといった、殴りたくなるほどへりくだった調子だった。ぼくはこんなに間違いだらけの朗読を聞いたことがない。あとになって知ったのだが、ベルタンは深刻な不安に駆られていて、身体への影響がひどかったのだ。だから、終わってから舞台の袖をいくら探しても、彼の姿は見つからなかった。彼が朗読するはずだったそのほかの詩（コクトー、バロン、ルヴェルディ）はもう不可能になった。プログラムはきわめて不規則に進行することになった。無礼にもほどがあることだが、プログラムに予定されていたエリュアールが飛ばされてしまい、何の相談もなしに、ルヴェルディの詩と入れ替わってしまった。そして、そのことをぼくが翌日ルヴェルディに知らせた。三年前に、『リテラチュール』への寄稿を拒否すべきだと、ツァラが主張したあのルヴェルディである。スーポーの作品もあと回しにされた。彼がちょうどポルトガルに出かけていて、害がないからだった。ところが、二番目の騒動が持ち上がったのは、このスーポーに関してであった。

マルセル・エランがスーポーの詩を朗読しようと登場した。真っ先にぼくが抗議すると、何人かの友人たちもぼくに合わせて、スーポーは何の相談も受けていないぞと言った。偶然にも、エランが選んだ詩は『風のバラ』のなかの「ぼくは嘘をつく」だった(一)。ぼくは叫んだ、「この詩は、たったいま追い出されたブルトンに捧げられた詩だぞ！」。ぼくはこの若者《エラン》にかなり友情を感じていたのだが、またまた抗議の声を上げた。するとエランは、「それではフランスでいちばん若い詩人ジャック・バロンの詩」をこれから朗読しますと告げた。「バロンをこんなところで取り上げるのは悪い冗談だぞ！」。ぼくのことばはそれほど適切なものとも思われなかった。というのも、エランは、とても古くて、まったく知られていない二つの詩を朗読したが、一向に評判がよくなかったからだ。観客が笑い出したのだ。

最初の幕間で、ジルベール・シャルルと顔を合わせたので、彼に、エリュアールと関わり合うのは止めるようにと、はっきり申し渡しておいた（ジャック・ポレルが立ち会っていた）。連れ出されたブルトンが、退場する前に、実はバロンの顔を一発見舞っていたことがわかった。バロンがブルトンの退場に賛成したからだ。

催し物が再開され、映画が始まった。映画については、詳しく報告するほどのこともない。興味のないものが続き、踊っているように見える四角や円、無意味なインクの染みの映像など、見るも退屈なものだった。それから、ザウムの詩の企画もあったが、それはあまりにも退屈なので、ぼくはもう一度席を立った。二度目の幕間となった。セルジュ・ロモフがおそるおそるぼくのところへやって来て、ブルトンに知らせてほしいと言った。四人の大男が入口で待ち伏せして、ブルトンの顔をはり倒そうと待ち構えているというのだ。そう言って彼は、ブルトンのことを思ってか、身震いする振りをした。またエリュアールに向かっても、もうこれ以上騒ぎを起こさないでほしいと頼んだ。もっとあとで、この偽物の紳士《ロモフ》がどんな喜劇を演じるかわかるだろう。

次の出し物はマン・レイ〔アメリカの画家・写真家で、映画製作にも取り組んだ。一八九〇―一九七六〕の短編映画だった。それには彼の愛人のキキが登場した。つぎに『理性への回帰』という題が付いたとても美しい螺旋が現われ、彼の仕事場を飾っているその螺旋が巻き戻されて映し出されるのだった。この映画はマン・レイの絵にも写真にも匹敵しない出来具合で、それというのも、ツァラが催し物に間に合わせるために、やたらと制作を急がせたからだ。なぜなら、ツァラにとっては、協力者の名前だけが大事なのであって、彼らがつまらないものを演じようと(16)、それはあまり問題ではなかったからである。次いで、『ニューヨークの煙』が上映された。マルセル・デュシャンがアメリカから持ち込んだ映画である。この映画には、チャールズ・シーラー〔アメリカの画家。一八八三―一九六五〕とその他の人たちによる制作(17)という説明があったが、パテ・ジュルナル社の記録映画を出るものではなかった。ときには、上手な特殊撮影と幾つかの美しい画面のおかげで、少しはましに撮れているところもある。しかしながら、多くの部分はまったく興味を引かないもので、ただの画面の連続にすぎず、とても映画とは言えない代物だった。他方では、モダニズムの最も野卑な側面の一つである機械趣味が露呈していて不快である。この趣味は、会場を覆う意味ありげな拍手となって表われているものだ。アメリカやロシアで熱狂的に流行っている、このような機械の神秘主義に対して、ぼくは心底吐き気をもよおし始めている。ポール・ヴェルレーヌとカミーユ・モークレール〔フランスの作家、『沈黙の芸術』など。一八七二―一九四五〕の時代における月の光以来、これほど月並みな作品を見たことはなかった。しかしながら、この映画における感動の知的レベルは、終わりの場面によって十分に証明されている。そのラストシーンはなんと、フランスの最も出来の悪い映画と同じように馬鹿げた、ブルックリンに沈む夕陽だったのである。ここへきてとうとう観客がぴゅーぴゅーと口笛を鳴らした。

もう一度幕間となった。案内嬢たちが、地下鉄がなくなるのを心配して、戸口の間から抗議していた。廊下では、言い争いが渦巻いていた。それはとても語り尽くすことができない。とうとう「ガスで動く心臓」が始まった。すでに述べたように、ぼくはかつてこの芝居を演じたことがある。ツァラはこれを四八時間で書き上げ、ぼくはそれをシャンゼリゼ劇場の屋根裏部屋で手渡されて、自分の役を読んでおくようにと言われたのだが、それがなんと夜の七時頃だった。催し物が始まるのが九時だというのに、一つの芝居全部を読むのはほとんど不可能というものだった。(18)

ミシェル劇場では、ドローネイ夫人のおかしな衣装のせいで、演技がいっそうひどいものになった。俳優たちは、舞台の最初からほとんど全員がじっと動かず、硬直姿勢のままだった。それはカメルニィの演出よりはずっと貧弱なもののようだった。演出にはまったく何の工夫もない。ところが、最初からエリュアールは攻撃的だった。彼はツァラの名前を呼び、奴は姿を現わすわけがない、と叫んだ。会場から抗議の声が上がり、エリュアールを追い出そうとした。マレシス氏などは上着を脱いで、最前列からいまにも飛び出そうとして、猛獣使いよろしく、俳優たちを防衛し警護しようとしていた。エリュアールはあいかわらず抗議を続けて、叫んだ、ツァラは友情を踏みにじったから、あいつの顔を殴りつけてやるのだ、と。(19) そしてもう一度、ブルトンの退去と警察の介入に抗議した。そのとき、何度も敵意を剝き出しにしていた若いジルベール・シャルルが、外へ出たかと思うと警官を一人連れてきて、エリュアールを指さした。数人の観客がエリュアールに非難を浴びせていた。警官たちが会場に入ってきた。何人かの友人たち、マルセル・ノル〔生没年不詳、パリ・ダダ、シュルレアリスムに参加〕、マックス・モリーズ〔「アヴァンチュール」グループからシュルレアリスムに参加。一九〇〇—一九七三〕らがエリュアールを逃がそうとした。イヴァン・ゴル〔ドイツ語、フランス語二言語による詩人、劇作家。一八九一—一九五〇〕は警官のあいだに割って入った。警官どもがモリーズをつかまえ、さんざん打ちのめしているのが見えた。警官に抗議していたランブール〔「アヴァンチュール」グループからシュルレアリスムに参加。一九〇〇—一九七〇〕もまた逮捕された。ぼくも放っておけなくなって廊下に飛び出すと、ロモフが警官をけしかけている声が聞こえた。彼がボルシェヴィキだったのを思い出した。「あなたはツァーのために働いているんだね」と皮肉を投げつけ、横をすり抜けて、ぼくは友人たちを助けるために会場のなかへ突進した。かつてない大混乱だった。エリュアールはピアノに押しつけられ、モリーズは四人の警官によって他の四人のメンバーとともに引っ張られたし、ランブールは二人の警官に腕をねじ上げられて連れて行かれた。警察は当然のごとく普段の暴力を見せつけたのである。ちょうどそのとき、ぼくはジャック・エベルト氏〔コメディ・デ・シャンゼリゼ劇場の支配人。一八八六―一九七九〕に出会った。彼はモリーズ（エベルトのところで働いていた）が逮捕されたのを目撃して、会場へ突進し、モリーズに暴行を加えている警官の一人をつかまえて言った、「きみ、わたしの言う通りにしなさい！」。相手の警官の方は、おどおどして、上官の言うことを聞かなければならないといった様子で、モリーズから手を放して、服従した。エベルト氏はこうしてモリーズを解放した。その間ぼくは、ランブールを連行しようとした警官どもとやり合っていたが、同時に、奴らに対して、エベルト氏の手管をまねてみようとしたのだった。というのも、エベルトは、警官たちを指揮していた巡査長を脇に連れ出して、知事の命令によって解任するぞと脅しつけていたからである。巡査長は警官たちを呼び集めたので、ぼくの友人たちも会場に戻った。こうして、秩序が少し回復されたのである。

「ガスで動く心臓」は二幕ものである。[20] いま第二幕が、比較的穏やかなうちに始まった。やがてエリュアールがまたツァラの名前を叫んで、脅迫を始めた。再び殴り合いとなった。ところが、警官がなかへ入ろうとすると、エリュアールの勇気と執拗さに圧倒された会場は、警察の暴力に反抗して、罵声を浴びせ、ぴゅーぴゅーと口笛を鳴らして、警官を入口で押し留めようとしたのだった。エリュアールは友だちからは支援してもらえず、一〇人ほどの者がいっせいに彼を非難した。彼はいつまでもツァラの名を呼び続けた。ツァラの方は、支持者たちに急かされて、とうとう姿を現わした。すると、エリュアールは椅子を三列跳び越えて、舞台によじ登ると、ツァラの顔をまともに殴りつけた。ツァラの方はエリュアールの脚に足蹴りを加えて、道具方を呼んだ。エリュアールはバロンやクルヴェルにも軽く殴打を加えると、舞台から降りようとした。すると、観客や道具方の連中が彼に飛びかかり、床に引き倒すと、一人に対して一〇人以上もの人数で、彼を足蹴にし、フットライトに押しつけたので、電球が彼の身体の下で割れた。エリュアールの友人たちは、彼を救おうとして駆けつけた。ぼくも、バルコニーの上の席から飛び降りてエリュアールを助けに行くと、そのときにはノル、モリーズ、ランブール、イヴァン・ゴルの面々が舞台に上がって来た。エリュアールはピアノの上を引きずられていたが、騒動は逆転の様相を呈していて、ジャック・ド・マレシスは、初めエリュアールを攻撃していたのに、いまや連中の卑劣さに憤慨して、それまでの敵どもの前に立ちはだかり、身を呈してエリュアールの防波堤となった。ようやくエリュアールは解放され、友人たちに取り囲まれて、オーケストラボックスの最前列の舞台上に立ったまま、もし舞台の袖に姿を消したツァラが再び現われたときには何か言ってやろうと待ちかまえていた。ところで、芝居の方は、急にさびしく終わってしまった。身を護ってくれるものが誰もいないので（この異様なやりとりのなかで、あちこちで口論が起こっていた）、舞台上で独り演じているのが怖くなった俳優たちは、口をもぐもぐ言わせていた。

このような主な催し物のおまけとして発生した逸話をすべて語るとしたら、いつまで経っても終わらないだろう。だから、とにかくエリュアールは素晴らしかったと言うだけに留めておこう。一人の身体障害者がエリュアールを非難して、「私は身体障害者なんです」と言ったのに対して、彼は「あなたは単に身体が不自由なだけですよ」と答えた。当の障害者は会の終わりに、エリュアールのところへやって来て詫び言を言った。

もしぼくが人々の愚行について考えを述べるとすれば、ぼくの服装によって引き起こされた反応について語らねばなるまい。ぼくの服装はさまざまに指摘された。ある者は赤いチョッキだと言うし、他のものは赤いワイシャツだったと言った。実際は、モーニング服に黒のワイシャツだったのだが。

エベルトとトレボールのもめ事について触れるべきだろうか。ミシェル劇場の支配人であるトレボールは、自分よりも二倍も大きな図体をしたエベルトに対して断固戦いを挑もうとしたのだが、相手は穏やかに笑うだけだった。「あなたは、このわたしの劇場で警察に命令を下すのですか。よその劇場の支配人ならともかく！」。あとは推して知るべしだ。最後に、出口で、フローラン・フェルスがどんなにマルセル・アルランとやり合ったかを言っておこう。アルランは、自分がフェルスとやり合ったのはひたすらぼくを守るためだった、と信じ込ませようとしたのだが、フェルスの方はその後ぼくにはっきりと言った、アルランは嘘をついたのだと。

奇妙な雰囲気だった。公演は完全に荒れてしまった。翌日トレボールは、もう劇場を貸したくない、と言ったくらいだ。そして、彼がこの出来事に続いて起こった、多くの細々とした、くだらない振舞いについて語ったので、ぼくは嫌気がさしてしまった。彼は一回だけでこりごりだというのだ。

一九二三年七月二一日土曜日の朝、「髭の生えた心臓」から二週間後に、ツァラはイタリアへ旅立った。（アラゴン注：この点は不正確である。ツァラは二五日の朝にはまだパリにいた。ぼくはこれを書いたあとでそのことを知ったのだ。しかし、彼の出発の噂はすでに広まっていた）。翌日朝一番の郵便物で、エリュアールは代訴人指定の一通の手紙を受け取った。それには、和解の提案といっしょに（つまり、はっきり言えば詐欺と恐喝未遂である）、〈精神的損害〉[21]による被害の賠償ではなくて、電球一〇個の破損に対して総額三八六フランの請求が書かれていた。

精神的損害については、われわれは雑誌『ダダ』を思い起こすべきだ。そのなかでツァラは、心からの喜びを露にして、誰に対しても侮蔑的なことばを浴びせ[22]、人をことごとく罵倒し、彼自身の友人たちについて陰険な文書を流していた。彼の挑発的な態度や反社会的な態度を思い起こすべきだ。そうすれば難なくわかることだろう、彼の態度はお笑い草であって、近視で卑劣なこの小柄な男にこそ〈精神的損害〉ということばがお似合いである、と。この男が甘ったるい声で言うのをぼくは耳にしてしまったのだ、「この男もです、おまわりさん」[23]。「精神的損害」とは呆れ果てたものだ！

幻像の画家マックス・エルンスト(1)

一九二一年の春に、画家マックス・エルンストの作品が初めてパリで展示されたとき(2)、ジャーナリズム界では憤激の嵐が巻き起こった。ジャーナリストたちは一目見ただけで、間違いなくこれはくだらない画家だと刻印を押してしまい、その極めつきは、この男がドイツ人だということだった。この展覧会のヴェルニサージュとして、パリのダダイストたちによってソワレが催されたが、それは、このソワレのあいだじゅう、押入れに隠れて姿を見せない端役たちによって、参加者たちが罵倒されるという趣向だった。暗闇のなかでちょっとした芝居が演じられたのだが、俳優たちは地下蔵にいて、声だけが床の上げ蓋から聞こえてくる。パリの観客は、いつものようにそれに反応して、笑い飛ばそうとした(3)。

しかしながら、マックス・エルンストはフランスでは名前が知られていないといっても、これが芸術活動のデビューというわけではなかった。以前にケルン市は、エルンストの初期の方法によるデッサンのアルバムを市の予算で刊行していた(4)。空間的要素の重要性や、透視法から引き出される効果は、イタリア人キリコの絵の初期の方法に匹敵しうる。打ち抜き器の巨大な構図のなかや、図解のような風景のなかでさ迷っているぎこちない小柄な人物やマネキン人形、これらを支配している夢の雰囲気のなかに、この画家の個性がすでに感じられる。そして、この夢の雰囲気は、いったいいかなる要素によって導入されたのかがよくわからないままである。これらのデッサンの幾つかには、伝説的な価値を有する簡潔な描写もすでに見出される。幾つかのデッサンは、あたかも光景が鏡に反映しているかのように、裏側から描かれているのだ。これらのデッサンは夢として扱うべきだし、フロイトの方法で分析すべきだ。それらには、きわめて単純な男根の意味が見られるだろう。それは、さまざまな点で、エルンストが原初的であることによるものだ。彼は心に浮かぶものと浮かばないものとを区別しないし、描かれるものと描かれないものを区別しない。というのも、彼の作品はすべて、現代絵画について決まりきった考えを抱き、精神が絵画に干渉することを望まないような人々の怒りを買う精神の明晰さに浸っているからである。人々は侮蔑の意を込めて、知的な絵画だとか、文学的絵画などと言う。

エルンストの第二の方法は、イタリアの画家たちから離れて、メカニックな画家たちに接近したことである。しかし、それが初期の方法とかなり密接に結び付いていることがわかる。少しずつ、デッサンのなかに見出される副次的な構図が独立して、複雑化し、発展する。それは、エルンストがますます大きな、早晩真実の詩となるさまざまな伝説を生み出す偉大な段階に達したことを示すものであり、こうして、コラージュの時期へと移行することになる。一九二一年のパリ展の作品群はこの時期に属しているのだ[5]。キュビストが実践したようなコラージュと、エルンストにおいて出合うコラージュとのあいだには根本的な違いがある。キュビストたちは、郵便切手や新聞やマッチ箱の図柄を画布に貼り付けるのであるが、それらは一つの実験としての価値を持っていたし、絵の現実そのものを統御する道具としての価値を持っていた。画家が自分の絵のさまざまな部分のあいだにいろいろな関係を打ち立てるのは、外的世界（キュビストの用語を使うならば、画家に一種の確信をもたらすもの）から直接借用されたオブジェによってである。さらには、貼り紙細工《パピエ・コレ》や、いわゆるコラージュにおいては、画家によって切り取られたカラー紙は、画家にとって、色彩、まさに色彩だけに取って代わるものであるが、エルンストにあってはまったく別な風に行なわれる。彼が借用する諸要素はとりわけ描写された要素であり、コラージュが最も多くの場合に補充されるのは、このデッサンに対してなのだ。コラージュは、ここにおいて、一つの詩的な方法となり、その目的において、その意図が完全にリアリズムであるキュビスムのコラージュとはまったく逆となる。エルンストは、彼の諸要素を、とりわけ印刷されたデッサン、つまり広告のデッサンや辞書の絵、大衆本の絵、新聞の写真などから借用する。彼はそれらの要素をきわめて巧みに画のなかに混入するので、ときにはそれと見分けがつかず、逆にすべてがコラージュであると思われるほど、この画家《エルンスト》は微細な技術を用いて、自分の作品と他の要素とのあいだの連続性を樹立することに専念したのだった。

結局、写真もまた、これまでになく絵画における諸要素を豊かにしたのである。エルンストにあっては、これらすべての要素が、詩的イマージュの方法とまったく同じ方法によって、他の要素を喚起する役割を果たすだろう。

ここに、馬が跳び越える障害物がある。これは一種の幻像であって、近づいてみると、障害物と思われたものが、実は手編みレースの模型写真であったりする。エルンストは幻像の画家である。いたるところに幻像が存在する。砂漠を横断する不思議な鳥の隊列の幻像は、近くから見ると、デパートのカタログから切り取られた婦人帽なのだ。この氷河、これらの木々、これらの人物たちの幻像、あらゆる外見をわが魔術師が再創造する。彼はどんなオブジェでも自分の感覚に引き寄せ、新しい現実へと覚醒させる。キュビスムの相対主義と印象派における色彩の相対主義とのあいだに距離があったのと同じように、キュビストが宣言した形態の相対主義とオブジェの相対主義とのあいだにも大きな距離がある。われわれはいま、一種のまったく新しい絵画を目の前にしている。それは、絵画的嗜好の概念をひっくり返すものであるが、実は一〇年前から秘かに確立されたものなのである。新しい絵画がさまざまな熱中や無理解を引き起こしているのは驚くに当たらない。それは喜ぶべきことでさえあるのだ。ドガやゴーギャンに対してエルンストがもたらした現代における等価性こそ、おそらく最も代表的な絵だということである。つまりぼくは、この時代における最も有意味な絵であると言いたいのだ。それらの絵を見れば、画家たちにどんなに新しい視界が開かれたかがわかるというものだ。マックス・エルンストの絵に付けられている短い詩を看過することはできない。多くの場合、ドイツ語とフランス語で書かれ、ときには英語でも書かれているそれらの詩は、単に絵の注釈であるばかりではなく、その補完物でもあるのだ。

その例を一つだけ引用しておこう。

ローエングリン〔ドイツ民話の主人公。リヒャルト・ヴァーグナーの楽劇で有名〕が、これが最後だと言って愛人と別れたのは二二回目である――われわれはミズーリ川の上流にいる。そこでは、大地が四つのヴァイオリンの上にその地殻を広げていた。――われわれは決して相まみえることはないだろう、われわれは天使と戦うこともないだろう。――白鳥はとてもおとなしい。レダ〔ギリシャ神話で、白鳥の姿をしたゼウスに愛される〕のもとへ辿り着くには力一杯脚をこがねばならない。

このなかに示されているのは、あらゆる神話と迷信の境域で、エルンストが、事物の外面だけではなく、世界のあらゆる部分について意味を帯びることになるような事物の根源的な意義を、どれだけ巧みに駆使しているかということである。そして、ローエングリンの白鳥もまた、まさに同じ瞬間に、恋するジュピターとなる。それは一種の知的なコラージュであり、それはほとんど、ぼくが造形のコラージュと呼んだものだと言うことができるだろう。

海中の光が支配している（このことばはぼくのものではないが）ようなこの作品の、目を見張るような多様性について、何か意見を述べるべきだろう。すべてを描き尽くさねばならないだろう。ところが、エルンストはそのことには固執しなかった。デッサン、オブジェ写真、絵画、このような彼の制作したもののすべては、かなり規模の小さな、受動的で、細々とした仕事だった。こうして彼は、少しずつかなり特殊な人物相、エルンスト的な世界を形成したのだった。エルンストはまったく新しいやり方でその世界を再現することで気をよくした。自分のさまざまなテクニックを断ち切って、コラージュの幻像をもたらす域に達したが、そこに再び戻ることはなかった。彼はひたすら油絵を描き始め、かなり規模の大きな絵を描き始めた。最初のうちは、精神はまさしく古いコラージュのものであった。ちょうどこの頃、エルンストはポール・エリュアールの二冊の本にデッサンを描いた[6]。それについてフェルナン・ヴァンデラン〔フランスの作家、劇作家。一八六四―一九三九〕は、マルセル・プレヴォ〔フランスの作家。一八六二―一九四一〕主宰の『フランス評論』誌で、それらのデッサンはイラストのジャンルを完全に革新した、と書いた（一九二一―一九二二年）。それから徐々にエルンストの絵は単純化され、一九二三年の「パリ・アンデパンダン展」では、ぼくがいましがた語ったばかりの絵と並んで、おそらくは最も驚くべき黒の方法（一九二二―一九二三年）による最初の代表作を見ることができた。まったくの黒一色がこれらの絵を支配していて、幾らかの部分は黒板にチョークで描いたようなのだ。それは「視界の内部」という作品で、クリスタルガラスの花瓶が描かれているのだが、そこには異様なものは何も描かれていないように見える。だが、よく観察してみると、花は逆さに生けてあり、茎が外にはみ出しているし、花冠が瓶のなかに沈んでいる。「友人たちのランデヴー」は大きな構図で、一五人ばかりの若い世代の詩人や画家の肖像画である（二）。「海、海岸、地震」は、風景について今日まで未知だった概念を示している、等々。これらの絵のそれぞれは、さまざまな技術上の発見を表わしている。エルンストはとりわけ、これまではデッサンの世界だけにしか見られなかった繊細な描線を、絵画において獲得することができたのだ。

次にエルンストは、何枚かの大きな水彩画を描いた。その幾つかはあいかわらず黒の方法にもとづいている。そこに描かれているのは黙示録的な光景であり、かつて見たこともない場所であり、さまざまな予見である。われわれは別の惑星、別の時代、広大な火成の蔓草のなかへ、あるいは大きな廃坑のなかへと導かれる。マックス・エルンストの現在の方法を味わうには、これらの水彩画や何点かの油絵によるしかないが、これらの絵画の背景は、水彩画の雰囲気を保っていて、空は依然として黒色であるが、地平線に向かってだんだんと色が薄くなっている。いまエルンストが描いている大きな構図の絵のことをここで語るのは早すぎるかもしれない（「大革命の恥辱」「美しい女庭園師」「サント＝セシール」など）。これらの絵はまだ一般には公開されていない。しかし、たしかなことは、大衆は、今世紀の初め以来やっとの思いで手に入れた自分たちの趣味に衝撃を受けるだろうということである。明らかに、いかなるスノビスムに迎合することもないし、画家に対して無意味な装飾的魅力しか求めようとしない者などいっさい考慮しない。エルンストの絵ほど装飾的でないものはない。しかし、旧いものとの戦いが治まったとき、そして、いかにも陰湿な悪意や、黙りこくった頑固さのせいで、つねに人を驚かす形式を用いた斬新さがなぜ人々から拒絶されることになるのかがもはや理解できなくなるとき、おそらく、エルンストの絵以上に有意味なものは他にないことがわかるだろう。あらゆる激変や死滅の原因を知ってしまったこの時代において、あるいは、廃墟にたたずみ賢明なる瞑想の淵にあって、絵画が依然として存続するための強力かつ茫漠たる理由を探し求めているこの時代においては。

さまざまな小説の一年（一九二二年七月－一九二三年八月）

ジャック・ドゥーセ氏に

この一年間に話題となった小説について、あなたから意見を求められ、ぼくがそれに答えようとしている、この「ぼく」とはいったい何者なのでしょうか。生徒でも先生でもない。しかし、間違いなく一人の生きた存在なのです。というのも、二六年間眠りほうけてきたいま（アラゴンは一八九七年生まれで、一九二三年には二六歳だった）、何事につけ真面目に語ろうとしているからです。ちょうど、公共の場所や電車のなかで見かけるような、新聞に辛辣な注釈を加えているあのおしゃべりな連中のようにです。いずれにしてもぼくは、小説については、あまり高尚でも明確でもない考えしか持ち合わせていません。でも、もしかしてぼくの言うことが難解だと思われるとしたら、それはぼくが、自分自身に対して抱いている考えというものを、小説については持っていないからに他なりません。「人間生活におけるこの上なく奇妙な出来事にもとづいて作られた想像を絶する作品」、これがサドにとっての小説の定義ですが、ぼくはそれをくり返すだけで、それに何かを付け加えたりしようとは思いません。ぼくの体質として、物事の性質についての議論はしたくないのです。小説というこのフィクションの形式は、人間の偉大な発明と見なされ、そのヨーロッパにおける近年の発展は、にわかに、職業作家に熱狂的な活気をもたらしました。ぼくには、それを過小評価するつもりも、擁護するつもりもありません。自分が読んだもののすべてのなかで、わけもなく、著者を探し出して、著者に会いたいと強く思うものがあります。その著者をもの書きと見なし、彼が物語ることではなくて、彼がしゃべることに耳を傾けたいと思う。結局、文学の諸ジャンル、つまり詩歌、小説、哲学、箴言といったもののあいだでなされる区別など意味がないと思われるのは、すべてが同じようにパロールだからです。こうした区別に慣らされているぼくたち現代人は、それから外れるもののすべてに困惑させられる。しかし、未来の生徒たちは、退屈しきって、どうにかこうにか、たとえばヴォーヴナルク〔一八世紀フランスのモラリスト、『箴言』がある。一七一五—四七〕や『大地』〔ゾラの『ルーゴン・マッカール』第一五巻、一八七〇〕といった、二つの別々の整理棚に分類される大家のことしか考えないでしょう。彼らは、これらの作家や作品のなかに巧妙な教育の素材を見出すと、笑いとばすに違いありません。

この一年のあいだに、このような小説形式の成功がもたらしたちょっとした革命や流行に対して、ぼくが鈍感だと思われるかもしれません。ぼくたちは最近五年間に、今日における文学的成功とは何であるかを目撃してきました。ピエール・ブノワ〔作家、『アトランチス島』（一九一九）でアカデミー・フランセーズ小説大賞。一八八六—一九六二〕とルイ・エモン〔作家、カナダで客死。一八八〇—一九六二〕がいい例です。このような連中の成功に付き合うのは、よほどの堕落というものでしょう。しかし、一九二二年の夏も終わりにあたって、フランス小説を直ちに代表する作品として、何を取り上げるべきでしょうか。ユイスマンス〔『さかしまに』（一八八四）など。一八四八—一九〇七〕とともに生まれ、ジッドとともに死滅したサンボリスムの小説以来、いったいどんな作品が生まれたか。まず、自然主義者たちは新しい仲間を獲得し、一九二二年には、ヴィクトル・マルグリット〔作家。一八六六—一九四二〕の、非難囂々たる小説『ガルソンヌ』が大成功を博すと同時に、一大スキャンダルともなりました。しかしぼくは、この作品の方を、この三〇年間に作り上げられた小説の嗜好から直接に生み出されたような作品よりもずっと高く評価しています。たとえばジロドゥー氏〔作家・劇作家。一八八二—一九四四〕の小説のように、昨秋出版された『シーグフリートとリムーザン』（一九二二）は、きわめて平凡な力量しか示していないものです。ぼくが最も軽蔑しているのはこうした作品であって、それらは、限定された読者、しかも自らをエリートであると思い込み、著者からもエリートだと思われている読者のために無難に書かれる、尊敬すべき作品なのです。それらはまた、過去の著作家たちのなかにつねに発見された誤謬を避けようとして書かれた、要するに精彩を欠いた作品であり、紋切り型の作品なのです。あるいはまた、おそろしく時代遅れとなった作品であり、いつの日か、そのページをめくる者に対してこんな印象を与える作品です。すなわち、「各階に水道とガス」という広告、つまり、デラックスなアパートの快適な生活について、ごく最近の親たちが昨日までどんなに不完全なイメージしか持っていなかったかを思い出させるような広告を前にして、今日の若者たちが感じるような印象なのです。ポール・アダム〔作家、『時間と生命』（一九二〇）など。一八六二—一九二〇〕もヴァレリー・ラルボー〔作家、『恋人たち、幸福な恋人たち』（一九二三）など。一八八一—一九五七〕も、小説の発展という点では、とても本物の出現とは思われないのですが、どうでしょうか。ゾラとユイスマンス以来、特記すべき画期となるのは、わずかにポール・ヴァレリーの『テスト氏との一夜』だけです。『法王庁の抜け穴』は、要するに口先だけの作品にすぎません。アポリネールの到来を待って、『虐殺された詩人』〔一九一六〕のなかに、新しい時代の闘争宣言を見出すことになります。

わがセナンクール〔評論家。一七七〇—一八四六〕がいみじくも言ったように、一冊の本とは「感受する人間の表現であり、働く人間の表現ではない」という意味においてしか、ぼくが作品を評価しないことはおわかりいただけることでしょう。このことは、ぼくがその全容を検討することになる今年の文学作品にはあまり当てはまらないかもしれません。たとえば、出版社を変えただけですっかり自分が蘇ったと信じているアベル・エルマン〔詩人・作家。一八六二—一九五〇〕といった作家のように、長いあいだ非難を受けている何人かの作家たちの辿った道についてはここでは特に触れないことにしますが、その非難の理由については容易におわかりいただけることでしょう。いまは、最も若い作家たちについて、人々が彼らに与えている評価とか、ぼくが彼らに認めている価値だけに話を限定しておきます。それだけで、今年度の小説が十分に明らかになるからです。そして、ぼくが読んで楽しかったものは二冊としてなかったということもおわかりいただけると思います。一種の新古典主義小説、これこそ、とりわけ近年創作されていると思われるものであって、実はこれは、四年前から出現が予感されていました。マルセル・プルーストの成功や、心理学と精神分析学についてのいたるところでの称賛によって、スタンダールの趣味を思わせる、言い換えればポール・ブルジェ的な趣味にもとづく多くの作品が予告され、準備されたのでした。それは、石鹸のように書物を買い求めるある種の下層ブルジョワジーとは別のところで、そしてまた、人知れず大いに売れている『アトランチス島』の作者で、『ジュルナル』紙の時評担当者〔ピエール・ブノワのこと〕が作った『金持ちの家のわが司祭』と題する、あの平凡な田園詩のような陽気な文学をごく自然に受け入れるある種の下層のブルジョワジーとは別のところで、サロンにおいて成功を博しているということであり、伝統主義的な書物に対して最高の評価が与えられるということであります。こうした点で非常に有意義なのは、若い世代に対する指導者たち、たとえばバレス、ブルジェ、モーラスについて実施された『週刊評論』誌のアンケートでありましょう。若い世代、それはぼくにはとても年老いた婦人のように見えます。いずれにせよ、若い世代は、リュシアン・ミュルフェルト夫人の気に入るように最善を尽くすべきです。それが若い世代の親切というものでしょう。文学的価値を決めることに、このような精神状態こそ責任があるとされてきました。誰が言い始めたかは大事なことではありません。今日では、わが物顔に振舞っているのは、もはや、非常に野卑だがかなり左翼的なスーディ〔ポール、批評家。一八六九―一九二九〕ではなくて、もっと野卑できわめて右翼的なエドモン・ジャルー〔批評家・作家。一八七八―一九四九〕です。ジャルーはまた幾つかの小説を書いていますが、とりわけ今年は、その創作活動は旺盛なものがありました。二篇の新しい小説〔『海の底』（一九二二）と『黄金の階段』（一九二二）がある〕ですが、それがどれだけ版を重ねたかは知るところではありません。わがジャルーが、人から模倣されているようにさえ見えます。人間の性質とはなんと寛大なものでしょう！　要するに、これらのことは何ら素晴らしいことではなく、くだんのご夫人方がかつて呼んだことのある「エドモン」〔エドモン・ジャルーとエドモン・ゴンクールを掛けている〕という名前に栄冠を与えたアカデミー・フランセーズは、今夏の文学賞の月桂冠を、A・ド・シャトーブリアン氏〔一九一一年に『デ・ルールディーヌ氏』でゴンクール賞を、一九二三年に『ラ・ブリエール』でアカデミー・フランセーズ賞を受賞、ナチスに協力したかどで一九四八年に死刑判決。一八七七―一九五一〕に与えたにすぎませんが、それは言ってみれば、文学の審判官の継承者としての資格を与えるためだったのです。これらのことはすべてたいへん通俗的なことであり、もし触れるとすれば、ジュール・ロマン氏の作品『リュシエンヌ』（一九二二）の名を挙げることもできるでしょう。この作品のなかではフロイトが援用され、小説に対して、鬱陶しいほど見せかけの斬新さが与えられています。それというのも、ロマン氏はインターナショナルな文学を狙ったからで、この種の文学は、ロシアでもドイツでもアメリカでも、フロイトとアインシュタインによって拾われた火中の栗を嚙っているのです。今日まで、ギュスターヴ・ルボン〔の心理学〕を実践してきたロマン氏は、とうとう精神分析学を発見したというわけです。それが彼のためになればいいのですが！

それゆえ、ぼくは言いたいのです、今年は一連の優れた作品、あるいは少なくとも善良な人たちのための作品が花開くのが見られた、と。バジル・サハロフ卿文学賞をはじめ、さまざまな文学賞がエミール・ボーマン〔カトリックの作家、『宿命の人ヨブ』（一九二二）など。一八六八―一九四一〕の作品に、あるいはまったく逆の傾向を持つジロドゥーといった作家に与えられたことを想起してみて下さい。それにしてもジロドゥーは、**経歴**においても仕事においても、申し分のない人物です。心理学にしても伝統主義にしても、これらのスローガンが気に入られたのは、とても単純な理由からでした。これまで、巻き込まれることを警戒してきた若干の人々が、実践の潮時だと判断しただけのことなのです。ジャック・リヴィエールが戦端を開いたのは世間知らずだからではありません。子供が大人になったときに誇らしげな様子を見せるように、『愛された人』〔一九二二〕は彼自慢の最初の小説です。彼はこの小説の構想を以前からあたためていました。ある作家グループのために身を捧げた全生涯、『新フランス評論』誌に捧げられた彼のあらゆる心遣い、プルーストや心理分析小説のための宣伝キャンペーン、その結果、（声を小さくして言いますが）心理分析小説自体が出現したわけです。この小説では残酷さだけが働いています。そして、人々は『愛された人』を読むことに戸惑いを感じます。いったいこの男は何者なのだろうか。気楽に話をして、自分の言うことをわきまえているように見える、しかも、批評のなかでは通俗的な姿を見せたことのないこの男は。この著者を称賛したのはアンリ・マシス〔アクシオン・フランセーズの系統を引く批評家。一八八六―一九七〇〕だけでしたが、それもジッドのおかげなのです。ジャック・リヴィエールが『アドルフ』〔バンジャマン・コンスタンの心理小説〕を書きたいと思ってもほとんど何の役にも立ちません。今年、いたるところで見られ、とりわけレイモン・ラディゲの作品に見られたのは、『アドルフ』を書くという、この同じ野心なのでした。

他のところでも、この作品〔『肉体の悪魔』〕について考えているところを述べておきました〔アラゴン注：『パリ・ジュルナル』一九二三年三月三〇日号〕。『肉体の悪魔』が出版されたときの作者の立場は、リヴィエールの立場とはまったく逆のものでした。非常に若くて、分別はないがしかし素晴らしい友人関係を保っていたラディゲは、自分にそれほど成功をもたらすことのなかった詩の小品類を破棄したばかりだったのです。彼がキュビスムの詩人として鳴らした、あの幾つかの詩編の作者であることはすでに忘れ去られています。彼は、まったく無意味な定型の小詩編によってキュビスムの詩人と呼ばれることを自ら容認していたのです。『新フランス評論』誌の編集長〔リヴィエール〕よりはもっと抜け目のないラディゲは、自分の好機を上手につかむすべを心得ていました。自分の担当する作家を世に出そうとしている編集者をうまく利用したし、仰々しい宣伝も利用したのです。彼は、法廷で使用人に証言させるように、文学賞を授与するかどうかを一人の審査員に任せたのでした。その審査員は彼が文学賞の候補となることに異議を申し立てたかもしれないのにです。しかもラディゲは、まさに人が望んでいるような作品を書いたのでした。実際、『肉体の悪魔』は、一つの方法にもとづいて、かなりうまく創られた作品です。文体の方法は、おそらく構成の方法に比べるとそんなに巧みではありません。もしラディゲ氏がもう少し高尚な精神の持ち主であったならば、彼の作品は間違いなくもっと素晴らしいものになっていたことでしょう。しかし、不幸にして、思考というものはつねに通俗的なものであり、かなり低俗なものでさえあります。彼の小説が自伝的なものであるとしても、人間的なものも生き生きとしたものも、まったく存在しないのです。このような小説にはどんな意味があるのでしょうか。せいぜい言えることは、戦後の青年の肖像という特徴が見られることぐらいです。うまく書けているところがあるとすれば、この小説がドキュメンタリーになっているということでしょう。ぼくはこれを表層的な記録と言いたい。ちょっとだけ、この作品を、その系統に属する『アドルフ』と比較してみましょう。しかし、なんと期待外れなことか！『アドルフ』を価値あらしめているものは、それがあなたの再読に耐えうるということであり、そのなかで何か本質的なもの、永遠なるものが語られているということなのです。永遠なるものということばは、ぼくには馬鹿げたものには思われません。白状しますが、ぼくは、パルク＝サン＝モール校の生徒〔ラディゲのこと〕の特別な小心さにはいささかも関心を抱きませんでした。そんなことにはまったく関心がありません。『肉体の悪魔』がどれだけ不快な、とりわけずれたところのある作品だとしても、大まじめに『グラン・テカール』〔一九二三〕と比較してみようなどという気が起こるのは、少しは優れた作品と見なしたい気持ちがあるからです。ジャン・コクトーの『グラン・テカール』の方も、本の帯に書かれている通り、詩人の処女小説です。ところがコクトー氏は、若気の過ちといった年齢を過ぎたのであり〔コクトーは一八八九年生まれで、一九二三年には三四歳〕、この期待の持てる処女作はまた、『軽薄な王子』〔コクトー一九一〇年の作品〕の精神的世界を示すものでもあります。それは、彼の『職業上の秘密』〔一九二二〕よりもずっと著者の経歴に踏み込んでいるものです。ジャン・コクトーもまた、自分の好機をつかみました。要するに彼は小説を書くのに十分機が熟したと考えたのです。そして多くの人々が彼をそれなりの人物と判断したわけです。彼は幻想を抱きました。名声への誘惑には抗しきれなかったのです。『グラン・テカール』は、トランプのあの美しい城のような幻想を破壊してしまいます。『喜望峰』〔一九一九〕と『語彙集』のペテンに引っかかってしまった素朴な人たちを、ぼくは知っています。彼らの間違いは、現実との混同を犯したことにあります。しかし、鳴り物入りの大騒《タムタム》ぎや宣伝が終わってしまうと、この小説は、今日では読者をすっかり面喰らわせています。それほど知識がなくとも、そのなかに表われているフランス語についての驚くべき無知がわかるからです。誰であろうとも、その作品のなかに、比類のない知的空白、イメージの欺瞞（いったいどんなイメージだ？）、門番のおしゃべり、人間的感覚のまったくの欠如、名づけようのない吝嗇《りんしょく》といったものを見分けることができるでしょう。ぼくは、愛についてどんな話し方をするかによって人を判断するという癖がありますが、しかしこれは、コクトー氏には、ほとんど通用しないでしょう。コクトーの場合には、愛が描写されるのはことごとく外側からなのですから！　それゆえ、このような作品には、埃のようにくだらないものか、退屈さしか残りません。そこにはレイモン・ラディゲの作品を支えている器用さといったものもまったく見当たりません。このような小説がいったい何の役に立つのか、示してほしいものです。各紙が掲載している幾つかの称賛を、注意深く読んでみました。しかし、そこには意味不明《ガリマティア》の文章と、幾つかの大物の名前しか見出せません。コクトーが気取屋ではないとしても、それらの名前を見れば赤面せずにはいられないでしょう。

いろいろな意味で成功を博した『肉体の悪魔』と『グラン・テカール』をそれぞれの作者に書かしめたものはいったい何か、と問うことは許されるでしょう。しかし、それを二つ別々に答えることはできません。というのも、少しは一般的な、どのような人間のモチーフといえども、文学的成功への願望のうちにいとも安易にその存在理由を求めるといった、あの知的訓練と実行を説明してはくれないからです。たしかに、モンテルラン氏〔一九二二年の作品に『夢』。一八九六―一九七二〕やモーリヤック氏〔一九二二年に『頼者への接吻』、二三年には『炎の河』。一八八五―一九七〇〕に小説を書かせたのも同じような動機です。しかし、彼らの場合はもっとあからさまなものです。二人とも初期の作品以来、ある一つの階級、一つの社会、一つの環境のために書いてきました。アンリ・ド・モンテルランは、二三歳のときに、ある日ぼくにこんなことを言ったことがあります。「わたしの読者は地方にいるよ」。ぼくがミュルフェルト夫人の家に足を運んだときに、一度だけフランソワ・モーリヤックが、ファブル＝リュス夫人〔作家のアルフレッド・ファブル＝リュス（一八九九―一九八三）の夫人か？〕と、罪と恩寵について議論しているのを聞いたことがあります。二人とも、子供の頃から、正統の教養とあまりカトリック的ではない幾つかの要素とを結合させることを学んだと言います。そして、こうした要素こそ、良心の指導者の注意を呼び覚ますことなく、自分の作品のなかに禁断の木の実の魅力をもたらしたのです。これらの作家たちの美学は（そもそも美学というものをぼくなどが取り上げる柄ではないのですが）、ポール・ブルジェに由来する美学にも値しません。二人とも自分の特別な感性を重視しています。そして、今年度は、モンテルランは『夢』によって、モーリヤックは『炎の河』によって、この上なく素晴らしいものを書いたと思い込んでおり、愛と快楽についての一般的概念を逆転させたと思い込んでいます。残念ながら、これら二つの作品とも通俗的なものと言わねばなりません。一つの教義の拠りどころとなっている計り知れない凡庸さと、その凡庸さの作用を確証するものとが、この教義そのもののなかに存在するのです。二人のわが作家たちは、猫かぶりのせいか、ほとんど偉大な人間といった素振りは見せません。小説のなかへのスポーツの導入（『夢』）とか、また罪の導入（『炎の河』）が見られるにもかかわらず、やはりこれらの作品に小説としての斬新さを見出すことはできないのです。わかりきったことですが、われわれがとんだ読み違いを犯すなんてことはありえません。

　同じこの年にはまた、文芸欄の担当者たちによって、ポール・モーラン氏による小説方法の革新が指摘されました。しかし、ぼくほど、モーランが方法を変えたことに拍手を送る者は他にいないはずです。彼の従来の方法は、ぼくにはまったく気に入らなかったからです。というわけで、ぼくは『夜閉ざす』〔一九二三〕を読みました。正直なところ、『夜開く』〔一九二二〕とのあいだにはたった一つの違いしか窺えません。『夜閉ざす』では、イマージュがずっと少なくなっており、その分だけ、ぼくにとって得るところがあったと言うべきなのです。というのも、ポール・モーランのイマージュはいつでもぼくに吐き気をもよおさせるからですが、しかしここは、モーランについての議論をむし返すところではありません。モーランとは二年前に決着がついているからです〔二〕。彼はぼくとの勝負に敗れましたが、読者との勝負には勝ったというわけです。彼は一年に一冊本を出しています。彼のためにそれがよく売れることを願うだけです。というのも、どうせ売るための努力をしなければならないのなら、少なくとも、よく売れる方がいいに決まっていますから。

　ぼくは、幾つかの新聞で、いま話題にしたこれらの作品についてのさまざまな書評を読んでみました。それらに一つの共通点を認めることに誰も異論はないでしょう。それは、官能に対して特権的な位置が与えられているということです。モーラン氏は、フランス文学に官能を積極的に導入した作家として知られています。ところで、ジャーナリストたちはあまり小説を読んでいないと言わざるをえません。たとえば、彼らの知らないペトリュス・ボレル〔ロマン派の詩人。一八〇九―一八五九〕のことを話題にすると、彼らはひどく驚いてしまうし、バレスについても事情は同じで、彼らはバレスについては三色旗〔三色旗はバレスが寄稿した新聞名でもある〕しか見ようとはしません。これ以上他の作家の名前を挙げるまでもないでしょう。しかし、『ポルト＝フィノ・クルムの夜』〔ポール・モーランの初期の作品〕のなかでの接吻とか、『夢』のなかでの汗を流す話などを十分考えておくべきでしょう。このときとばかり批評家たちは、われわれの無感覚な好みのことを話し出します。それはぼくのにんまりとした笑いを誘います。感動をなくした者には、ネルシア〔一八世紀フランスの作家、『肉体の悪魔』（一七八六）がある。一七三九―一八〇〇〕やレチフ〔ド・ラ・ブルトンヌ、『パリの夜』など。一七三四―一八〇六〕やサドを読む資格はないということを忘れないようにしたいものです。というのも、われわれの精神はまだあまりにも幼稚なので、なかんずく、ありふれた小説である『ジュスチーヌ』〔サドの一七九一年の作品〕を、

〈破廉恥なJ……〉と呼ぶような習慣がまだ支配的なのですから。他は推して知るべし。時代はいままで以上にタルチュフの時期であり、お粗末な『セックスの噂』の著者であるアロークール氏〔フランスの作家。一八五六—一九四一〕は、昨年、高潔ぶって、現代文学の非道徳的傾向に反対して、ソルボンヌのただなかで起《た》ち上がったのです。それはたぶん、輝かしい昴《プレイヤード》たちであるフランスの若い小説家たちが、多少なりともスキャンダルや快楽を必要としているのに対して、まさにちゃんとした役目を果たしているからに他なりません。そしてまた、ぼくの知らなかった一人の著者の小説、すなわちジョゼフ・デルテイユ〔作家、『ジャンヌ・ダルク』など。一八九四—一九七八〕の『愛の流れにて』〔一九二二〕を、今年になって読むという楽しみを得たからでもあります。

それは、一人の男によって、自分の個人的な楽しみのためだけに書かれた作品です。このなかには、著者の愚昧さも、他人の愚昧さへの追従も見当たりません。そこに見られるのはまったく新しい個性と官能です。この作品では、概念においても実践においても、すべてが壮大で、その欠点にいたるまで壮大さを保っています。その壮大さはとりわけ文体に感じられます。禁じられたものを書くことに、著者がどんなに喜びを感じているかを理解しないわけにはいきません。最近では、この作品だけが特別な出来ばえであることは、デルテイユをモーランやマッコルラン〔フランスの作家、『船員の歌』など。一八八二—一九七九〕と同じように扱ってしまうような批評家たちの愚行を暴くだけで十分でしょう。リュドミラの肖像、近親相姦、ボルシェヴィキの収容所での散歩〔以上は『愛の流れにて』に描かれている〕といったものは、忘れようとて忘れられない光景です。ぼくは『愛の流れにて』について、熱狂的な出会いの思い出を持ち続けるでしょう。それは予期しなかった未知なるものとの出会いであり、醜悪で、野卑で、誠実さのない人々の群のなかで、突然あなたの共感を呼ぶような出会いなのです。人生と同じように悲劇的なこの小説には、夜中の爆笑《エクラ》に似た輝《エクラ》きがあります。

ジョゼフ・デルテイユとは逆に、ぼくはフィリップ・スーポーとは親友です。それも昨日や今日のことではありません。ぼくはこれまで、彼に対して評価が低かった。彼の作品は、デルテイユのあの見事な官能という点でも、文体の正確さという点でも、ぼくを魅了するものがありません。それはしばしば子供じみてもいます。何カ所でも、興味をそがれてしまうところがあり、無駄な部分を含んでいるか、冗語法《プレオナスム》に陥っているのです。そこには出来事らしい出来事は存在しない。しかし、これ以上にぼくを感動させた作品も少ないのです。それを読んだいまとなってはぼくにはわかります、スーポーはこの作品を書くべくして書いたのだということが。人はこうした運命から逃れることはできません。この作品は、彼にとっては義務ではなく、いまも言ったように、一つの運命なのです。それは一人の人間の生命の証《あかし》であり、彼の人間としての顔が透けて見えるものなのです。ぼくの言うことによく耳を傾けて下さい。それは、たとえば『肉体の悪魔』とは正反対の作品です。著者は、趣味といった、もう一つの流行語には関心を示しません。彼は時代に見合った作品を創り出すということはしない。作品のなかの語を吟味することはしない。また、自分の思想の効果や利益を計算したりはしない。彼は、自らの人生を荒廃させた自分の思想を引き受け、ついに、シモン・クラ社から『善良な使徒』と題する作品を刊行したのです。「ぼくが愛していると信じていたもの、そしておそらく現に愛しているものは、ことごとくそのままだ。しかしぼくの血は流れ、ぼくは立ち去る。ぼくは振り返ることはしない。ぼくは後悔にも良心の呵責にも捉われない。ここと思うところで息を止める……」。そしてもっと先では、「いまでは何もかもが終わった。ぼくは幾つかの小説を書いた。何冊かの本を出版した。ぼくは没頭した。それがいったいどうしたというのだ！」。そうなのです、この作品は、彼自身のエピグラフである「太陽は六カ月前からすっかり変わってしまった」ということばを理解させてくれるものなのです。これは何事かが起こる《ス・パス》作品です。何事かが過ぎ去る《パス》作品なのです。つまり、空の下にはまだ生きている人間たちが存在する、ということなのです。ああ、わが友フィリップよ、こんな風に一度でもそのことを感じさせてくれたことに感謝したい。

　ところでぼくは、今年は二つの作品が気に入りました。それで十分だと思います。しかし、ぼくの知っているこれら二つの作品は、出版社を見つけることができないでいるのです。一つはバンジャマン・ペレの小説であり、いま一つはロベール・デスノスの小説です。彼らは二人とも、この世界では金儲けのできない、あの秘められた力を持っているのです。その力とは、サロンの因習的な装飾に自分たちの態度を合わすことができない二人の男の激しいイマージュのことです。おそらくいつの日か、誰かが『雄牛の死』〔ペレの一九二三年の作品、出版されたのは一九五三年のこと〕と『新ヘブリデス諸島』〔デスノスの一九二二年の作品、その一部は『リテラチュール』誌の一九二二年九月号に発表されている〕を発見することでしょう。おそらくいつかきっと。こうして、無名のままの闇が続き、栄光に満ちた丘の向こうに、真実の山々の頂が隠されたままです。

こんなに長いあいだあなたをお引き留めしてしまったことをお許しください、ムッシュウ。こんなに長いあいだ、幾つかの愚にもつかぬテーマについてお話したのも、ぼくが最初に注意を促したように、あらゆるもののために忘却で埋もれそうな二つの作品、そしておそらくは、秘かな陰謀や偽善や憎悪にもかかわらず、ある朝が来ると、私たちが奴隷のように生きてきた歳月の残骸を経て、この上なく真正な熱狂の理由を見出すような作品を、未来の若者たちが、正義と情熱によって発見するであろうと思われるからなのです。

編者注

▽序文

（1）この作品は、アラゴン『詩作品集』メシドール社に再録されているが、一九九〇年にセゲルス社からも別に再版されている。

（2）アラゴンにおける過渡期であって、中断の時期ではない。『パリの農夫』『リベルティナージュ』『無限の擁護』は一連の流れをなしている。

（3）マルク・ダシーとアラゴンとの対話。ダシー「ダダ・パンサール」『プラン・シャン』誌（バサック社）、第三九・四〇号、一九八八年春季所収。

（4）「若い世代」というのは、ピカビア、デュシャン、ジョルジュ・リブモン＝デセーニュ（「ピュトー・グループ」）、それにパンサールが属している一つの世代という意味であり、彼らはすでにキュビスムと闘い、ツァラ、ブルトン、アラゴンよりも一〇歳から一五歳年長である。

（5）トリスタン・ツァラの四幕ものの劇詩と一つのエピローグからなる『逃亡』（一九四七）、および『近似的人間』（一九六八）である。

（6）ジャック・リヴィエール「ダダへの感謝」『N・R・F』誌、第七巻八三号。

見事な理解力を示したこの論文は、大きな反響を呼び、同じ雑誌の内部で、とりわけジャン・シュランベルジェによって一波乱引き起こされた（「知性の党派に関するジャック・リヴィエールへの手紙」『ジャン・シュランベルジェ作品集』第二巻、ガリマール社、一九五八「注釈」参照）。この問題とこの時期については、アラゴンとポーランのあいだで交わされた書簡、ベルナール・ルイヨ編『アラゴン、ジャン・ポーラン、エルザ・トリオレ「生きられた時間」書簡集一九二〇—一九六四』ガリマール社、一九九四参照。

（7）「現代精神の行動方針と擁護のための国際会議」

に関するブルトンの計画に対して、前衛派全員の支援を受けたツァラが反対したことによって、この企画は、一九二二年二月の初めに頓挫した。しかし、この出来事は、バレス裁判（一九二一年五月）のあとで、知性と友情に関わる新たな対立を作り出し、それまでの緊密な協力関係の終焉を決定づけた。なお、マルグリット・ボネ編『バレス事件』ジョゼ・コルティ＝アクチュアル社、一九八七参照。

（8）マルク・ダシーとアラゴンとの対話、前出参照。

（9）アラゴンは「ある蒐集家へのノート」（『詩作品集』第一巻）と題する文章のなかで、この文章が、「下書き《ブルイヨン》」である草稿のごく短い一部分だとしている。

（10）この立場はつねに共通しているわけではない。二〇〇一年一月一日に作成された「フィリップ・ソレルスに関する個人的内閣の要求と行動の報告（部分的には架空の）」のなかで、同じ名前の作家が検察官プルースト・マルセルの質問に答えて言明する。「あなたのお好きな名前は」「すべての偽名です」（ベルナール＝アンリ・レヴィ『自由のさまざまな冒険』グラッセおよびファスケル社、一九九一）とある。

（11）このことはピエール・エベイが、『N・R・Fの精神一九〇八―一九四〇』（ガリマール社、一九九〇）の再版を出したときに、ある論文を「父親のような、皮肉で寛大な」ものと呼んだことと同じである。この寛大さはツァラの嗜好であったとは思われない。同じ時期に（本文「『リテラチュール』誌の創刊」の章参照）、『リテラチュール』はジッドの協力をひけらかして彼を巻き添えにしようとしたのだが、ツァラは雑誌『ダダ』のなかで『リテラチュール』には我慢がならないと述べた、ピカビアの『三九一』ほどではないとしても。ジッドのこの文章に対してピカビアは、ポール・デルメの雑誌『Z』のなかで直ちに反論することになる。「もし諸君がジッドの文章を一〇分間大声で読み上げたならば、口がおかしくなってしまうだろう」。

（12）『詩作品集』第一巻、一九八九。

（13）われわれが「アガディール」をこの著作の冒頭に置いたのは、これが未発表ではないことを思えば、『計画』の序論としての意味があるからだ（当初『リテラチュール』に発表され、のちに『詩作品集』に再録されたが、アラゴンは、ジャック・ドゥーセに提出した手稿全体のなかにこれを含めてはいなかった）。

（14）アラゴンはのちに、小説『オーレリアン』のなかでドゥーセをルーセルという名前で登場させている。
（15）『パリ・ジュルナル』紙のエピソードについては、『アラゴン、ドミニック・アルバンと語る』（セゲルス社、一九六八および一九九〇）参照。
（16）フランソワ・シャポン『ジャック・ドゥーセの神秘と驚異　一八五三―一九二九』ラテス社、一九八四。
（17）ガリマール社、一九六八。
（18）『詩作品集』第二巻。
（19）『シュルレアリスム革命』誌、一九二九年一二月号（『詩作品集』第四巻に再録）。

▽アガディール

（1）『リテラチュール』（新シリーズ第九号、一九二三年二・三月）に発表され、『詩作品集』（第二巻）に再録された。
（2）『リテラチュール』に発表されたものと比べて『詩作品集』では、最後の二つのパラグラフの順序が逆になっている。ここでは、最終的に発表された『詩作品集』に依拠している。

▽『吸血鬼』

（1）女優マルグリット・モレノは作家マルセル・シュオッブの妻である。イルマ・ヴェップは吸血鬼 vampire のアナグラム。
（2）これらの写真の一枚は、一九二九年に雑誌『ヴァリエテ』のシュルレアリスム特集号に掲載された。

▽『ペレアス』再演

（1）ピエール・ベルタンは以前から前衛派の人たちと付き合いがあった。たとえば、一九一七年一一月二六日に、ヴィユ＝コロンビエ座でのアポリネールの講演会〔「新精神と詩人たち」と題する〕で朗読したのは彼である。その数日前にベルタンは、ポール・ギヨーム邸で「詩と音楽の最初の公演会」を催したが、この会では、アポリネールが挨拶をし、マルセル・メイエルが（サティとともに）「パレード」とドビュッシーの「マスク」を演奏し、またサティの「気難しい気取り屋のしゃれた三つのワルツ」を独奏した。
（2）マルセル・メイエルは実際にピエール・ベルタンと結婚した。リカルド・ヴィニェスの弟子である彼女は、サティにすっかり魅せられて、その演奏を引き受けていた。
（3）モーリス・メーテルリンクの伴侶であり女優であるジョルジェット・ルブランは、作家モーリス・ルブラン（『アルセーヌ・ルパン』の作者）の妹であった。彼女は『回想』第一巻を一九三一年にグラッセ社から出版し、続いて第二巻『勇気ある機械』（ジャン・コクトーの序文、J・B・ジャナン社、一九四七）を刊行した。メーテルリンクは一九一一年にノーベル賞を受賞。

▽ピエール・アルベール＝ビロ

（1）マルク・ダシーによって、『ランフィニ』誌第三一号、一九九〇年秋季に発表されている。
（2）雑誌『シック』（音 Sons、思想 Idées、色彩 Couleurs の頭文字）は、一九一六年一月から一九一九年一二月までのあいだに五四号パリで発行された。雑誌の編集者であるアルベール＝ビロ以外に、アポリネール、アラゴン、ポール・デルメ、ロック・グレイ、ペレス＝ホルバ、ルヴェルディ、スーポー、ツァラ、それにときどきピカソ、ピカビア、ラディゲ、スヴリニ、シュルヴァージュといった面々の多くの文章が発表された。それはまた多くの特集号、たとえばロシアバレー特集などを発行した。なかでも主要な特集は、アポリネールの「超＝現実的な」劇である『チレジアスの乳房』について組まれたものである。この劇は、モンマルトルのロリアン通りにあったモーベル劇場で、一九一七年六月二四日に上演されたのであるが、これは雑誌『シック』の呼びかけによって実現したものであった。音楽は、女流音楽家ジェルメーヌ・アルベール＝ビロが担当した。彼女は『シック』編集長の妻であり、ジェルメーヌ・ド・シュルヴィルの生れだった。役の一つは俳優のマルセル・エラン（一八九七—一九五三）によって演じられた。彼の名前は、ダダのさまざまなエピソードのなかで、とりわけ「髭の生えた心臓の夕べ」（一九二三）や、トリスタン・ツァラの「雲のハンカチ」上演（一九二四）の際に登場するだろう。マックス・ジャコブはコーラスを指揮し、スーポーはプロンプターの役を担当した。
ピエール・アルベール＝ビロ（一八七六—一九六七）は、トリスタン・ツァラの斬新な活字印刷の作品（「ボクシング」や「貸借対照表」などの詩）を最初に発表した人物である。そして、アポリネールの『カリグラム』によって開かれた道にもとづいて、「表意文字詩」を発展させた。文学史において、「風景詩」「叫ぶ詩、踊る詩」「教訓詩」「逸話詩」「貼り紙詩」の創出はアルベール＝ビロの功績とすべきだろう。この時期にアルベールービロが発表した作品には、「三一のポケット詩」（一九一七）、「日常生活の詩」（一九一九）、「七色の喜び」（一九一九）、「ラルンタラ（二部構成の多様劇）」（一九一九）、「マトゥムとテヴィバール、あるいは虚実詩人の規範的な気晴らし物語」（一九一九）、「トリロトリー」（一九二〇）、「シネマ」（一九二〇）、「月」（一九二〇）がある。なお、マリー＝ルイーズ・ランタングル『アルベール＝ビロ』（ジャン＝ミシェル・プラス社、一九九三）参照のこと。

（3）『ランスタン』は、詩人ホアン・ペレス＝ホルバ（一八七八—一九二八）によってパリで創刊され編集されたフランス語とカタラン語の雑誌で、一九一九年からはバルセロナで刊行された。パリにおいては一九一八年七月から一九一九年二月まで八号が発行され、そのうち第六号はアポリネール特集である。ペレス＝ホルバはアナーキスト運動に加わったせいでパリに亡命していた。そのあとの五号は、ホセプ・マリア・ミラス＝ローレル（一八九六—一九七一）によってバルセロナで刊行され、その第五号はカルレス・リバ（一八九七—一九五九）の「ヌーサンティスト」詩の特集である。ペレス＝ホルバの文章である「前衛芸術の控え目な戯言」（一九一九年八月）は、スペインにおける前衛芸術の最初のマニフェストの一つであった。

（4）アルベール＝ビロの『三一のポケット詩』（シック社、一九一七）に対するアポリネールの「序文＝詩」について、ビロ自身がアポリネールにこの序文を依頼したいきさつを述べている（アポリネール『詩作品集』マルセル・アデマ、ミシェル・デコーダン編、プレイヤード版『アポリネール全集』一九七八参照）。貼り合わせことばによる詩を含むこの作品のゲラを見て、アポリネールはそのタイトルを「予言序文詩」と変更したのだった。

（5）『ソワレ・ド・パリ』誌は、アポリネールの協力のもとに、アンドレ・サルモン、アンドレ・ビリー、ルネ・ダリーズ、アンドレ・チュデスクによって、一九一二年二月に創刊された。この雑誌名は、一九一三年一一月に、アポリネールと画家セルジュ・フェラおよび彼の親戚にあたるエッティンゲン男爵夫人（別名ロック・グレイ）によってビリーから買い戻される。このとき『ソワレ・ド・パリ』新シリーズが刊行され、第一次世界大戦の総動員によって発行が停止される一九一四年七月（第二六―二七号）まで続く。第二〇号は税関吏アンリ・ルソー特集であった。アポリネールはそのなかで表意文字詩を発表した（有名なカリグラム「大洋＝手紙」と「叙情的表意文字」である）。

（6）アリー・ジュストマンは、ポーランドの詩人で、論文集『詩についての省察』（シック社、一九一七）の著者であり、シャナ・オルロフの彫刻製作に協力した。

（7）アポリネールの求めに応じて（アンドレ・ブルトンはすでに友人であるアラゴンの幾つかの詩を紹介していた）、アラゴンは「一九一七年六月二四日」と題された二ページの原稿を寄せた（『シック』第二七号、一九一八年三月）。それは、公演されるやほとんどすぐに歴史に残るものとなった『チレジアスの乳房』の上演についての思い出を綴ったものである。この文章は、アラゴンにとっては『シック』への最初の寄稿であったが、その後、アンドレ・ブルトンと共同で執筆した文章（「一二のエチュード」）をはじめ、二つの詩（のちに『祝火』に収録される「フーガ」「少年のための貸し部屋」）や、「フランスの文学作品」と題された四つのクロニックが発表される。このクロニックは一九一八年一〇月から一九一九年二―三月まで各号に二本ずつ発表された（『シック』そのものは一カ月に二号発行された）。

　これらの書評は、アルベール＝ビロによって「総合的批評」というサブタイトルが付けられたのだが、アラゴンの方は「詩的批評」としたかったようである。いずれにせよ、それはむしろ批評的注釈と自由な連想の実践の機会であった。たしかに、取り上げられた対象は散文詩であって、たとえばアポリネールの『カリグラム』、クローデルの『堅いパン』、レオン・ブロワの『暗闇のなかで』、ウォルト・ホイットマンの『詩選集』、ブレーズ・サンドラルスの『パナマあるいは我が七人の叔父の冒険』、マックス・ジャコブの『顕花植物』、ジャン・ジロドゥーの『哀れな男シモン』といった作品である。各書評は、それぞれ一つの定義によって終わっている。カリグラムは「バラの花」である。ブロワは「巡礼杖」である。『堅いパン』は「期限の来た手形」である。ローラン・シャヴノンのキュビスムについての書は「執行吏の調書」である。『顕花植物』は〔ラ・ブリュイエールの〕『カラクテール』（人さまざま）である。『シモン』は『孤独な散歩者』である等々……。

（8）　テオドール・フランケルは、コクトーの名前で「夜のレストラン」という題の詩を『シック』に送り、ビロはそれを一九一七年五月の第七号に掲載した。このいたずらは単に「パレード」の作者〔コクトー〕に向けられたというだけのものではなかった。各詩句の冒頭の文字は、縦に並べると、「哀れなビロ」Pauvres Birotsとなったのだ。

▽アンドレ・ジッド

（1）　この文章は、読み進むうちに痛烈な皮肉が感じられるだろうが、それ以外のこともいろいろ読み取られるだろう。ジッドに対する攻撃は、その頃の前衛に見られたスタイルの実践であり、自らの筆法を磨くために必要な通過点であったと思われる。たとえば、ジッドとアーサー・クラヴァンとの対談を思い出してもらいたい。それは、クラヴァンによって、その神秘主義的な小雑誌『マントナン』（一九一二―一五）に掲載された対談であるが、ジャック・ヴァシェという存在と同じ意味で、ダダの流行の先駆をなす徴候の一つを表わしていた。このアラゴンの文章と同じように、アンドレ・ブルトンも『黒いユーモア選集』（一九四〇）のなかでジッドに対して注目しているのは、ラフカディオという作中人物である。ブルトンはそのなかで、この作中人物がジッドのファンである主要な読者層をいかに失望させたかを強調し、逆に青年層の共感が必要であることを訴えている。ブルトンから見れば、クラヴァンこそまさに「ジッド氏とその主人公とを隔てる距離を明らかにした」のであった。主人公とは、ヴァシェが、フランスとドイツとの境界線に置かれた画架の上で自画像を描こうと夢見たものにほかならない。さらにブルトンは、論文集『慈悲の山』（一九一九）に収録された詩の一つに、「ラフカディオのために」という題名を付けた。

このアラゴンの文章は、ブルトンの『詩の貧困、世論を前にした〈アラゴン事件〉』（一九三二）の出版に先立つこと九年前のものであるが、読者の注意を喚起しておきたいのは、アラゴンに関するジッドの考えについて、ジッドとルネ・クルヴェルとの対話というかたちで語られた、『詩の貧困』に付随する幾つかの小論に取り入れられた文章のことである（ブルトン『全集』第二巻、プレイヤード版、一九九二）。『詩の貧困』は、マルグリット・ボネが、アラゴンとブルトンとの、あるいはアラゴンとシュルレアリスムとの「決定的でまさに苦悩に満ちた訣別」と位置づけた事態の原因となるものであり、アラゴンの伝記におけるコミュニスムの時期の開始を告げるものであるが、われわれはいまは一九二三年のこれらの文章に留めておこう。

しかしながら、どうしても示しておきたいのは、ジッドとアラゴンとの関係は、「アンドレ・ジッドとわれらの時代」（『コミューヌ』誌第二四号、一九三五年八月一五日、『詩作品集』第四巻、メシドール社、一九八九所収）という文章によって一つの結論に達しているということである。

（2）その後の伝記によって、アラゴンの晩年の支持者というのは『レ・レットル・フランセーズ』の読者たちであることがわかるだろう。フィリップ・ソレルスからボブ・ウィルソンにいたる新しい文学やアヴァンギャルドに対するアラゴンの強い関心はよく知られているところだ。アラゴンのこのような指摘は、構想が練られてから七〇年経過してからの一つの出版、独特の反響をさらに加えることになる出版についての、幾つかの可能な解釈を思い起こさせるように思われる。すなわち、一九六七年六月に、『レ・レットル・フランセーズ』において、マルスラン・プレイネの評論に関連して、アラゴンがロートレアモンを論じたとき、彼は前書きのなかで明確に書いている。「実のところ、これは『マルドロールの歌』や『詩編』の注釈ではない。というよりはむしろ、若きイジドール・デュカスの影がさ迷う一つの物語《レシ》なのだ。ちょうど、同じような影がわたしの青春に付きまとい、何年経ってもわたしに付きまとって離れなかったように。これが、現在の二〇歳の若者たちにわたしが語る理由である」。

▽アンドレ・ジッド（その2）

（1）ピエール・ルヴェルディのこの雑誌は、一九一七年三月から一九一八年一〇月まで月刊で発行された（全一八号）。目次に登場した順番に寄稿者を示すと、アポリネール、マックス・ジャコブ、ポール・デルメ、ヴィセンテ・ウイドブロ、アンドレ・ブルトン、トリスタン・ツァラ、フィリップ・スーポー、アラゴンである。それはアポリネールの死後は続かず、その空白がたしかに雑誌『リテラチュール』創刊の必要性を示していたのだ。『ノール＝シュド』誌は、ファクシミリでジャン＝ミシェル・プラス社から一九八〇年に復刻されている。

（2） トリスタン・ツァラは、一方ではブルトンの、他方ではフランシス・ピカビアの強い要請によって、一九二〇年一月にパリに到着したが、ここはそのことの暗示である（このあとの「トリスタン・ツァラのパリ到着」の章参照）。

（3） ここに指摘されている時期（一九一九年春）が明確であるのは、これらの文章の書かれた日付（一九二三年）を、われわれがすでに他の資料との突き合わせによって確定しえたことを示している。

ジャック・ヴァシェは一九一九年一月六日にナントで死亡した。結論づけるわけではないが、アラゴンは一九二三年にヴァシェの死は自殺ではないと語っていることを喚起しておこう。アラゴンはのちに「自殺」と書くことになるのだが、それは事故死という見方とも相容れないことになる。この点は無視できない。それは、文学上の出来事での自殺や、来るべきシュルレアリスムで体験された自殺の重要な意味（リゴーやクルヴェルの自殺に関する「アンケート」）のためだけではなく、数年のちにはミシェル・レーリスが、『ある死骸』（一九三〇年一月一五日）のなかでブルトンに対して行なった非難の対象となるからである。ブルトンが「侮蔑的告白」（一九二四）において、ヴァシェと二人の仲間の死を自殺としたのに対して、レーリスは、阿片の飲みすぎによる事故死と見なしていた。

▽『リテラチュール』誌の創刊

（1） 「ピエール・アルベール＝ビロ」の章注（5）参照。

（2） ジャック・ヴァシェについては、アラゴンが「ジャック・ヴァシェの肖像」と題して描いた珍しい「絵」を想起すべきだろう。それは亡くなった友人を偲んだもので、切り取られた紙と、破れそうな枯れ葉を用いて描かれたものである。この「作品」は、サロン・ダダ（ギャラリー・モンテーニュで一九二一年六月六日から三〇日まで開催）のために、ツァラの求めに応じて制作されたものだった。ツァラはダダの作家たちに造形的な作品を作るようにと勧めていたのだ。

このサロンと「肖像」の制作については、マルク・ダシー『ダダ運動の日誌』（ジュネーヴ、スキラ社、一九八九）参照。

ブルトンは、一九一九年に、ジャック・ヴァシェの『戦時の手紙』を、『リテラチュール』叢書第三巻としてサン・パレイユ社から、序文を付けて刊行した。これらの手紙の最初の完全版は、ブルトンの四つの序文を付けて出版された一九四九年のK社版であることを、アラン・ジェールブランは、K社から出ているものと共通のモノグラフィに掲載された対談のなかで（コニャック社、一九九一）、レオン・エシェルボームに対して語っている。この新版刊行の際に、ジェールブランは、オリジナル版と手紙（この手紙は、詩人であり収集家であった当時の所有者ジョルジュ・ユニェから借用したものである）との比較を試みた。そして、ブルトンがそのとき削除してしまった幾つかの部分を復元したのである。

ブルトンやアラゴンに対してヴァシェが示している決定的な特徴、その特徴が彼らとツァラとのあいだにどのような関係を形成したかについては、ジョルジュ・セッバーグの詳細で説得的な評論である、ブルトンのヴァシェ宛コラージュ＝書簡のファクシミリを含む『ジャック・ヴァシェの死を口外できない日、一九一九年一月』（ジャン＝ミシェル・プラス社、一九八九）のなかで参照することができる。

（3）「アンドレ・ジッド（その2）」の章注（1）参照。

（4）フィリップ・スーポーは二一歳になったばかりだったが、わずかばかりとはいえ、その遺産は当面の雑誌印刷費を保証しうると思われる額だった。『リテラチュール』復刻版（ジャン＝ミシェル・プラス社、一九七八）のスーポーの序文は、その間の事情を幾らか明らかにしてくれる。

（5）厳密に言えば、ジャック・ドゥーセ文学図書館の前でということであるが、ここには、まだ未発表の知られざる草稿が保管されていた。われわれは、管理人であるフランソワ・シャポンの口から、生前のアラゴンがたびたびここを訪れて、その場で自分の原稿を参照していたと聞いている。

（6）この誌名はそのときコクトーによって用いられたので、スーポーは、一九一九年に『パリ＝ミディ』誌における一連の論文で、無断で借用されたことを非難した。

（7）実際に掲載されたサンドラルスの文章は別のものである。〔実際は「ドレスの上に彼女の身体がある」という詩〕

（8）ジャン・ロワイエールは、『ラ・ファランジュ』誌の編集長であるが、この人物は今日ではあまり知られていない。

（9）この作品に関する書評を、アラゴンは『シック』誌に発表している。〔同誌第四〇・四一号、一九一九年二―三月〕

（10）アラゴンは、Rosenberg のことをほとんど無雑作に Rosemberg とか Rozemberg と書いている。

（11）アラゴンの批評は『リテラチュール』創刊号に見られる。

（12）今日では忘れられていることだが、アポリネールが死ぬまで激しい敵意の標的とされていたことを、アラゴンは指摘している。アポリネールが、不当にもルーブルの作品窃盗の嫌疑をかけられていた（その上投獄された）ことを想起しておこう。この外国人〔アポリネール〕がフランス語にもたらした詩的革新に対するこのような敵意は、彼を支持していると見なされた人々にまで及んだ。

アラゴンはここで正直に打ち明けているのだが、『アルコール』の作者によって醸し出された不安に比べて、『リテラチュール』の方をまったく無害なものとして受け入れるような保守主義が見られるだけ、いっそうアポリネールに感謝しなければならないというわけである。

ヴァレリーがドレフュス事件の際に激しくドレフュスに反対したことも想起しておこう。

ヴァレットとラシルド（メルキュール・ド・フランス社）がアポリネールを記念するモニュメント建立計画に反対したことについて、ポール・レオトーはその『文学日記』のなかで書いている。

「ヴァレットとラシルドは、設立委員会のなかに、よそ者やキュビストやボルシェヴィキやダダイストやドイツ野郎といったおかしな連中が多すぎはしないかと疑問を呈した。これに対してモルチエとフェルスが、サルモンのようなアポリネールの友人たちやピカソやキュビストたちなどですと答えた。ラシルドはそれ以上は何も言わず、決めつけるような言い方はしないで、アポリネールをもてはやしすぎはしないか、要するに埒もないたわごとではないかと言っただけだった。モルチエとフェルスが立ち去ると、ヴァレットの事務室に残ったラシルドが怒りを露にして、『二人ともはり倒してやりたいわ。アポリネールにはもううんざりよ。アポリネールが死んだとき、わたしなんか冷静そのものだったわ。よかったじゃないの、解放されたのよ、と言ってやったわ』」（『文学日記』I、メルキュール・ド・フランス、一九八六）。

　アラゴンはもっと先で（「さまざまな小説の一年」の章）書いている。「アポリネールの到来を待って、『虐殺された詩人』のなかに、新しい時代の闘争宣言を見出すことになる」（本文一七四ページ参照）。

（13）アラゴンは実際にはこのことには触れることはないのだが、この文章が何を語っているかと言えば、これらのページが書かれているときには、彼はつねに『リテラチュール』のなかで予告していた『計画』（ダシー序文参照）の全体を、少なくとも彼が実際に書いたものよりは詳しいものにするつもりだったということである。

（14）何人かの文学史研究者は、ロートレアモンの発見をシュルレアリストたちだけの成果にしていると言って非難している。とりわけ、モーリス・サイエの『マルドロールの発見者たち』（ジャン＝ジャック・ルフレールの序文、コニャック社、一九九二）がそうである。サイエの魅力的な研究において明らかにされた幾つかの明白な事実、とりわけ「若きベルギー人」の作家グループ（イヴァン・ジルキンとアルベール・ジローの定型詩《ロンドー》は、シェーンベルクの「月のピエロ」に着想を与えたに違いない）や、ユイスマンス、ジュール・ファルグ、アルフレッド・ジャリといった作家たちによってロートレアモンに寄せられた関心という事実を受け入れざるをえないとしたら、『リテラチュール』のグループはまさに、文学作品の改竄によって作品を生かしたり、その生命を伸ばしたりしているとしてロートレアモンの発見を批判した側にまわってしまうことになる。この指摘に関しては、アラゴンは一九六七年に『レ・レットル・フランセーズ』において再び取り上げている。その文章は『詩作品集』第七巻（メシドール社、一九九〇）に再録されている。それとは別に小冊子『ロートレアモンとわれわれ』としても刊行されている（トゥールーズ、サーブル社、一九九二）。

（15）アラゴンは「ユナニミスム」という文章をすでに

書いていた。ユナニミストのグループは文学界における平和主義者の中核となっていた。

(16)『祝火』はアラゴンの処女詩集であり、ピカソによるデッサン付きでサン・パレイユ社から一九一九年一二月に出版された。

▽レオンス・ローザンベール画廊でのルヴェルディのマチネー

(1)「アンドレ・ジッド(その2)」の章参照。

(2)『ル・コック(雄鶏)』はコクトーの雑誌で、細長い形をしていて、オレンジ色の用紙に印刷され、一九二〇年五月から一一月まで四号が発行されている。協力者は、ジョルジュ・オーリック、エリック・サティ、レイモン・ラディゲ、ポール・モーラン、マリー・ローランサンであった。この雑誌のテーマについては、ジャン＝ジャック・キムの『コクトー』(ガリマール社、一九六〇)が参考になる。アラゴンはここでは、『雄鶏とアルルカン(音楽をめぐるノート)』のことを暗示している。この作品は一九一八年にコクトーがシレーヌ社から出版したもので、一九二六年に『静粛命令』に再録された。

(3)ブルトンとアラゴンが共同で『シック』第二九号(一九一八年五月)に発表した短い文章「一三のエチュード」のこと。『ブルトン作品集』第一巻(プレイヤード版)、および『アラゴン詩作品集』第一巻参照(このなかでアラゴンは、ファクシミリ原稿を再生して、『シック』の印刷に見られる重要な誤植を自らの手で二カ所訂正している)。

(4)ラディゲはダダイストたちに反感を抱いていた。彼は一九二〇年五月にブルトンとジャック・ドゥーセに対して一つの論文を書いた。そこにはこう記されている。「新たな真実を保持する人物たちの周りに流派が形成される。だが、マラルメはマラルメ派ではない。そして総勢のなかで最も『ダダ』なのは、トリスタン・ツァラではないのだ」(「ダダあるいは無のキャバレ」『フランス思想』一九五六年一一月一五日号)。

(5)アラゴンにとってルヴェルディの存在がいかに重要であるかは、一九四六年一月に書かれた『ベルカントのクロニック』(アルベール・スキラ社、一九四七)を参照。これは、ルヴェルディの詩集『多くの時間一九一五―一九二二年』(ガリマール社、一九四五、および〈詩／ガリマール叢書〉一九六九)が出版されたときに書かれたものである。また、一九六二年にメルキュール・ド・フランス社から出版された『ピエール・ルヴェルディ（一八八九―一九六〇）へのオマージュ』、および『ピエール・ルヴェルディとの出会い』（国立現代美術館、パリ、一九七〇）も参照。さらに、別の印刷物としては、エチエンヌ＝アラン・ユベールによる『蔵書家会報　ピエール・ルヴェルディの著作目録』（一九七六）がある。

▽トリスタン・ツァラのパリ到着

（1）　この文章の抜粋はマルク・ダシーの『トリスタン・ツァラ、軽業師たちの使い手、チューリッヒ・ダダ、リヒアルト・ヒュルゼンベックとエミール・シュジィツィアの作品、ギヨーム・アポリネールとフーゴー・バルの書簡』（レショップ社、一九九二）に収録されている。完全なものは『ロトル・ジュルナル』誌（第四号、一九九三）に収録。

（2）　フランシス・ピカビアがパリでツァラを自宅に迎え、泊めた住所である。ピカビアは、一年前の一九一九年一月にチューリッヒでツァラと会っていた。こうして、未来におけるパリのダダの中核が形成されるのであるが、ピカビアがチューリッヒのツァラの家にいたときは、ヴァシェの死によって打ちひしがれていたブルトンがツァラと接触を始めた頃である。一年後に、ダダの創立者であるツァラがパリにやって来たし、『リテラチュール』の創始者であるブルトンは、『三九一』の創始者であるピカビアと出会うことになる。こうして、力による勝負の場が設定された。

「ダダランド」（『花の散った日々』ガリマール社、一九六六）のなかでハンス・アルプは、ピカビアとの出会いを語っている。ピカビアは、養生のために度々ローザンヌに滞在していた。そして、ローザンヌで一九一八年に初期の詩集『詩と、母親のいない娘のデッサン』『葬儀の運動選手』『観念的な書棚』を出版していた。

（3）　ツァラを、生きているランボーに喩えることは否定されている。次の資料参照。

「おそらく、もはやわれわれの情熱も怒りも野心も理解されなくなるような日がやって来ると思われる。そのときこそわたしは、人生においてわたしがかつて受け取った最も大きな詩的トラウマとして証言したことに満足しうるはずである。なぜなら、わたしがランボーやロートレアモンやジェルマン・ヌーボーを知ったとき、偉大な詩人を感じたからだ。ラマルティーヌ校の先生たちと同じように、わたしもそうした詩人たちにひたすら接近したのである。彼らは何と言っても偶像だった。

ツァラその人について、まだ誰もわたしに紹介してくれてはいなかった。この巨大な牧羊神《フォーヌ》が犬どもの前で立ち上がったとき、われわれは詩歌が危機にさらされていることをまだ知らなかったのだ。ある種の絵画が示すことができたと同じように、わたしにとってよりいっそうたしかなことは、ツァラの詩が、彼の批評ともマニフェストとも分かちがたく結び付いて、宣戦布告の意味を持っていたということである。われわれは彼のパリ到着を待っていたのだ。まるでツァラが、パリ・コミューンのときに、荒廃した首都で倒れたあの勇敢な若者であるかのように。今日でもまだ、その若者を知っている人たちは強い恐怖心を抱いている。すなわち、いつも若者のことを夢にまで見ているフォランは悪魔と呼んでいるし、ランボーは彼を足蹴にする。

ここは、これらの詩人たちに何が生じたかを語る場所でも、そのときでもない。勝利か敗北か、いつかヨーロッパの失敗を照らすあの赤い信号や無類の輝きが何かということは、わたしにとってどうでもよい。しかし、アルザスの平原で、耳にたこができるほどくり返される、神経症のような平和と勝利の叫びが鎮まるのをわたしはいらいらしながら待っていたのだ。

ルイ・アラゴン　一九二二年一二月」

(4)　この笑いはダダ・グループでは有名になっていた。一九二九年の終わりに『シュルレアリスム第二宣言』のなかで、ブルトンがシュルレアリストとダダとの再接近を図ったとき、ツァラはブルトンと仲直りをし、『ナジャ』の作者は、以下のことばをもって自分の著書をツァラに献呈している。「以前に知っていたような彼を新たに思い出させてくれる事態の奇妙な回帰にもとづいて、トリスタン・ツァラに捧げる。彼の笑いはなんと素敵なものだろう!」。

(5)　この称賛を見れば、この文章が一九二三年七月の「髭の生えた心臓の夕べ」以前に書かれたと考えることができる。なぜなら、この夕べで、アラゴンとツァラの対立が激しくなるからである(「髭の生えた心臓の夕べ」の章参照)。

(6) 画家であり建築家でもあるルーマニア人のヤンコは、ツァラ、アルプ、バル、ヒュルゼンベックとともにチューリッヒ・ダダの初期のメンバーであった。生涯の終わりに、イスラエルのアイン・ホッドに隠棲した彼は、そこを芸術家の村と定め、「ヤンコ・ダダミュージアム」を建て、また、幾種類かのカタログを著した。チューリッヒ・ダダの活動については、ヤンコの多くの木版画やポスターによって窺うことができる。

(7) ツァラはたしかに、ヤンコがノイエ・レーベン・グループと妥協したとして非難していた。このグループの観念論(人間すべてに対する理解の精神的基礎を肯定すること、友愛に満ちた芸術を信奉すること、意識的な力を共通の作品へと結集すること)はツァラの目には、自律的な芸術実践が本質的に備えている抗議とは相容れないものと思われたのだ。このグループの宣言は、ヤンコの署名も含めて、一九一九年五月四日の『ノイエ・ツェルシェル・ツァイトゥンク』紙に発表された。

(8) こうした雰囲気は、ヤンコの消失した有名な絵「キャバレ・ヴォルテール」(一九一六)を見れば一目瞭然である(前掲マルク・ダシー『ダダ運動の日誌』に再録)。

(9) とりわけレーニンとであるが、ツァラのBBC放送による、一九五九年二月一〇日(一一月一五日以降に放送された)の言明によれば、当時ツァラは、レーニンのことを見分けがつかなかったという。

(10) ツァラとアインシュタインの二人はほとんど知り合いではなかった。二人のあいだにはいかなる交際の痕跡も留められてはいない。それゆえ、二人のあいだの関係は薄いと想像される。また、書き残されたものは何も存在しない。他方で、ツァラの息子であり物理学者であるクリストフ・ツァラがわれわれに述べたところによると、アインシュタインについて父親からはいかなる話も聞いていないということである。

(11) 精神分析学の発展とか、フロイトやラカンの支持者をユングの支持者と分かつ主要な対立のことを考えると、ここでの命題はその当時とは別の意味を帯びてくる。ツァラは、自分の書いたもののなかでは、ユングに対していささかなりとも好意を示してはいない。そして、考えられることは、彼が示したであろう好意は(アラゴンが自分が立ち会ったわけではない会話について語っていることに注目しよう)、自分が脅かされていると思った相手に対して向けられ、かつ、彼が個人的に知っている人に対して向けられていることである。このことは、おそらくフロイトよりもユングの方がツァラに対して影響を及ぼしたということを示している。

ツァラが次のように書いたとき、彼が示した懸念の性質を考慮すべきである。「精神分析学は危険な病気であり、人間の反＝現実的傾向を眠らせ、ブルジョワジーを組織化する。究極の真理など存在しない」（「ダダ宣言一九一八」『七つのダダ宣言とランプ製造工場』ポーヴェル社、一九八五）。その後ツァラは、隣のリール通り五番地に住んでいたラカンと知り合うことになる。

▽**最初の『リテラチュール』の金曜日**（**その1**）

（1）マルク・ダシーによって、『ディグラフ』誌第五一号（一九九〇年三月）に発表された。

（2）ジャン・コクトーの周辺に形成された「六人組」とは、ジョルジュ・オーリック（一八九二－一九八三）、ルイ・デュレイ（一八八八－一九七九）、アルチュール・オネッゲル（一八九二－一九五五）、ダリユス・ミヨー（一八九二－一九七四）、フランシス・プーランク（一八九九－一九六三）、ジェルメーヌ・タイユフェール（一八九二－一九八三）のことである。

（3）「ジャック・リヴィエールへの公開書簡」は、『リテラチュール』第一〇号（一九一九年一二月）に発表された。ツァラはチューリッヒで、『新フランス評論』の一九一九年九月号に掲載されたリヴィエールの論文に対して反論を書いた。リヴィエールがそれを発表するのを遅らせたので、この書簡は『リテラチュール』で公表されたのである。

（4）マルセル・エランは自分が朗読する作品を選り好みした（本書一五四ページ参照）。このエピソードの詳細は、三年後の一九二三年七月に、パリにおけるダダ運動の最後のマニフェスタシオンとなる「髭の生えた心臓の夕べ」の際に、激しい対立を引き起こした論争を理解する上で注目しておくべきである。実際、敵対の出発点、というよりはきっかけとなったのは、このときにコクトーの詩を朗読するかどうかの問題にあった。彼の名前は、この最初の「『リテラチュール』のマチネー」のプログラムに二度登場している（「髭の生えた心臓の夕べ」の章注（8）参照）。

（5）ポール・デルメ（一八八六―一九五一）は、わずか一号の雑誌『Z』のなかで「カント的ダダイスト」を自称していた。彼には以下の作品がある。『螺旋』（ビロー社、一九一七）、『一九一八年の美、抒情的伝説』（『エスプリ・ヌーボー』一九一九）、『映画、コント、独り言、複合劇』（『エスプリ・ヌーボー』一九一九）、『ミズンマストの帆』（ポヴォロツキー『Z』一九二二）。

（6）デルメは積極的に『ノール＝シュド』に協力したあと、ルヴェルディと仲違いした。ツァラがデルメのことを、パリにおける雑誌『ダダ』の特派員と予言したことに対して、デルメはツァラを激しく非難したのだった。現代における創造活動と精神異常者の作品との接近の問題は、ブルトン自身がエクリチュール・オートマチックで手がけることになるものだが、すでにマルセル・レジャが『狂人の芸術』（メルキュール・ド・フランス社、一九〇七）において指摘していたことである。

（7）ルネ・イルサムは、リセ・シャプタルでブルトンの同窓生であったが、一九一九年に、サン・パレイユ社の設立者となる。このサン・パレイユという名称は、当時の流行品店にヒントを得て、アラゴンが提案したものだった。サン・パレイユの看板のもとに、ダダイストや未来のシュルレアリストたちの作品集の多くが出版された。一九二〇年一月にはパリ一六区のクレベール通り三七番地に、サン・パレイユ書店が開業する。ここは、フランスにおけるダダ運動のパリ交流場の一つとなった（情報提供やマニフェスタシオンのチケット販売の場）。そしてとりわけ、一九二〇年四月のフランシス・ピカビア展、一九二〇年五月のリブモン＝デセーニュ展、一九二一年五月のマックス・エルンスト展の受け入れ先となった。

（8）一九一九年一〇月に、サン・パレイユ社から『リテラチュール』叢書として出版された『アーチ型のランプ』のことである。サン・パレイユ社から出た七冊目に当たるこの書物は、ランボーの未刊の詩『ジャンヌ＝マリーの手』に続いて出版されたものであるが、すでにブルトンの『慈悲の山』、ジャック・ヴァシェの『戦時の手紙』、ブレーズ・サンドラルスの『柔軟な一九の詩』、フィリップ・スーポーの『風のバラ』、マルセル・シュオッブの『記録集』が出版されており、以後アラゴンの『祝火』、ポール・エリュアールの

『動物と人間たち』、フランシス・ピカビアの『たった一人の宦官』、ブルトンとスーポーの『磁場』が刊行される。

▽最初の『リテラチュール』の金曜日（その2）

（1）『ソワレ・ド・パリ』については、「ピエール・アルベール＝ビロ」の章注（5）参照。

（2）一九二〇年一月二三日金曜日の一六時三〇分から、パレ・デ・フェート（サン＝マルタン通り、一九九番地）で開かれる、と告げる『リテラチュール』の最初のマチネー」のパンフレットは、四枚綴りのもので、それにはアポリネールの詩一篇（「映画館の前で」）と、マリー・ローランサンのデッサン一枚が印刷されていた。プログラムなるものは六部に分かれていた。第一部はアンドレ・サルモンが「為替相場の危機」について語る。第二部は、マックス・ジャコブ、アンドレ・サルモン、ピエール・ルヴェルディ、ブレーズ・サンドラルス、モーリス・レイナルの詩、そしてピエール・ベルタン、マルセル・エラン、ジャン・コクトー、ピエール・ドリュ・ラ・ロシェルによる朗読。第三部は、ホアン・グリス、リブモン＝デセーニュ、ジョルジオ・デ・キリコ、フェルナン・レジェ、フランシス・ピカビアの絵と、ジャック・リプシッツの彫刻の展示。第四部は、フランシス・ピカビア、ルイ・アラゴン、トリスタン・ツァラ、アンドレ・ブルトン、ジャン・コクトーの詩と、ピエール・ベルタン、マルセル・エラン、T・フランケル、ルイ・アラゴン、トリスタン・ツァラ、アンドレ・ブルトン、ピエール・ドリュ・ラ・ロシェルによる朗読。第五部は音楽。エリック・サティ、ジョルジュ・オーリック、ダリユス・ミヨー、フランシス・プーランク、アンリ・クリケの作品。マルセル・メイエル夫人と作曲家たちによるピアノ。第六部は、リブモン＝デセーニュ、フィリップ・スーポー、ピエール・ドリュ・ラ・ロシェル、ポール・エリュアール、レイモン・ラディゲ、ポール・デルメ、ピエール・アルベール＝ビロの詩と、ピエール・ベルタン、マルセル・エラン、ルイ・アラゴン、アンドレ・ブルトン、ジャン・コクトー、ピエール・ドリュ・ラ・ロシェル、T・フランケルによる朗読。

（3）この文章はわれわれが発見した文章全体のなかには入っていない。

（4）*LHOOQ*。ここで取り上げられているのは、ピカビアの一九一九年の絵「二つの世界」（マリア・ルイーザ・ボルラス『フランシス・ピカビア』アルバン・ミシェル社、一九八五に再録）のことであり、デュシャンの有名な「修正されたレディ・メイド」のことではない。周知のように、デュシャンは、一九一九年に、口ひげとあごひげを描き加えたモナ・リザの修正画の下に、若干の文字を書き記した（この絵のヴァリアントは『三九一』第一二号、一九二〇年三月の扉に載った）。

（5）「風景の癩病の白い巨人」は、『ダダ宣言一九一八』とともに、ツァラに対してパリの未来の友人たちから熱狂と称賛が寄せられた作品の一つである。当初はツァラの『二五の詩編』が重要だった。それはハンス・アルプによる一〇枚の木版画とともにチューリッヒで印刷された（『コレクション・ダダ』一九一八）。この作品集の手稿はアラゴンを介してジャック・ドゥーセに送られ、ドゥーセの文学図書館に保管されているが、それにはアラゴンによる注釈も付けられている（本書二〇二ページの「トリスタン・ツァラのパリ到着」の章注（3）参照）。

『二五の詩編』がアンリ・パリゾの小さな叢書『黄金時代』（ラ・ルヴュ・フォンテーヌ社、一九四六）から再版されたとき、アラゴンはこのツァラの作品に対して、雑誌『ウーロップ』（一九四六年六月、第六号）のなかで「ベルカントのクロニック」を執筆した。この論文はそのあと、アラゴン『ベルカントのクロニック』（ジュネーヴ、スキラ社、一九四七）に再録されている。

（6）雑誌『アクシオン』は、フローラン・フェルスとマルセル・ソヴァージュの編集で、一九二〇年から一九二二年まで発行された。この雑誌は、理論家でもありキュビスムの画家でもあるアルベール・グレーズの敵意に満ちた論文（「ダダ事件」同誌第三号、一九二〇年四月）によって、ダダ運動の歴史に足跡を留めている。グレーズに対してはピカビアが、彼の雑誌『カニバル〔食人種〕』（第二号、一九二〇年五月）で辛辣な皮肉を込めて反論している。芸術批評家としてのフローラン・フェルスは、『ヴラマンク』（ストック社、一九二三）、『ヴァン・ゴッホ』（ストック社、一九二四）、『クロード・モネ』（ガリマール社、一九二五）といった専門的研究を出版している。

（7）フランス語で表現したチリの独創的な詩人ヴィセ

ンテ・ウイドブロ（一八八三―一九四八）は、ルヴェルディの雑誌『ノール＝シュド』の資金調達に重要な役割を果たしただけではなく、前衛詩人として、リリスムと新しい言語の発明とを結合することによって、一九一三年以降スペイン語で作品集を著していた。それ以降パリにおいてフランス語で執筆した作品には、『四角の地平線』（ポール・ビロー社、一九一七）、『エッフェル塔』（マドリッド、ピュエヨ印刷、一九一八）、『選ばれた季節』（ラ・シーブル社、一九二一）、『突然に』（サン・パレイユ社、一九二五）、『マニフェスト』（ルヴュ・モンディアル社、一九二五）がある。一九三五年にはアルプと共同で『三つの新しい見本』を執筆する。彼の主要な作品は、S・ユルキエヴィッチの序文付きで『アルタゾール・マニフェスト』（一九二五）のなかにまとめられている。仏訳は、ジェラール・ド・コルタンズによってシャン・リーブル社から一九七六年に出ている。以下も参照されたい。エストレラ・ブスト・オグデン『キュビスムの美学との関係に見るヴィセンテ・ウイドブロの創造』（マドリッド、プラヨール社、一九八三）およびザウル・ユルキエヴィッチ『ラテンアメリカ文学、足跡と行程』（ガリマール〈フォリオ・エセー版〉、一九八八）。

（8）セバスチアン・ヴァロルは、ダダに賛同したわけではないが、ダダを対象にした極度の攻撃に対して擁護を買って出た批評家の一人であった。

▽フォーブールのマニフェスタシオン

（1）冒頭と最後のパラグラフを除いて、アラゴン自身がこの文章を『詩作品集』第一巻に再録している。それは、「ある蒐集家のためのノート」と題され、『テレマックの冒険』第二の書に関連している。その一部を示すと、「以下のノートは、たぶん一九二二年に、その名前も忘れてしまったある蒐集家のために書かれたが、『テレマックの冒険』の献本に添えるためのものである。ここに再録したのは、デザイナーでありメセナであったジャック・ドゥーセ氏に提供していた文書《ノート》の下書きである。これは、サント＝ジュヌヴィエーヴ図書館へ寄贈されたドゥーセ蔵書の原稿類のなかから発見されたものである」。

（2）一九二〇年二月五日木曜日四時半に、シャンゼリゼのグラン・パレ（ダンタン通り）におけるサロン・デ・アンデパンダンで開催されたダダ運動のマチネーである。出席者は、ピカビア、リブモン゠デセーニュ、ブルトン、デルメ、エリュアール、アラゴン、ツァラであった。

（3）『ダダ会報』は、四ページものだったので会報と呼ばれたのだが、このマチネーの折に、ツァラによってパリで発行された『ダダ』の最初の号（通算六号）であった。これにはダダ運動の大統領と大統領夫人を決めた有名なリストが載っていた。

（4）明らかにここには一語欠けている〔「なされる」を補った――訳者〕。この文章全体は他のものと同じく、手稿は単なる下書きであって、読み返された形跡がないことを示している。削除や加筆の大部分は最初に書かれたときになされたのである。

（5）一九二一年にクレス社から出版されたこの著書は定期的に再版されたのだが、これについてのアラゴンのコメントは、それ以上に付け加える必要もないものである。ツァラは、ペーパーナイフで切られていない見本を一冊所有していた（「トリスタン・ツァラ文庫競売のためのカタログ」ギイ・ルドメール社、一九八九年三月四日、第二九七号）。

（6）レイモンド・ダンカンは、妹イザドラの友人であるピカビアの仲間たちと良好な関係を保っていた。

▽ミス・バーネイ邸におけるポール・ヴァレリー

（1）『地獄の一季節』のなかの一節の暗示（「錯乱Ⅱ」「言葉の錬金術」）、「素朴な幻覚には慣れていたのだ、何の遅疑なく俺は見た、工場のある処に回教の寺を、太鼓を教える天使等の学校を、無蓋の四輪馬車は天を織る街道を駆けたし、湖の底にはサロンが覗いたし、様々な妖術、様々な不可思議、ヴォドヴィルの一外題は、村々の吃驚を目前に飾った」〔小林秀雄訳による〕（『アルチュール・ランボーの作品と生涯』アラン・ボレール校訂による没後百年出版、アルレア社、一九九一）。

（2）『レオナルド・ダ・ヴィンチ方法序説』は、一八九四年、ポール・ヴァレリーが二三歳のときに『新評論』に掲載されたが、この評論によって著者の名が知られるところとなった。

（3）これらの彫刻は、ミス・バーネイによるものではなく、ジョゼ・ド・シャルモワのものである。彼はモンパルナス墓地にあるボードレール碑の作者でもある。この彫刻はアンドレ・ジェルマンに捧げられた。

▽クレマン・パンサール

（1）この章はマルク・ダシーによって『ダダ＝パンサール』のなかですでに発表された。パンサール協会による『完全なる歌』第三九—四〇号、一九八八年春季。

（2）パリ一六区にある。

（3）クレマン・パンサールは何度もくり返し同じ意図を表明した。たとえば、一九二一年二月三日の『サ・イラ』誌編集長宛の手紙（この雑誌は一九二一年一一月に特集号「ダダ、その誕生その活動その死」を発行することになる）。二月二七日のツァラ宛の手紙では「大変な打撃で（自分の耄碌《もうろく》のせいだ）、わたしはすべてを失った。——このところわたしは少しまた立ち直っている。——まさしく自分の債権者を逃れるためだ。——わたしは、一度住んでみたいと思っているハイチからの便りを待っている」（『「盲目の白い壁の上で」とその他の文章、ツァラ、ピカビア、ファン・エスシェへの手紙』トランセディション社、一九七二）。

（4）フランソワ・ドミニック・トゥサンことトゥサン・ルーヴェルチュール（一七四三—一八〇三）は、ハイチにおける黒人の解放者であった。彼自身奴隷の身であったが、一七九一年の反乱を指導した。この反乱のあと、彼は島《ハイチ》の独立を宣言し、共和国大統領となった。フランスが一七九四年に奴隷制を廃止したとき、彼は革命フランスと同盟を結んだが、ナポレオン・ボナパルトが送り込んだ軍団によって攻撃を受け、一八〇二年に逮捕された。一八〇三年にフランスの獄中で凍死した。

パンサールの作品中で、トゥサン・ルーヴェルチュールはしばしば暗示される。彼の処女作『裸の黒人の尻のぱんぱん』（一九一九年に書かれ一九二〇年に出版）はきわめて反植民地的なタイトルである。

（5）カール・アインシュタイン（一八八五—一九四〇）は有名な評論『黒人プラスチック爆弾』（ラ・スキュルチュール・ネーグル社、一九一五）の著者である。仏訳は『メディアシオン』誌第三号（一九六一）。また、『現代芸術の民俗学』（マルセイユ、アンドレ・ディマンシュ社、一九九三）も参照のこと。彼はパンサールの親友の一人だった。両者とも、一九一八年一一月にブリュッセルで勃発した、兵士や労働者によるスパルタクス団の反乱に積極的に参加した。とりわけ、アインシュタインはその先頭に立った。当時の証人たちはこの「奇妙な紳士」についてたいへんな驚きを示していた。彼は、「片眼鏡をかけ、包帯で顔半分を隠し、パリジャンのようにフランス語を話して行進した」。そして集会参加者たちは、「彼がパリで芸術批評家となっている」ことを知っていた。「アインシュタインは、ワロニア地方〔ベルギー南部〕出身の政治家であるあのハニエル氏に向かって恫喝しながら行進した。このハニエルという人物は、昨日までは下っ端のサラリーマンにすぎなかったが、この政治家に向かってこぶしを振り上げながら、アインシュタインは怒号を発していた——ムッシュウ、わたしは、国民議会議長が発言したことに対してたいへん驚いています。なぜあなたはわたしの命令を実行しなかったのですか、これからあなたに与える命令についてノートを取ってください。すると、男爵や伯爵の一団が一言も発しないで耳を傾けているあいだに、元政治家のハニエルはポケットからようやく手帳を取り出し、アインシュタインが彼に語りかける指示を素直に書き留めるのだった」（ルイ・ジル、アルフォンス・オーム、ポール・デランドシェール共著『ドイツ軍占領の五〇カ月』アルベール＝ドイゥット社、一九一九）。

この場面は部分的にジャン＝ピエール・ファイユのオペラ『追放された人々』（音楽はホアン・アレンデ・ブラン、ベルリンで一九七八年上演）に描かれている（『シャンジュ』第三七号「素描されたドイツ」一九七九）。アインシュタインはドイツ系のユダヤ人であり、スペインの自由のために闘ったが、ゲシュタポの手を逃れて、バス＝ピレネ地方で一九四〇年七月に自殺した。

（6）パンサールはファラオについて「クーン＝アトン、永遠の平和のファラオ」と題するきわめて詳細な論文を書いている（『世界評論』一九二一年一一月、前掲『ダダ＝パンサール』に再録）。ここで話題になっているのは、アメノフィス四世、すなわち第一八代王朝（前一三七五—一三五四）のファラオのことである。この王は、重要な神であり、至高の天上の主であり、世界の三つの地域の主であり、戦争をこととしたアモンへの信仰を廃棄し、平和への信仰と、赤い太陽の視表面《ディスク》への信仰を確立した。一方、アトンは、「何人かの支持者たちが唯一神と宣言していたラ・デリオポリスの第二の姿」（パンサール）であるが、唯一身体的現実に相応しい存在という限りで、人間の身体を備えているわけでも、人間としての属性を備えているわけでもなかったし、また、神話も彫像も存在しなかった。こうした分裂を示すためにファラオは、アクヘナトンあるいはクーン＝アトンという名称を用い、「アトンの神に気に入られるもの」となった。

（7）パンサールから『ドイツ青年文学』誌に贈られた『復活』創刊号の論説は、ロマン・ローランに捧げられている。その献辞は雑誌の姿勢を明らかに示しているし、この雑誌が、こうした新しい文学のいかなる周辺部に支持を求めているかがわかるというものである。実際、『ジュネーブ日記』のなかで、つまり中立地帯にいたロマン・ローランは、平和主義の理想を具現化していた。一九一四年秋以降、絶え間なく彼が『日記』のなかで論証し表明していたのは、「自分たち年長者が示した戦争への願望とは意見を異にしているドイツの知的青年層」に対する関心であり、「これらの若い作家たちが帝国主義の理論家どもに向けたエネルギッシュな反対の態度」に対する関心であった。幾つかの論文のなかでロマン・ローランは、こうした批判的精神が若干のドイツ兵（将校を含めて）の心を捉えていると記している。また、たとえば、一九一四年一〇月にマーシャル・フォン・ビーベルシュタイン男爵によって塹壕のなかで書かれた「ドイツ人民へのアピール」を引用している。

ロマン・ローランが、「感動的、活動的で大胆な雑誌『ディ・アクチオン』とその超現代的な視点、あるいはフランツ・ヴェルフェルの苦悩に満ちた人間性でうちふるえる詩」を称賛しているのに対し、クレマン・パンサールの方は、この雑誌の創刊号の第一ページで、その文学についての研究を発表している。このなかの幾つかの主張は彼自身のプレ・ダダ的な詩的マニフェストとなっているように思われるが、そこでは「各人の気質が否応なしに個人的なリズムを要求する。大海に浮かぶ一艘の船に備えられた無線電信のアンテナのように、受信する詩人たちが存在するのだ」。

（8）クリスチアン・ビュシイの発言に対するパスカル・ピアの証言参照。「その頃、ベルギーで、どちらかと言えばコミュニスト系の雑誌が出たことを覚えているよ。たしか『アロ』という題名じゃなかったかな。ビュシイ自身とても革命的だったけれども、ニヒリスムの傾向もあった。彼は『アロ』には強い反感を抱いていたな。というのも、この雑誌のメンバーが新しい秩序を作り出すと主張していたからだよ。ビュシイはまったく新しい秩序の支持者ではなくて、何でも破壊しなければならないと考え、実際その後の彼はそうだった」(RTBFから一九六八年六月一六日に放送された「開かれた書店」)。

また、パンサールの論文「オランウータン主義」は雑誌『レ・ザンブル』に掲載(カイエ九/一〇、一九二〇年一―二月)。のちに『バー・ニカノール』(ジェラール・ルボヴィッチ社、一九八六)に再録。

(9) パンサールは自分の雑誌のなかではカール・シュテルンハイムの文章は一度も掲載していない。一九二一年二月二七日付のツァラ宛の手紙(『盲目の白い壁の上で』前掲書)で彼は書いている。「アインシュタインはときどき私に愛情に満ちた手紙を書いてきます。――シュテルンハイムの方は、スイスにいて(もう一人のドイツの作家で、もっとブルジョワ風な革命家ぶっています)、なかなか手紙を書かない男です。したがっていつも彼の奥さん宛に手紙を書きます。彼は昔は私にそれなりに信頼を寄せてくれたのですが……」。

(10) クレマン・パンサールの絵画作品に関しては、二つの短い証言しか書かれたものがない。その一つはマルセル・ルコントのもので、彼は一七歳半ばの頃に、ラ・ユルプにあるパンサールの「はずれにある家」を訪れた。一方、エズラ・パウンドは、パンサールの絵を愛好し、弁護士であり蒐集家でもあるニューヨークのジョン・クイーンにしばしば絵の注文をした。「パンサールは、マチスが一九一一年から一二年頃に持っていた情熱を、わずかだが持っている」(『エズラ・パウンドと視覚芸術』所収の一九二一年五月一八日付の手紙、ハリエット・ジーンズの序文付き。ニューヨーク、ニュー・ディレクション社、一九八〇)。

(11) 実際には、パンサールは息子を連れてパリに出た。息子はたしかにパンサールが書き表わしたものすべてにおいて重要な位置を占めており、それは、息子に捧げられている長編詩『待望のノヴェネール』(「息子よ、おまえの新しい満月の賛歌はおまえのものだ。一九一六―一九一七年」)から、小さな子供が登場する晩年の作品にまで及んでいる。

(12) ヴァシェやクラヴァンと同様、パンサールも時代から忘れられてしまった初期の詩人に属する。彼はダダの時期まで生存することはなかったのである。

(13) パンサールとピカビアの往復書簡(ドゥーセ文庫に収蔵、前掲『盲目の白い壁の上で』に収録)によれば、一九二〇年八月一五日前後にパンサールはパリに滞在したようだ。パンサールは、ブルトンに会ったあと、彼の強い勧めでピカビアに会いに行ったのである。ブルトンは、ちょうど論文「ダダのために」を『新フランス評論』に発表したばかりで、そのなかでリヴィエールの「ダダへの感謝」と題された論文に言及していた（『新フランス評論』第八三号、一九二〇年八月一日）。その頃雑誌『リテラチュール』は、パンサールの重要な論文である「ここに感傷主義が終わる」をすでに発表していたが（第一四号、一九二〇年六月）、エリザ・ブルトンがわれわれに伝えてくれたところによると、パンサールは七月二三日に「わが友アンドレ・ブルトンに」と書いて、自分の写真を贈ってきたということである。

（14）　アラゴンは、たとえばヴァルター・ゼルナーといった人物と同じようにダダのディアスポラであり、ほとんど無名であるパンサールの想い出に対して変わらぬ友情を示した。パンサールは一九二二年秋、三七歳で亡くなっていたが、ほとんどダダと接触がなかった。さまざまな出来事が継起するあいだに、彼の名前は忘れられてしまった。

フランシス・クレミューに対してアラゴンはこう語ったことがある。「ところで、私が注目したいと思った詩人たちのうち、なんと多くの人たちが姿を消してしまったことか、正確にはわかりません。たとえば、ダダイストやシュルレアリストたちを取り上げただけでも、もう誰からも話題にされない人たちがいるのです。クレマン・パンサールという名前のベルギーの詩人がいましたが、誰かにこの人物が何者かと尋ねてみて下さい。本当は、この人物は大変な騒ぎをするに値するのですが」『フランシス・クレミューとの対話』ガリマール社、一九六四）。

さらには『私は決して書く方法を学ばなかった、あるいは冒頭の一句』（ジュネーヴ、スキラ社、一九六九）のなかのパンサールについての記述にも触れなければならない。「待っていただきたい。そこにいたるまでにはまだ数年必要だった。鳥たちがそれぞれいっせいに不思議な声で囀っているあの鳥籠のなかでは、ヘーゲルのおしゃべり、ユイスマンスのおしゃべり、ルイス・キャロルのおしゃべり、マチュランのおしゃべり、パンサールのおしゃべり、サン＝ポル・ルウのおしゃべり、アルトーのおしゃべり、フロイトのおしゃべりが聞こえてきた。そして、それらのおしゃべりに悩まされたとき、もしも発火する望みとてないあの慈善バザールの階段に腰掛けて膝の上に本を広げるとしたら、それはジュール・マリーやアヒム・ダルニムや、称賛すべきリュイスブレークであったり、『一万一千本の鞭』『愛の流れにて』『善良な使徒』だったりするのだ」。

▽一九二一年、大いなるダダの季節

（1）マルク・ダシーによってすでに『オピュス・アンテルナショナル』誌（第一二三―一二四号、一九九一年四―五月）に発表された。

（2）ジョアンヌ・バアルゲルト（ときにアルプとともに、マックス・エルンストはドイツにおける第三番目のダダ綱領の作成者である。それはベルリン・ダダ（ヒュルゼンベック、ハウスマン、ハートフィールド、ヘック、バーダー、グロス）やハノバー・ダダ（クルト・シュヴィッタースのメルツ・グループ）に続くものである。「ダダマックス」は、政治闘争的な機関誌『デル・ヴェンチラトール』を発行し、それは各工場の門前で配布された。この雑誌は、共産党ラインラント支部の創設者であり、二種類のダダの出版物である『ディ・シャマード』『ブルティンD』の発行者でもあったバアルゲルトによって資金援助を受けていた。エルンストはケルンで二つの展覧会を開催したが、その一つは大衆のあいだに混乱を引き起こしたという理由で、警察によって一時中止させられた。エルンストの感受性は、ベルリン・ダダよりはパリ・ダダの方に近いことは明らかである。彼は、一九一九年以来、ツァラがまだチューリッヒに滞在しているあいだ彼と連絡を取り合っていた。

（3）この章の注（6）参照。

（4）ここで話題になっているのは、エルンストの展覧会のカタログとしてブルトンが書いた文章のタイトル（それはエルンストがブルトンに語ったことによるものなのだが）のことである。『水夫のウイスキーの下の服装』には、一年前にサン・パレイユ社で行なわれたピカビア展の招待状のことばの影響が感じられる。すなわち、「ダダ運動は色のついたウイスキー・ソーダの注射のなかにその資産を入れて、諸君を招待する」。この小さなカタログはツァラが書いたものである（この招待状は『ドキュマン・ダダ』ジュネーヴ、ウエー

バー社、一九七四年に再録されている)。展覧会のイニシアティヴはほとんどブルトンや『リテラチュール』グループによって発揮された(マックス・エルンスト『エクリチュール』の証言による)。実のところ、『リテラチュール』に委ねるという考えは、エルンスト自身によってツァラに指示された(一九二〇年一二月二八日付書簡――ブルトン『全集』に引用されている)。『リテラチュール』はサン・パレイユ社の場所を自由に使えたので、たしかにツァラはブルトンに企画を任せたのだった。

(5) この展覧会は、実際、行政上の手続き(ヴィザの取得)のためにドイツで足止めをくって留守だったエルンストを称賛するための、即興の呼び物をもたらすことになる。パリ一六区にあるサン・パレイユ書店の飾り気のないショーウインドーに幾枚もの写真を貼り出すとか、フィッリプ・スーポーは、背に負い革を付けて自転車にまたがって階段の上に立ったり、頭を下方にたれているジャック・リゴーの足を両手でつかんだりした。そのリゴーは、ブルトンやルネ・イルサム(リセ・シャプタルでブルトンと同級生であり、サン・パレイユ社という小さな出版社の創立者である)や、バンジャマン・ペレやロシアのダダイストであるセルジュ・シャルシューンたちに取り囲まれている。モーリス・マルタン・デュ・ガールによって報告されている、ヴェルニサージュ期間中の即興の悪ふざけについてはあまり知られていない(前掲のマルク・ダシー『ダダ運動の日誌』に引用された抜粋参照)。

(6) サロン・ダダはそれゆえ、ツァラによってパリの友人たちに投げつけられた安易な挑戦と受け取られた。多くのダダイストたち(アルプ、ピカビア、シュッヴィタース、ハウスマンといった作家や画家、製版工たち)によって示された創造の論理にもとづいて、サロン・ダダは、作家たちに対して造形的な創造に取りかかるように求めていた。ツァラの考えるところでは、ダダの取るべき態度は、既成の原理の轍、つまり慣例的な文化秩序や諸価値の反映にあやかる前に、創造的な情熱を内面に働かせるべきだということなのだ。

遊びや無礼な態度だとわかった上で、ツァラの願望は、隠された、根源的な問題を秘匿することだった。実際、ダダが、美学的なカテゴリー、詩的芸術や絵画芸術の新たな方法以上のものであるならば、ダダイストは芸術的な「仕事」のなかに閉じ籠ることはできないだろう。ダダの役割は、さまざまな原理のしきり壁を乗り越え、ダダがその基礎を作った知られざる道を探求することにある。十全たるダダイストとは、完全な、多面的な創造者に他ならない。

このことは、ダダの立場と、成長しつつあるシュルレアリスムとを分け隔てる裂け目を告発するのに役立つ。一方には、マン・レイの一齣映画の発見（『甘美な野』一九二二）――それはマン・レイをして、絵画を（最新の絵画であれ）使い古された実践として酷評し、旧来の素材（光、画用紙）から新たな属性を奪い取るという彼の特技を前進させるものだ――を目にしたツァラの熱狂があり、他方には、マックス・エルンストの詩的メタファーに対するブルトンの熱中が対照的に示される。エルンストの絵画とコラージュのなかに、この文学者《ブルトン》は、この画家における意味の産出のメカニズムと同じものを認識するのだ（「隔たった二つの現実を捉える。そして、二つの現実の接近から一つの輝きを引き出す」）。

絵画と文学のこのようなアマルガムといったものが、シュルレアリスムの輝きの形成の根底に存在するならば、それは、ダダの目には体質的に馬鹿げた考え方でなくもなかっただろうし、また、文学上の問題性をあらためて問い直すような造形的提案とも思われかねないものだった。この点に関して言えば、ツァラは（雑誌『ダダ』のチューリッヒでの最初の号に載った「芸術についてのノート」参照）、友人たちの仕事のなかに彼自身の感受性を見出すというよりは、予想外の純粋な創造や自律的な達成が現われるのを期待して友人たちを称賛する理論家なのである。

それゆえ、サロン・ダダは一種の賭けであり、煽動であり、ことばの最良の意味で挑発である。まずこの年の初め、ツァラとピカビアのイニシアティヴにしたがってアンデパンダン展に対する反マニフェスタシオンが構想されたのだが、ピカビアが手を引いたあと、ツァラ一人によって六月にサロンが開催された。それには、『リテラチュール』の協力者たちの積極的で熱心な支持があった。しかしながら、ブルトンは協力しなかった。サロンは「スチュディオ・デ・シャンゼリゼ」のホールで開かれ、ソワレと二日間のマチネーが連続して予定され、ツァラの「ガスで動く心臓」の上演も予定されていたのだが、ソワレ以外は、劇場の意向で中止となった。

サロン・ダダは、既成のあらゆる絵画の仕事からはきわめてかけ離れた、一連の驚くべき、束の間の、自然発生的な作品群を提示した。それらの作品は、それが引き起こした驚愕を伴っていたが、ダダによって掻き立てられた期待に応えるものであった。さまざまな製作者たちによって生み出されたそれらの絵やオブジェ彫刻は、芸術概念に対して、造形的な適格性というよりは非常識をねらったものである。たとえば、テーブルの上の一個の小さな台座は、まさしくフランケルによって作られたスポンジ上の紐でできた玉を示している（「糸の技法」）。一方、床とテーブルとのあいだにはリブモン＝デセーニュの彫刻である透明なガラスの円筒が置いてあり、「考える」という題が付けられていた。

アラゴンはとりわけデリケートな「ジャック・ヴァシェの肖像」を展示した（既出）。ツァラとリブモン＝デセーニュは「頭に釘を打たれた元殺人」という題の怪しげな彫刻を飾った。他方、天井にはネクタイの列がぶら下がっていた。慣習はイロニーによって断ち切られている。スーポーは一八世紀風の鏡（「ある愚か者の肖像」）や、空《から》の額縁（「未知なる者の肖像」）や、「シテ・デュ・ルティロ（資材の採掘場）」と題されたアスファルトの破片を展示した。彼は道化の趣好から「リベリア大統領」の姿でサロンに登場し、公式のセレモニーのパロディとして燐寸《マッチ》を配った。

▽ポヴォロツキー画廊におけるピカビア展のヴェルニサージュ

（1）これは『三九一』誌（第一四号、一九二〇年一一月）で予告された展覧会のことである。「フランシス・ピカビアによる絵画展。ギャラリー・ラ・シーブルにて、一九二〇年一二月一〇日から二五日まで」。ボナパルト通り一三番地にあったこのギャラリーはロシア人の書店主ジャック・ポヴォロツキーが経営していて、彼はこのときマリー・ド・ラ・イールの執筆によるピカビアのモノグラフィーを発行した。このヴェルニサージュは一九二〇年一二月一二日に行なわれた。

（2）アラゴンがここで暗示しているのは、一九二〇年夏のあいだにピカビアがサン＝パレイユ社から自分の選集『イエス＝キリスト、怪しげな金持ちの外国人』（ポヴォロツキーはそれの出版を打診されたのだった）を出版するために直面したさまざまな苦労のことである。それはたいへんな苦労だったので、ピカビアは一九二一年春にはダダ運動から身を引く結果になったのである。

ルネ・イルサムは、小さな出版社サン゠パレイユの創立者であり責任者であったが、ピカビアに対して選集のタイトルと何カ所かの文章の訂正を要求した。ブルトンはその仲介の労を取るとピカビアに約束したが、実際のところは一九二〇年夏のあいだに、あらかじめ約束していた序文の執筆を断念してしまった。結局、選集は『ダダ叢書』の名のもとにいかなる訂正も施されずに出版され、サン゠パレイユ社からの言及もなかった。

アラゴンが指摘しているように、一九二二年夏までの一年半のあいだにそれが読まれることになるが、その間に『リテラチュール』グループとピカビアは、以前よりもいっそう緊密な関係を結んだのである。ところが、一九二一年のあいだ、一九二〇年一月にツァラがパリに到着して以来ブルトンやアラゴンとピカビアとのあいだに作り出された関係は弱まっていく。ピカビアは、三月にブルトン主導のもとで『リテラチュール』〔第一八号〕に載った「アンケート集計」で手ひどく扱われているのを目にしている。五月には、マックス・エルンスト展のヴェルニサージュの翌日、ダダのメンバーから訣別して、『コメディア』誌〈五月一一日号〉に、評判となった論文を発表し、「バレス裁判」に激しく反対する。この裁判については、ツァラもまた嘲弄したものだ。この訴訟の組織化がブルトンの手でなされたのであるが、その着想はアラゴンによるものだった。

実際、一九二二年二月以降、ブルトンとピカビアとのあいだには以前にもまして長い付き合いが復活したが、それはブルトンのイニシアティヴによる「パリ会議」の失敗のあとのことである。この「会議」はツァラや大部分のダダイストや前衛たち一般から反対された。ピカビアは、当時南仏にいて、ブルトンの計画を非難することはしていなかったので、そのことから二人は再接近を図ることができたのだが、ピカビアはおそらく「会議」については一線を画す可能性を残していた。それは、ツァラが「バレス裁判」のときに取った役割とか、デュシャンが一九一七年に、ニューヨークのサロン・アンデパンダンの折に取ったものに近い役割を演じるためだった〈R・ミュトの『ラ・フォンテーヌ』参照)。たしかに、ピカビアはツァラほど現代芸術についての考え方でかたくなな態度を見せてはいない。いずれにせよ、一九二二年三月に雑誌『リテラチュール』の新シリーズが現われたとき(一九二一年八月に「バレス裁判」を取り上げた特集以来発行されていなかった)、その表紙は、三号まではマン・レイの山高帽であり、それ以降はピカビアのデッサンによるものとなる。ピカビアはまたこの雑誌に定期的に文章も寄せることになる。

アラゴンは、何の反目も衝突もなく「三銃士」の一人として留まったまま、この雑誌の方針についてはもはや言及しなくなる(その編集者はブルトンとスーポーとなり、一九二二年九月からはブルトン一人となって、スーポーはピカビアの表紙のことが原因で雑誌から離れていく)。

(3) ツァラはその晩「弱き愛と苦き愛についての宣言」を朗読した。これは一九二一年に『文学生活』誌第四号に発表された。この宣言に対してなされたアラゴンの慎重なコメントは、彼がこのコメントを書いた当時、ツァラに対して抱いていた反感を知れば理解されるはずである。とはいえ、この宣言が前衛派とは無縁な雑誌に発表されたことは、たしかに驚きであったに違いない。

(4) ガブリエル・ビュッフェ(一九〇九年にピカビアと結婚した)と、彼女の従姉妹のマルグリット・ビュッフェは、二人とも音楽家であった。ガブリエルは「スコラ・カントロム」の生徒だった。この学院は一八九六年の創立で、ヴァンサン・ダンディの支援によって、公立のコンセルヴァトワールに対抗する自由な音楽学校となった。ピアニストのマルグリット・ビュッフェはダダ運動の幾つかのマニフェスタシオンに参加した。とりわけ、一九二〇年五月二六日のガヴォー・ホールにおけるダダ・フェスティヴァルのときには、リブモン゠デセーニュの「いかがわしい臍」と題された詩を作曲して演奏したし、またツァラの『アンチピリン氏の第二の天上冒険』におけるマダム・アンテリュプシオンの役を演じた。ガブリエル・ビュッフェ゠ピカビアはすぐれた論文やエセーを残したが、それらはまとめて『抽象の領域』と題されて、ジャン・アルプの序文付きで一九五七年に出版された(ジュネーヴ、ピエール・カイエ社、一九五七)。

(5) アステ・デスパルベスが、このソワレのことを

『コメディア』誌のなかで詳細に報告している。そして、アラゴンが触れている人物たち以外に、以下の参加者の名を挙げている。

アニア・ルートシーヌ、マルセル・エヴラール、マルト・シュナル、ジャン・ド・グールモン、マリー・ド・ラ・イール、オルロフ、マリー・ドルモワ、マルセル・メイエル、イレーヌ・ラギュ、マリー・ローランサン、スガン、ホセ＝マリア・セール、マドレーヌ・カルリエ、テレーズ・ロベール、ジェルメーヌ・エヴェルラン、アンドレ・ド・コー、コレット・グレンバウム、ロザノ、ベリオーといった婦人たち、および以下の諸氏。シャルル・ベルナール、デュノワイエ・ド・スゴンザク、フランソワ＝ヴィクトル・ユゴー、ピカソ、ヴァルター・ゼルナー博士、マックス・ジャコブ、ヴァルミー＝ベイス、アシール・グーデ、エリック・サティ、シャルル・ヴィスネル、ラルー、キューバ大使テフェドール、アレクサンドル・メルスロー、ポール・フュシュ、キャロル・ベラール、ピエール・ベルタン（オデオン座）、ブーテ・ド・モンヴェル、ブランキュジィ、リブモン＝デセーニュ、レジエ、モーリス・ダヴァヌ、ドラン、ルフェーブル。

▼「**髭の生えた心臓**」の夕べ

（1）チェレスは、「を通して」とか「を越えて」を意味するロシア語である。このことばは、ロシアのある芸術家サークルによって、ロシアとフランスの文化を繋ぐ橋として用いられた。このグループは、雑誌『ウダル（攻撃）』の発行者であるセルジュ・ロモフによって主導されていた。この雑誌にはリブモン＝デセーニュが協力していたが、彼はイリヤーズのザウム作品集『ルダンテュ燈台』（一九二五）にフランス語で序文を書いている。

（2）これは彼一人のことではない。パリ・ダダの主役たちのあいだでの献辞や、書簡中に見られる友情の誓いといったものは、グループでは日常茶飯事のことである。心臓ということばがしばしばツァラの詩の用語として用いられたのはたしかであり（「抽象的な心臓の映画カレンダー」、「ガスで動く心臓」、「心臓の道路標識」など）、彼は献辞や手紙のなかでもこの語を用いている。

（3）逆にこうも考えられる。ソニア・ドローネイやテオ・ヴァン・ドースブルクやダンサーのリジカ・コドレアノといっしょに仕事をし、マン・レイに対して抽象的な映画を撮るように注文することで、ツァラは、前衛としての創作姿勢の旗を高く掲げるだけではなく、まったく意識的に、可能な新たな出発を主張したのだと。その必要性は、ブルトンによるダダについての否定的な解釈に直面して、いっそう正当なものだった。というのも、ブルトンは一九二二年秋以来の催眠術による睡眠の実験をさらに進めて、一九二三年四月七日には、ロジェ・ヴィトラックに対して、(『民衆の日記』のなかで)当時の知的状況を前にして完全さへの配慮と失望から、もはや執筆しないという意図を言明しているからだ(ブルトン『全集』前掲書)。

他方、同じ時期に、アラゴンとブルトンが仲違いした。アラゴンについては、誰にでも好かれようとする態度が非難された。疑念はツァラからもたらされたのだが、ツァラの活発な行動が友人たちをいらだたせたのである。ツァラの建設的な仕事は破壊を伴う(この表現はパンサールによる)のだが、彼が「弱き愛と苦き愛についての宣言」のなかで次のように宣言した人物であることを、友人たちは忘れていたのだ。すなわち、「芸術の無視(つねに身近に存在する)が計画されている。いまこそ芸術を超える芸術が待望される」(前掲『ダダの七つの宣言』)。要するに「ガスで動く心臓」は一つの傑作なのだ。

(4) イリヤ・ズダネヴィッチ、いわゆるイリヤーズは、一九二〇年以来パリに定住した前衛的なロシア未来主義の代表的人物の一人であり、ザウムの詩人であり、『四一度』の編集者であり、才能ある創作者=植字工であった。ザウム(ザは「超えて」、ウムは「理性、知性」の意味)の超理性的な言語は、クレブニコフの見事なことばの創造である「笑いによる悪魔祓い」がいち早く翻訳されたにもかかわらず、フランスではまだほとんど知られておらず、イリヤーズ(『ルダンテュ燈台』『復活祭の島』)の超理性的なことばは、数年後にエルザ・トリオレのおかげでロシア詩を知るようになって以来、アラゴンがさらにそれを尊重し、好んで用いるテーマの一つとなる。

フランソワ・シャポン、レジス・ガイロー、クレマンス・イヴェールの支援のもと、またマーシャ・ポワンデールの版画に飾られて、『イリヤーズ・ノート』の刊行がパリで実現した。また、『イリヤーズ』(国立現代美術館、一九七八)参照。ロシアの未来主義者テレンシエフによる、イリヤーズのすぐれた伝記『愛情の記録』（レジス・ガイロー、クレマンス・イヴェールによる仏訳、一九九〇）も参照のこと。

（5）この反感はどうにも説明のつかないものであるが、少なくとも、ツァラに対して抱いたものと同様突発的なものであるようだ。なぜなら、アラゴンの『テレマックの冒険』は一九二二年に、ドローネイによるアラゴンの肖像画を付けて出版されたからである。

（6）この表現は注目に値する。たしかに『リテラチュール』グループには、このようにツァラが勢力を盛り返すことに対する忌々しい気分が存在している。そのツァラをパリに呼び寄せたのは彼らであり、パリで彼らが「作り出したもの」であり、ツァラは、ロシア未来主義と「スティル」の純粋造形を経験したあと、国際的な前衛への所属が認められ、創作の仕事を続けることができたのである（ツァラは一九二二年秋にはワイマールにおけるダダ構成主義の会合に参加して、ドースブルクやシュヴィッタースと繋がりを持っていた）。

（7）これは驚くべきことである。ツァラはつねづねアポリネールに対する賛嘆の念を表明していたし、アポリネールと交信があり（『ツァラ、アクロバット使い』前掲書）、アポリネールについての美しい文章を書いた（『わが鳥たち』所収の「ギヨーム・アポリネールの死」、および『ランプ製造工場』所収の「ギヨーム・アポリネール」「ギヨーム・アポリネール死す」）。アポリネール生存中も、ツァラは『虐殺された詩人』や『チレジアスの乳房』について書いていた。たとえば、「この詩人にとって人生とは、茶番や悲哀、善良さや素朴さ、モデルニスムが交互に回転する重要な遊技なのだ。指が肉体のすべてを、内部で叫び打ち震えるまで絞めていく。するとそれは花となって笑う。予期せぬことから、いたる所で星が爆発し、その速度が、静かで奇妙な語り手と結び付く、絶えざる斬新さを自然に肯定しつつ」（『ダダ』第二号、チューリッヒ、一九一七年一二月）。

その一方で、雑誌『リテラチュール』（新シリーズ第一号、一九二二年三月）は、「ロートレアモン委員会への公開書簡」のなかで、奇妙にも、アポリネールに対して鷹揚な態度を示してはいない。この雑誌は次のように述べてそのことを示している。「さまざまな記念物は、それらがアポリネールやジュール・シモンのことしか記念しない限り、格別われわれの注意を引くことはない。しかし、この雑誌でも発表されたイジドール・デュカスの『詩編』を忘れていない読者ならば、われわれがこんどこそ懐疑的な冗談を見出したことを理解するであろう。」

(8) マルセル・エランは、すでに触れたように(「最初の『リテラチュール』の金曜日(その1)」の注(4)、また本章の本文一五四ページ参照)、たしかに自分が朗読したいと思った作品を選ぶ自由を完全に保持していた。〔注としては適切ではないと思われるが原文どおりにした――訳者〕

(9) この対立がどこから生じたのかに注目しておくことは、ここで行なわれた役割を知る上で重要である。これについて外国からの一つの判断が一九四六年に示されることになった。シカゴの新しいバウハウスの主導者であるモホリー＝ナギーの筆になる『行動におけるヴィジョン』という作品のなかで、次のように述べられている。「シュルレアリストたちが新しい伝達形式を手がけたとはいえ、それを達成したのはむしろダダイストであり、ジェイムズ・ジョイスなのである(この特徴は単に文学の分野に限らない。二〇世紀前半の四半世紀に明確になった革命的な衝動や目標が、若い世代によってしばしば首尾一貫しない美学のために衰退してしまったことは特徴的である)。ダダの詩はシュルレアリスムの文学よりよほど新鮮である。ダダはその可能性と熱狂的な知覚において、いっそう「詩的」であり豊かである。比喩的に言えば、エリュアールの詩は理性的なファンタジーであり、辞書から生まれたイメージの人工花火であって、知性や感情を含む生命のほとばしりから生じたものではない。仮に精神病的なエクリチュールの偽装の試みを別にすれば(『処女懐胎』一九三〇、の暗示――ダシー注)、エリュアールがなぜシュルレアリストと呼ばれるのか誰にもわからないだろう。エリュアールは、音楽性を持った愛すべき詩人であるが、多次元的な言語領域におけるダダの到達と比べれば、むしろ保守的である」。以上念のため。

(10) このことは、おそらく、幾つかの混乱が発生することをほのめかしている。

(11) アラゴンはアルファベットを並べただけの詩に「自殺」という題を付けたことがあるが、ここではシュルレアリストたちとツァラとの亀裂を強調している。ツァラはシュヴィッタースの最小要素《エレマンテール》の詩の方に共感を示したからである。ベルリン・ダダのラウル・ハウスマン（一九一八年のポスター詩）による音節構成に見習って、反逆的なダダイストでメルツ・グループの創設者でもあるシュヴィッタースは、代表的な音響詩『ウルソナート』を発表した。シュヴィッタース自身による解釈は一九三二年に出ているが、そのCDが、マルク・ダシー『クルト・シュヴィッタースとメルツ』（ルボヴィッチ社、一九九〇）に付録として付いている。最小要素の詩、いわゆる音節による整然とした詩の概念は、創作者の原理をはみ出すものだ。「ことばはもともと詩の素材ではなく、ことばとは文字である。ことばは、第一に文字の構成、第二に音の響き、第三に記号（意味）、第四に観念連合をもたらす要素である。芸術は定義しえない無限のものである。素材は整然たる創作によって決められる。（……）整然たる詩は文字によって構成される。文字は概念を持たない。文字はそれ自体のうちに音の響きを持たないし、文字は、語り手の音響の観点によって意味が与えられるという以外の可能性をもたらすことはない。整然たる詩は文字に意味をもたらし、文字の集合を相互に関連づける」とシュヴィッタースは一九二四年に書いている（「整然たる詩」前掲書所収）。

（12）　この考えは本当にこれでよかったのだろうか。アラゴンはここではピエール・ド・マッソの特徴を誇張し、その発言について取り立てて不都合とも言えないものとして無視しているが、実はマッソは次のように書いているのだ。「ところで、ドイツやスイスで、そしてキャバレー・ヴォルテールにおいては、同時期に、ドイツの芸術家ヒュルゼンベック、バル、シャドと、ルーマニアのユダヤ人ツァラは、共通の問題に関心を持っていて、その運動にダダという名称を与えた。ツァラがこのことばの発案者であると主張したのに対し、ヒュルゼンベックは自分こそ名づけ親だと自慢した。だが、私は『アンチピリン氏』の著者《ツァラ》の方をとても崇拝していたので（彼もそのことをよく知っていた）、ツァラの主張を疑わなかった。ユダヤ人はいつも、それと知らずに間違って子供をもうけるものだ」。

　ピエール・ド・マッソのこの論文は、アントワープの雑誌『サ・イラ』（第一六号、一九二一年一一月）の、クレマン・パンサールによって編集された特集「ダダ、その生誕その活動その死」に掲載されたが、それははっきりと解放の意図を示すものだった。ツァラはこれに対して、テオ・ヴァン・ドースブルクへの手紙のなかで、マッソのことを「ピカビアに買収された卑屈なやつ」として扱い、「恐るべき陰謀」だと書いている（一九二二年二月二日付）。マッソの表現が、幾つかの裏の意味について無意識・無反省であるだけにいっそう嫌味なものであり、いずれにせよ、「諧謔的な」意志を含んでいるという点で不作法だったから、ツァラの不興を買ったのである。

（13）アラゴンは、このブルトンの仕草がマッソの腕を折るほど強烈なものであったとははっきり述べてはいない。

（14）『カイエ・ダール（芸術手帳）』に宛てた一九三七年二月一六日付の手紙のなかで、ツァラは「野卑な発案」と性格づけたことについて長い返事を書いている。『ツァラ全集』第五巻（アンリ・ベアール編、フラマリオン社、一九八二）参照。「弱き愛と苦き愛についての宣言」のなかで、ツァラは予言するかのように書いていた。「かくしてダダは自転車に乗った警官と弱音器をつけたモラルを引き受ける」（前掲書）。

（15）ベルタンについては「『ペレアス』再演」の章参照。

（16）ツァラから急き立てられて（不決断や驚きを助長しながら）、マン・レイが要請に自発的に応えた結果、ツァラとマン・レイが『甘美な野』（一九二二）という題名で出版した放射線写真とアルバムの創作のことが思い出される。この自発性はもちろんツァラによって一つの方法や挑戦として求められ、生み出されたものである。ここでアラゴンが指摘しているのは、マン・レイの『理性への回帰』が作り出した「抽象」映画の傑作よりも、マン・レイの絵画の方が好ましいと言明することによって、ダダと未来のシュルレアリスムとのあいだの新たな分割線を引こうとしているということである。この『理性への回帰』や抽象映画、ダダと構成主義者については、パトリック・ド・アースの『完全な映画、二〇年代における絵画から映画まで』（トランセディション社、一九八六）参照。

（17）ポール・ストランドとチャールズ・シーラーの二名である。この映画はまた『マンハッタ』とも呼ばれ、ウォルト・ホイットマンの詩「マンナハッタ」を映像化したものでもある。

（18）この戯曲こそツァラが望んでいたものと考えることができる。というのも、彼は演劇の対話形式を用いて新しい詩の目的を追求したからである。友人たちと仕事をし、職業によってゆがめられた俳優たちとは仕事をしたくないというツァラの願望は、六〇年代の野心的な実験劇（たとえばグロトフスキーの『貧困なる演劇』やジュリアン・ベックの『リビング』）と同じものである。

（19）「ガスで動く心臓」は上演されるというよりは、ツァラの「顔を殴る」べきものだった。というのも、みんなはエリュアールの詩を朗読したいと思ったのに、結局それも諦めざるをえなかったからである。（……）その暴力沙汰は激しいもので、テオ・ヴァン・ドースブルクは「髭の生えた心臓の夕べ」について触れた未発表の原稿のなかで、怒りを込めて強調している、「奴らはツァラを殴り殺すところだった」。ドースブルクの証言によれば、シュルレアリストたちの敵対は明らかに計画的、組織的なものであって、そのためにロモフに対する警戒が必要だったのである。

　いたる所から「ツァラくたばれ！」という声が飛び交うかと思えば、他方では上演の再開を望む声や「称賛の叫び」が沸き上がった。しかし、「反ダダイストたちのことばの方が優勢になった、とドースブルクは結論づけている。それは、「ツァラの作品をこき下ろす」という彼らの望みが実現したことに他ならない。ドースブルクのテクストの原文は、エベルト・ヴァン・シュトラーテンによって、『ジョング・オラント』（第四号、グラーヴェンハーグ、一九八七年一一月）に発表された。

（20）出版された『ガスで動く心臓』は三幕である（GLM、一九四六）。ツァラの芝居はそれ以来何回も上演の対象となっているが、とりわけニューヨークでは、ナダダ・プレイヤーズ（アンディ・ウォーホルがゲスト出演）の主催によって一九六六年に、また、デュッセルドルフではダニエル・スポエリによって一九七二年に、さらにブダペストではアルトゥス劇団によって一九八八年に上演されている。この劇団の愛好家は、『ガスで動く心臓』は現代のいらいらする心臓を表現しているがゆえに、もっと演じられるべきである」と述べている。

　マーシャ・ポアンデルの刊行した『ガスで動く心臓』の限定出版の原版がリオンで展示されたことがある（「自由芸術運動」出版、一九九四）。この戯曲のテーマと創作のねらいについては、「そして彼らは皆世界を変える」という彼女の文章参照（マルク・ダシー編、国立美術館連盟およびリオン現代美術ビエンナーレ、一九九三）。

（21）この噂もまたツァラからは否定された。エリュアールはそのことをいささかも気にはしていなかった。すでに引用した『カイエ・ダール』への書簡のなかで（本章の注（14）参照）、ツァラはとりわけ次の点を明らかにしている。「私が『ガスで動く心臓』上演の翌日にエリュアールに送ったとされた証紙を貼った手紙について、今日話すことは無意味なように思われる。それを受け取ったとされる者は誰も、今日にいたるまで私を非難したことはない」。エリュアールが裕福だったのを見越して、「ミシェル劇場」がツァラに代わって弁済を要求したのである。しかしながら、ミシェル・サヌイエはツァラの資料類のなかから、ツァラが弁護士とのあいだで交換したその後の書簡を発見した（ミシェル・サヌイエ『パリのダダ』増補新版、フラマリオン社、一九九三参照）。

（22）これらのことばは刺激的である。雑誌『ダダ』にはほとんど中傷も陰険なことばも存在しなかった。そのかわり、ユーモアに満ちた、謎めいた注釈があった。いわゆるツァラの反社会的な態度については、『ダダ宣言一九一八』の冒頭のことばを思い起こしておこう。「かくしてダダは独立の欲求と、共同体への不信から生まれた」（『ダダの七つの宣言』前掲書）。

（23）考えてみれば、このことはツァラによってつねにきっぱりと否定されたことである。しかしながら、ツァラはまだまったく知ることがなかったアラゴンのこれらのテーマについて、それ以上明確に反駁しえなかったはずである。アラゴンは一九七二年にわれわれにこう語った。「ツァラとのあいだに亀裂が存在したのは、『雲のハンカチ』が演じられたときまでのしばらくのあいだであって、この芝居に対する称賛がまた接近を可能にしたのだ」（ダシー『ダダ＝パンサール』前掲書）。

この芝居の上演は一九二四年五月一七日だったから、上述の亀裂は一九二三年七月から一九二四年五月まで続いたことになる。これに続く何年かのあいだ、アラゴンはツァラに対する往年の称賛を表明した。それゆえツァラに対して正当性を認めねばならない。たとえばブルトンが、『ナジャ』の見本刷りの欄外で、「髭の生えた心臓の夕べ」における自らの態度を反省したように。「わたしはそんなことは書きたくなかった。たぶんわたしが間違っていた。何はともあれ、トリスタン・ツァラはわたしの絶望の主な原因をなしたというのは言いすぎかもしれない。わたしが持ちえたあらゆる信頼は賭けであった。これはわたしの弁明である」。一九二九年一二月に、『シュルレアリスム第二宣言』のなかで、ブルトンは、ツァラに対する「軽蔑」があったことを公式に認めている。

▽幻像の画家マックス・エルンスト

（1） この文章だけが、本書に収めた未発表原稿全体のなかで、アラゴンの著作においてすでに発表されたものである（『レ・コラージュ』パリ、エルマン社、一九六五）。われわれがあえてこれを本書に収録したのは、アラゴンがこの文章に与えていた位置に相応しいと思われたからである。

（2） この展覧会は一九二一年五月三日から六月三日まで、サン・パレイユ書店（パリ一六区のクレベール通り三七番地）で開かれた。これについてはすでに触れられている〔「一九二一年、大いなるダダの季節」の章参照〕。

（3） 「一九二一年、大いなるダダの季節」の章注（4）参照。

（4） 『フィアト・モード』のアルバムのことである。一九一九年にシュレミルシュ社からケルンで出版された、八つのリトグラフ（石版画）で構成されたペレア・アルス。

（5） これらの小判の絵は、間違いなくマックス・エルンストの作品のなかでも、最も魅力的で独創的なものである。すなわち、著者の詩的説明文で飾られたダダ的なコラージュと水彩画である。アラゴンはこの最新の特徴、すなわち、ことばと色彩（エルンストが表現主義の時期から引き継いだ躍動性）を同一の動きのなかで歌わせる「ダダ・マックス」の情熱を示している特徴を強調するのを忘れてはいない。以下展示された幾つかの作品のタイトルを示す。

「チックタックと鳴る涙の軽いフィステュル（痔瘻）」「乳汁比重計の包皮」「アルプの粗製綿布（一九一四年のケルン時代にさかのぼる友情）」「エスキモーの小さなヴィーナス」「肉体の歌」「中国の夜鳴き鶯《ナイチンゲール》（レイモン・ルーセルによって捕えられた）」「ダダを学ぶ幼年時代」「ダダ・ゴーギャン」「整色体の大きな

穴」。そしてエルンストの「説明文」としては、「冷凍されたガスの導管がぱちぱちと音を立ててわずかな量のガスを通す／ちょうど圧縮された心臓が漏れた／われわれはデルフォイの月桂冠に寄りかかる」。

（6） マックス・エルンストとポール・エリュアールによる二冊の本が一九二二年に出版された。『反復』（サン・パレイユ社）と『不死者の不幸』（シス社）である。この時期の二人の協力については、エルンストの『エクリチュール』（ガリマール社、一九七〇）と、ウィリアム・A・カムフィールド『ダダ、およびシュルレアリスムの夜明け（ワーナー・スパイズの序論とウォルター・ホップズの序文付き）』（モマ、ニューヨーク、メニル・コレクション、ホウストン、シカゴ芸術院、メニル・コレクションとプレステル、一九九二）。

訳者注

▽序文

〔一〕『無限の擁護』は、その原稿がアラゴン自身によって破棄されたと言われてきた。しかし、その原稿は（完全ではないが）残っていて、他の幾つかの文章と合わせて、一九九七年にガリマール社から『無限の擁護』と題して刊行された。『パリの農夫』は、雑誌『ヨーロッパ評論』の一九二四年六―九月、および一九二五年三―六月に、さらに一部は『シュルレアリスム革命』誌の一九二五年四月号に掲載され、まとめて一九二六年にガリマール社から出版された。

〔二〕「二つに切断された人間」というタイトルは、アンドレ・ブルトンの『シュルレアリスム宣言』のなかの「窓によって二つに切断された人間」という表現から借用されたものであるが、アラゴンのこの論文は、アラン・ジュフロワによって『磁場』が再版されたのを機会に、一九六八年五月の『レ・レットル・フランセーズ』紙に発表された。アラゴンの手になる、まとまったブルトン論の代表的な文章である。『磁場』は、ブルトンとスーポーの共著というかたちで、一九一九年に『リテラチュール』誌に一部が掲載され、一九二〇年に出版された作品で、シュルレアリスムにおける「自動記述」の実験の最初の試みとされるものである。

〔三〕「一九三〇年への序論」は、『シュルレアリスム革命』誌の一九二九年一二月号に発表された。この号には、ブルトンの『シュルレアリスム第二宣言』も掲載されており、シュルレアリスムの政治への傾斜がきわめて先鋭になった時期であるが、アラゴンのこの論文は、どちらかと言えば、モデルニテの問題を主に論じたもので、ダダそのものについてはこのなかでは直接触れられてはいない。

▽アガディール

〔一〕 世紀病とは、ミュッセの『世紀児の告白』(一八三六)に代表されるロマンチスムによって描かれた若者の不安、苦悩、孤独などを表わす。「マル」は「病」であると同時に「悪」でもあり、それとの対比で、ビアン「善」と言っている。なお、マルセル・アルランは「新世紀病」ということばでダダを論じているが、それは一九二四年のことである(『N・R・F』誌一九二四年二月号)。

〔二〕 このパリ万国博覧会は一九〇〇年に開催されたもの。このとき設置された「動く歩道」はアルマ橋からサン・ドミニック通りまでで、一九〇〇年万博の目玉の一つ。この万博はまた、グラン・パレ、プチ・パレの建物をパリに残した。

〔三〕 旅順港は一九〇四年の日露戦争の激戦地であり、一九〇五年には日本が租借した。一八六〇年以降フランス、イギリス連合軍の根拠地でもあった。二〇世紀初頭の東洋でも戦争の足音が響いていることを表わしている。

〔四〕 ジャック・ルボディは、フランス製糖業大資本の家系に生まれる。一九〇三年モロッコ領サハラで「帝国」の設立を試みたが失敗し、第一次大戦勃発と同時に家族とともにアメリカに移住。誇大妄想狂のため精神病院に収容され、のち妻に銃殺された。

〔五〕 スペインのアルヘシラスで一九〇六年四月七日に開催された国際会議。モロッコの独立を認め、かつフランスの特別権益も承認した。その前、一九〇五年三月、ドイツのヴィルヘルム二世がタンジール港を訪問、ドイツのモロッコへの介入が露となっていた。

〔六〕 モロッコの港町。一九一一年七月ドイツの軍艦が占領、フランスとドイツのあいだに一触即発の緊張が生じた。

▽『ペレアス』再演

〔一〕 ヴァル・ド・グラスはパリ第一四区にある陸軍病院・軍医学校。アラゴンは一九一七年九月に軍医補実習生としてここに配属された。同じく医学生だったアンドレ・ブルトンと知り合ったのはこの場所だった。

〔二〕 アラゴンはのちにゴンザグ＝フリックの作品『ジランド』(一九一九)を、『リテラチュール』第四号(一九一九年六月)の書評欄で取り上げている。また、ロジェ・アラールには、アラゴンの『祝火』についての好意的な批評がある（『N・R・F』誌一九二〇年四月号）。
〔三〕　ヴァシェ（一八九五―一九一九）は『戦時の手紙』のなかで、humour ユムールをhなしの大文字でUmour と使ったことはよく知られている。彼は「Umour はあまりにも強く感覚から生じるものなので、表現するのがとても困難である――ぼくはそれを一つの感覚だと思っている――ぼくはそれをあらゆるたぐいの劇的な（そして喜びのない）無用さに対する感応でもあると言いたいくらいだ」と書いている（一九一七年四月二九日ブルトン宛）。ここでは、あらゆるものに対する感覚的な批判精神といった意味で用いられていると思われる。

▽ポール・ヴァレリーの『若きパルク』出版
〔一〕　ヴァレリーが『テスト氏との一夜』を刊行したのは一八九六年。それからおよそ二〇年間の沈黙のあと、ジッドの勧めもあって一九一七年四月に『若きパルク』を出版した。アラゴンとヴァレリーとの会話については、このあとの「ミス・バーネイ邸におけるポール・ヴァレリー」の章参照。

▽ピエール・アルベール＝ビロ
〔一〕　アドルフ・チエール（一七九九―一八七七）はフランス第三共和政の初代大統領であったが、短軀のせいで「ちびのチエール」というあだ名があった。アルベール＝ビロも背は低かった。

▽アンドレ・ジッド（その2）
〔一〕　正確には、アラゴンとスーポーは一八九七年の生まれで同年齢、ブルトンは一八九六年生まれで一年だけ年長である。
〔二〕　ルヴェルディの雑誌『ノール＝シュド』の主要メンバーは「新しい六人組」とも呼ばれ、アポリネール、ジャコブ、ルヴェルディ、ポール・デルメ、ウイドブロ、それにレオナール・ピィウーであった。ロック・グレイはイギリス風、レオナール・ピィウーはフランス風、エッティンゲンはドイツ風の名前である。
〔三〕　ジャンヌ・ミュルフェルト（一八七五―一九五三）は、作家リュシアン・ミュルフェルトの未亡人。パリのジョルジュ・ヴィル街に文学サロンを持ち、ジッドやヴァレリーなどが常連であった。ラ・ソルシエール（魔女）というあだ名があった。

▽『リテラチュール』誌の創刊

〔一〕「ピエール・ファンドル（ひび割れる石）」は、ジャック・ヴァシェの死を悼む詩で、一九一九年三月『リテラチュール』創刊号に発表され、のち『祝火』に収録された。

〔二〕ツァラの『二五の詩編』についての短い書評。『リテラチュール』創刊号に掲載された。アラゴンは、創刊号には他にルヴェルディの詩集についての書評も書いている。

〔三〕アンドレ・サルモン（一八八一—一九六九）は、『ソワレ・ド・パリ』誌の創刊者のメンバー。アラゴンはサルモンの作品について何度か書評を書いている。『フランスの若々しい彫刻』（一九一九）、『プリカッ（秩序）』（一九一九）、『帽子のなかで発見された手稿』（一九一九）（以上『リテラチュール』誌第八、一〇、一一号）。『アトリエについて』（『現代生活』誌一九二三年三月）など。

〔四〕ジャン・ポーラン（一八八四—一九六八）の論文が実際に掲載されたのは、一九二〇年六月から一〇月までの第一四号から一六号までである。ポーランが創刊号に載せたのは「苦しい回復」という文章だった。

〔五〕オデオン通りにあったアドリエンヌ・モニエ（一八九二—一九五五）の書店には、さまざまな文学者たちが出入りした。アラゴンが初めてこの書店を訪れたのは一九一六年のことで、モニエはそのときの印象を回想『オデオン通り』（一九六〇）で語っている。「アラゴンと知り合ったとき、彼はたしか医学課程（ＰＣＮ）の一年目だったと思います。いつもヴェルレーヌやラフォルグの詩集をポケットに入れて持ち歩いていました……」。

▽レオンス・ローザンベール画廊でのルヴェルディのマチネー

〔一〕レイモン・ラディゲ（一九〇三—二三）を一躍有名にした小説『肉体の悪魔』は一九二三年の作品で、このときはまだ出版されてはいない。ラディゲはすでに詩集を出していて、若き詩人として注目を浴びていた。

〔二〕フランシス・ピカビアの雑誌。チューリッヒで、一九一七年一月から二四年一〇月まで通算一九号発行された。ここに引用されているツァラの表現は、同誌第八号（一九一九年二月）に見られる。

▽最初の『リテラチュール』の金曜日（その1）

〔一〕「セルタ」はダダやシュルレアリストたちのたまり場で、のちにアラゴンは『パリの農夫』（一九二六）のなかで、この店の様子を詳しく紹介している。「一九一九年も終わりのある午後、ブルトンとわたしは、これからはこの店を友人たちとのたまり場にしようと決めたのだった。モンパルナスやモンマルトルという場所を嫌ったからであり、怪しげな横丁に対する好みや、その後とても親しみを感じたような見慣れない装飾に惹かれたからでもある」（『パリの農夫』）。

〔二〕ポール・デルメは、女流詩人であった妻のセリーヌ・アルノーとともにダダに協力した。一号だけの雑誌『Z』（一九二〇）を刊行。アラゴンはデルメの『一九一八年の美』について、『リテラチュール』第四号（一九一九年七月）で極く短い書評を書いているが、ただし二行ではなくて五行である。

▽ミス・バーネイ邸におけるポール・ヴァレリー

〔一〕ナタリー・クリフォード・バーネイ（一八七六―一九七二）は、アメリカ生まれで、パリに居住し、ジャコブ街で毎週金曜日にサロンを開いた。常連客はヴァレリーの他ポール・モーラン、リルケ、エズラ・パウンドなどであった。アラゴンはときどきこのサロンに招かれていた。

〔二〕アンドレ・ジェルマン（一八八一―一九六四）は、クレディ・リヨネ銀行創立者の息子で、幾つかの雑誌に資金を提供した。一九一八年には『レ・ゼクリ・ヌーボー』を創刊。アラゴンは幾つかの文章を寄稿している。

▽一九二一年、大いなるダダの季節

〔一〕『リテラチュール』第一九号（一九二一年五月）には、ツァラが「反哲学者Aa氏」を、エルンストが「アルプ論」を発表している。また、リブモン＝デセーニュの「ビュッフェ」、スーポーの「標的と王様の歌」も同じ号に載った。ちなみに、アラゴンはこの号には「明断なフランス精神くたばれ」を書いた。

〔二〕バレス裁判は一九二一年五月一三日に開催された「モーリス・バレスを告発し裁判にかける集会」のこと。『リテラチュール』第二〇号（一九二一年八月）にはブルトンの告訴文、セルジュ・ロモフをはじめとする数人の証言が掲載されている。この裁判でアラゴンは、スーポーとともに弁護人の役を演じているが、掲載が予定されていた第二一号は結局発行されなかった。

▽「髭の生えた心臓」の夕べ

〔一〕　スーポーの詩集『風のバラ』は一九二〇年に出版された。そのなかの「ぼくは嘘をつく」はアンドレ・ブルトンに捧げられている。ちなみに、この詩集にはアラゴンに捧げられた「登攀」も含まれている。

▽幻像の画家マックス・エルンスト

〔一〕　この絵は、シュルレアリストの仲間たちを描いた一九二二年の作品。描かれているのは全部で一七人だが、シュルレアリストだけではなく、ドストエフスキーなども混じっている。アラゴンはブルトンの後ろから顔を覗かせるようにして描かれている。

▽さまざまな小説の一年

〔一〕　「最初の『リテラチュール』の金曜日（その1）」の章注（8）にあるように、ポール・モーランの詩集『アーチ型のランプ』がサン・パレイユ社から出版されたのは一九一九年一〇月であった。アラゴンはその書評を『リテラチュール』第一一号（一九二〇年一月）に書いていて、そのなかで、「通俗的なスペクタクル……こんなに退屈なもの、つまらないものに大騒ぎしすぎだ」などと書いて酷評した。ここはそのことを指していると思われる。

訳者解説

本書は、Louis Aragon, *Projet d'histoire littéraire contemporaine*, Gallimard, 1994 の全訳である。原題は『現代文学史計画』であるが、このタイトルは、もともとアラゴンが一九二二年九月号の『リテラチュール』（新シリーズ）誌に、この題名のもとに目次だけを発表したものである。しかし、どう見ても「文学史」というよりは、アラゴン自身が体験したさまざまなエピソードの断章といった性格のものと思われるので、邦題はその内容を考慮して、『ダダ追想』とした。アラゴンがこれを書いたのは、ダダと同時代のことであり、厳密に言えば追想ではないが、今日から見ればやがて一世紀にもなろうとする時代のことなので、あえてこのタイトルを選んだ。本書の原稿が書かれたいきさつや草稿の所在、本書の意味などについては、編者であるマルク・ダシーの序文が詳細に触れているので、ほとんど何も付け加えることはないのだが、訳者として幾つか感想めいたことを記しておきたい。

ルイ・アラゴンは、一八九七年に生まれ、一九八二年に亡くなっている。二〇〇七年は没後二五年であった。二〇世紀フランスを代表する作家の一人であるアラゴンも、しだいに忘れられつつある存在と言わざるをえない。しかし、少し年輩の読者ならば、「教えるとは希望を語ること、学ぶとは誠実を胸にきざむこと」という詩の一節を記憶に留めておられるむきも多いのではないかと思われる。アラゴンのこの詩句は、第二次世界大戦中ドイツ軍の占領下に置かれていたフランスのある大学で、講義中の一人の教授がドイツ兵によって銃殺された悲劇を歌った詩のなかに出てくるが、それはレジスタンス（対ドイツ軍抵抗運動）の詩として有名な『フランスの起床ラッパ』（一九四四年）のなかに収められている。

レジスタンス詩人として知られるアラゴンは、もともとダダやシュルレアリスムといった前衛的な文学運動から出発した、多彩な才能を持つ文学者だった。文学者とは、たいてい多面的な顔を持った存在であり、一筋縄では捉えられないものではあるが、とりわけアラゴンの場合は、さまざまな側面を持っていて複雑である。そのあまりの多様さを強調して、たとえば現代の批評家であるピエゲ＝グロスはこんなふうに指摘している。「シュルレアリスト・アラゴン、リアリスト・アラゴン、ダンディなアラゴン、ジャーナリスト・アラゴン、演説家アラゴン、美術批評家アラゴン、反逆者アラゴン、理論家アラゴン、先駆者アラゴン、保守主義者アラゴン、学識豊かな作家アラゴン、天才的即興詩人アラゴン、愛と祖国の詩人アラゴン、スキャンダラスなアラゴン……」（『アラゴンの美学』一九九八年）。たしかにアラゴンには多彩な文学的特徴があって、それは八五年にわたる生涯のそれぞれの時期によって異なった相貌を見せているのであるが、普通それを、シュルレアリスム、社会主義レアリスム、パラレアリスム（晩年の小説作品群）という三つの段階に時期区分するのが慣例になっている。その全体を辿っているとあまりにもページを取りすぎてしまうので、巻末の訳者解説としては、本書の原稿が書かれた時期に限定して、それがアラゴンにとってどのような時代であったのかという点についてだけ触れておきたい。

第一次世界大戦が勃発した一九一四年には、アラゴンはまだ二十歳前の青年だった。のちにシュルレアリスム運動の中心メンバーとなるアンドレ・ブルトンは一歳年上の一八九六年生まれであり、ダダ運動の推進者だったトリスタン・ツァラはブルトンと同年で、ルーマニアに生まれた。のちにツァラがパリにやって来て、一時ダダの芸術がパリを席巻するが、しだいにツァラとブルトンの考え方の違いが顕在化して、ダダに代わってシュルレアリスムが中心的な芸術運動となっていく。その時期は、ツァラがパリに登場した一九二〇年から、ブルトンの『シュルレアリスム宣言』が発表される一九二四年にかけての数年間である。本書で取り扱われているのは、主としてその間のさまざまなエピソードであり、ブルトンと並んでシュルレアリスムの中心メンバーの一人であったアラゴンの視点を通して、ダダの一時的な熱狂とそれがしだいに冷めていく様相、ダダに取って代わるものを必死に求めているパリの若い文学者たちの人生模様が生き生きと描かれている。

後年アラゴンは、この時期のことをある対話のなかでこんなふうに語ったことがある。

「一九二一年から二三年にかけて、一種の空位期間《アンテルレーニュ》があって、われわれがツァラと仲違いをしてダダと決別してからのこの時期を、どんなことばで呼んだらいいかよくわからない」（『ドミニック・アルバンとの対話』一九六八年)。「空位期間」というのは、本来支配者が不在であることを意味するが、ここではダダに代わるシュルレアリスムがまだはっきりと中心的な位置を確立しておらず、言わばシュルレアリスムの準備期、模索期であることを示している。それはアラゴン自身の生活にとってどのような時期であったのかをもう少し詳しく見ておくことにしよう。

処女詩集『祝火』(一九一九年)と小説『アニセまたはパノラマ、ロマン』(一九二一年)をすでに刊行していたアラゴンは、一九二二年に入って、家族の反対や不満を押し切るようにして、一九一六年以来続けてきた医学の勉強を最終的に放棄した。月額八〇フランの給付を国家から受けていたこの医学研究生は、生活の糧を絶たれることを覚悟の上で文学への道を選択したのだった。そんな友人を見かねたブルトンは、服飾デザイナーであり有名なメセナであったジャック・ドゥーセにアラゴンを紹介し、仕事の斡旋を依頼した(ブルトンはすでに絵画蒐集のアドヴァイザーとしてドゥーセのもとで働いていた)。こうしてアラゴンはそれ以降毎月五〇〇フランほどの資金援助を受けながら、ドゥーセの蔵書計画を手伝うことになった。と同時に、ドゥーセに対して「週に二通、文学について手紙を書くという役目を負った」(ブルトン『アンドレ・パリノーとの対話』一九五二年)のである。ブルトンの言うような、週に二通という約束がほんとうに実行されたかどうかは定かではないが、いずれにしてもアラゴンがこの時期ドゥーセに送った原稿はそれなりの量に達したことは間違いないと思われる。そして、それらの原稿はまったく無計画に書かれたものではなく、ある程度系統立ったものだということである。その根拠は、前述の雑誌『リテラチュール』に発表された「現代文学史計画」である。それは、何のコメントも付いてはいない目次だけの「計画」であるが、きわめて詳細で系統立ったものと言うべきで、一九一〇年代から一九二〇年代前半にかけての期間に限定されたものである。しかし、本書に収められた文章は、この目次に示されている項目のごく一部でしかないことがわかる（訳書では、扱われている部分をゴチック体で示した）。多くの部分は結局、書かれなかったと考えるしかあるまい。そして、最初に触れたように、この壮大な目次から受ける体系的な「文学史」というイメージとは逆に、それは、総じてそのときどきの文学的な出来事をエピソード風に綴った感想に近いものなのである。そこには、堅苦しい文学研究とは違って、その時代を生きるアラゴンの生き生きとした息遣いが感じられ、ダダからシュルレアリスムへと文学的気運が移行していく様がよく窺われるように思われる。

編者マルク・ダシーの序文にも明らかにされているように、本書の原稿はすべて一九二二年から二三年頃にかけて書かれたものである。だが、このなかで取り扱われている時期に関して言えば、もうすこし幅があって、第一章の「アガディール」は一九一一年前後のことが述べられているし、『吸血鬼』の映画が流行したのは一九一五年である。そして、最終章の「さまざまな小説の一年」で扱われている小説作品群は一九二二年から二三年のものが中心であるから、本書で触れられている期間は、一九一〇年頃から一九二三年にかけてのおよそ十数年間だと言うことができる。第一次世界大戦をはさむこの時期は、文学・芸術の分野に限定して言えば、さまざまな前衛的傾向の運動がダダやシュルレアリスムへと収斂しつつ、二十世紀芸術の主流をなす方向性を強烈に打ち出していった、まことに興味深い時代だったのである。

アラゴンは、前述のジャック・ドゥーセの仕事を担当するにあたって、アンドレ・ブルトンとの連名で、「ジャック・ドゥーセ蔵書のための計画書」という文章を提出している。どうやら一九二二年二月頃に書かれたものらしいが、そのなかで、二人がつねに心がけようとした収書計画として、「自分たちの世代の詩的精神の形成」に寄与したもの、という表現がある。彼らは、自分たち若い世代を強調することによって、旧弊な既成のものを激しく否定しようとしたのであって、そのような旧い世代に対する批判や痛罵は、本書の全体を流れる主潮の一つとなっている。また、「アガディール」や『吸血鬼』においては、世代に共通する精神ということが主題になっている理由も、このことから理解されるように思う。

そして、単に既成のものを否定するだけではなく、新たな詩的精神を形成するための手探りの作業ということもまた、本書のもう一つの主潮であると言うことができよう。全編を通じてアラゴンが語ろうとしているのは、彼らに共通する新たな詩的精神の探求なのである。二〇世紀の初頭に、アラゴンやブルトンといった若者たちがさまざまな文学的試行をくり返しながら、世紀全般に絶大な影響を及ぼす芸術の形態を結晶させていったように、二一世紀の冒頭に立っているわれわれもまた、この混迷の時代を抜け出すような、新たな芸術を創造すべきときを迎えていると言うべきではないだろうか。

本書の文体《エクリチュール》についてもひと言触れておきたい。

一八章からなる本書は、一年という短期間に書かれたにもかかわらず、その内容によってかなり文体が異なっているように思われる。たとえば、ダダの幾つかのマニフェスタシオンを扱った章では、たいへん臨場感あふれる簡潔な文体だし、パンサールやエルンストなどの画家を扱った章では、どちらかと言えば、親近感あふれる、情感の籠もった文体となっている。また、「アガディール」や『吸血鬼』では、かなり思索的かつ回想風なニュアンスが交錯している。そして、何と言っても、ジッドやヴァレリー、コクトーなどの既成の大家を扱った部分では痛烈な批判や皮肉が遠慮会釈なしに投げつけられている、といった具合で一様ではない。また、センテンスの長さも、生き生きと簡潔なところもあれば、かなり息の長い部分もあったりで、ヴァラエティーに富んだものとなっている。別の言い方をすれば、文体の不統一ということでもあるが、アラゴンがドゥーセに送った原稿のなかには、どうやら推敲しないで書き流したものもあったと思われ、邦訳にあたって戸惑った部分もなかったわけではない。

なお、すでに触れたように、全体がジャック・ドゥーセ宛に送られた原稿なのであるが、最終章の「さまざまな小説の一年」だけには「ジャック・ドゥーセ氏に」という献辞が付けられているので、邦訳では、この章だけを「です、ます」調で表わし、全体は「である」調で表わしたが、内容の上でとくに他と区別されるようなものではない。

「ドゥーセ・コレクション」に保管されている本書の原稿についてひと言触れておきたい。

アラゴンがジャック・ドゥーセに送っていた原稿が、パリのサント＝ジュヌヴィエーヴ図書館に収められた「ドゥーセ・コレクシオン」のなかに眠っているといううわさは早くから存在していた。そして、その原稿の一部が実際に紹介され、利用されたのが、ロジェ・ガロディの本格的なアラゴン論である『アラゴンの歩んだ道』だった。一九六一年のことである。ガロディは、それまで未公開であった原稿をアラゴン自身の許可を得て、その著書のなかで多用していて、当時話題を呼んだものである。それ以降、原稿の存在は疑いえないものとなったのであるが、その全容については未解明のままであったし、ガロディ以降では、最も優れたアラゴン論と思われるピエール・デクスの『アラゴン、変貌すべき人生』（一九七五年）においても、直接「ドゥーセ・コレクシオン」の原稿に拠るのではなく、ガロディの著書からの引用で済ませている。ついでに言えば、ミシェル・サヌイエの大著『パリのダダ』（一九六五年、新版二〇〇五年、邦訳白水社）は、かなり「ドゥーセ・コレクシオン」を活用している。


編者のマルク・ダシーについて簡単に紹介しておきたい。

マルク・ダシーは一九五二年生まれ。幅広くダダについての研究を進め、雑誌『ルナ・パーク』を主宰している。主な著書・編著に以下のものがある。
『パンサール』（一九八六年）
『ダダ運動の日誌』（一九八九年）
『クルト・シュヴィッタースとメルツ』（一九九〇年）
『ダダとダダイスム』（一九九四年）
『日本におけるダダ』（二〇〇二年）
『ダダ――芸術の反抗――』（二〇〇五年）（邦訳『ダダ――前衛芸術《アヴァンギャルド》の誕生』創元社）
『アルシーヴ・ダダ』（二〇〇五年）
また、日本語文献として、
共著『村山知義とシュヴィッタース』（水声社、二〇〇五年）がある。

この翻訳の出版を萌書房の白石徳浩さんが引き受けてくださってから、ずいぶんと長い時間が経過してしまった。この間、辛抱強く訳稿の仕上がりを待っていただいた同氏にはお詫びのことばもない。また、いつもながら訳の上でご教示いただいたセシル・モレルさん、翻訳にあたってさまざまにご協力をいただいた編者のマルク・ダシーさんに心からお礼申し上げる。本書の内容は、いまから八〇年以上も前の時代のものである。当時の風俗や時代の雰囲気など、つまびらかにしないところも多々あり、思わぬ勘違いをしているところもあるかと思われる。忌憚のないご指摘を寄せて頂ければさいわいである。

訳　者

二〇〇八年三月

■著者紹介

ルイ・アラゴン Louis Aragon（1879-1982）

アンドレ・ブルトンとともにダダ，シュルレアリスム運動を推進。1930年代にはシュルレアリスムと訣別し，社会主義レアリスムの小説群を書いた。第二次世界大戦中レジスタンスの詩を書く。晩年は回想を交えたパラレアリスムと称される小説を執筆。代表的作品に，『アニセまたはパノラマ』，『パリの農夫』，『バーゼルの鐘』，『フランスの起床ラッパ』，『ブランシュまたは忘却』などがある。

■編者紹介

マルク・ダシー Marc Dachy

1952年生れ。早くから前衛芸術に関心を抱き，ダダに関する著書・翻訳を数多く出版し，雑誌『ルナ・パーク』を主宰している。日本におけるダダにも関心を持ち，たびたび来日。主な著書に『ダダ運動の日誌』，『ダダとダダイスム』，『日本におけるダダ』，『アルシーヴ・ダダ』，日本語の著書として『村山知義とシュヴィッタース』（共著）がある。

■訳者紹介

川上　勉（かわかみ　つとむ）

1938年生れ。早稲田大学文学部仏文科卒。立命館大学名誉教授。アラゴン，シュルレアリスムなどを研究。著書・翻訳として，『ダダ・シュルレアリスムを学ぶ人のために』（共著），『ヴェルコールへの旅』，『ヴィシー政府と「国民革命」』，アラゴン『文体論』などがある。

ダダ追想

2008年9月30日　初版第1刷発行

訳　者　川上　勉

発行者　白石徳浩

発行所　有限会社　萌《きざす》書房

〒630-1242　奈良市大柳生町3619-1

TEL（0742）93-2234 / FAX 93-2235

[URL] http://www3.kcn.ne.jp/~kizasu-s

振替　00940-7-53629

印刷・製本　共同印刷工業・藤沢製本

ISBN978-4-86065-042-1

人 名 索 引

（ただし，「序文」「現代文学史計画」「編者注」「訳者注」は除く）

ア 行

アインシュタイン，アルベルト EINSTEIN, Albert 72, 73, 176
アインシュタイン，カール EINSTEIN, Carl 113, 115, 116
アダム，ポール ADAM, Paul 174
アドラー，アルフレート ADLER, Alfred 73
アポリネール，ギヨーム APOLLINAIRE, Guillaume 23-28, 34, 35, 39, 40, 41, 56, 57, 58, 86, 87, 145, 153, 174
アラール，ロジェ ALLARD, Roger 13
アルヌー，ギイ ARNOUX, Guy 133
アルプ，ハンス ARP Hans 122
アルベール=ビロ，ジェルメーヌ ALBERT-BIROT, Germaine 28, 64
アルベール=ビロ，ピエール ALBERT-BIROT, Pierre 23-29, 63, 64, 80, 87, 89, 144
アルラン，マルセル ARLAND, Marcel 160
アロークール，エドモン HARAUCOURT, Edmond 184
イノディ，ジャコモ INAUDI, Giacomo 73
イルサム，ルネ HILSUM, René 83
ヴァシェ，ジャック VACHÉ, Jacques 17, 45, 46, 47, 48, 56, 67, 69, 78, 99, 118
ヴァレリー，ポール VALÉRY, Paul 19-21, 42, 43, 44, 50, 52, 53, 56, 72, 105-109, 174
ヴァロル，セバスチアン VOIROL, Sébastien 93, 94
ヴァンデラン，フェルナン VANDÉREM, Fernand 168
ウイドブロ，ヴィセンテ HUIDOBRO, Vicente 91
ヴィヨン，フランソワ VILLON, François 114
ヴェルレーヌ，ポール VERLAINE, Paul 50, 156
ヴォーヴナルグ，リック・ド・クラピエ VAUVENARGUES, Luc de Clapiers (marquis de) 172
ヴラマンク，モーリス・ド VLAMINCK, Maurice de 112
エスパルベス，アステ・ド ESPARBÈS,

Asté d'　133
エッティンゲン（男爵夫人）OETTINGEN (baronne)　42→グレイ，ピィウー参照
エベルト，ジャック HÉBERTOT, Jacques　158, 160
エモン，ルイ HÉMON, Louis　172
エラン，マルセル HERRAND, Marcel　63, 64, 79, 154
エリュアール，ポール ELUARD, Paul　41, 58, 61, 69, 75, 89, 90, 92, 93, 95, 145, 146, 150, 152, 153-155, 157-161, 168
エルバン，オーギュスト HERBIN, Auguste　62
エルマン，アベル HERMANT, Abel　174
エルンスト，マックス ERNST, Max　122, 123, 126, 163-170
オーリック，ジョルジュ AURIC, Georges　58, 68, 77, 79, 131, 153
オルロフ，シャナ ORLOFF, Chana　28

カ　行

カザボン，ソレル CASABON, Soler　63, 76
ガスパール=ミシェル，アレクサンドル GASPARD-MICHEL, Alexandre　58, 59
カゼラ，ジョルジュ CASELLA, Georges　133
ガボリ，ジョルジュ GABORY, Georges　63, 64, 65
カメルニィ KAMERNY　157
カーン，シモーヌ KAHN, Simone　122
キキ・ド・モンパルナス KIKI de Montparnasse　155
キリコ，ジョルジオ・デ CHIRICO, Giorgio de　86, 164
クリックノワ，アンリ CLIQUENNOIS, Henri　49, 50, 54
グリス，ホアン GRIS, Juan　86, 88, 89
グリュンバウム，コレット GRÜNBAUM, Colette　133
クルヴェル，ルネ CREVEL, René　144, 159
グレイ，ロック GREY, Roch →エッティンゲン男爵夫人の項
クローデル，ポール CLAUDEL, Paul　44, 106
ゲーテ，ヨハン・ヴォルフガング・フォン GOETHE, Johann Wolfgang von　31, 32, 114
ケルディク KERDYK　133
ゴーギャン，ポール GAUGUIN, Paul　166
コクトー，ジャン COCTEAU, Jean　29, 42, 54, 55, 58, 62, 65, 66, 79, 80, 89, 130, 131, 132, 136, 145, 151, 153, 179, 180
ゴル，イヴァン GOLL, Ivan　157, 159

コルネイユ, ピエール CORNEILLE, Pierre　123
ゴンザグ=フリック, ルイ・ド GONZAGUE-FRICK, Louis de　13, 77

サ　行

サティ, エリック SATIE, Erik　54, 55, 63, 79, 153
サド,（マルキ・ド）SADE（marquis de）　171, 183
サハロフ, バジル ZAHAROFF, Basile　176
サルモン, アンドレ SALMON, André　52, 53, 83, 85, 88
サンドラルス, ブレーズ CENDRARS, Blaise　52, 53, 54, 86
ジェルマン, アンドレ GERMAIN, André　107, 134, 136, 137, 140, 141
ジッド, アンドレ GIDE, André　31-46, 52-55, 59, 65, 150, 177
ジャコブ, マックス JACOB, Max　14, 42, 52, 62, 63, 65, 66, 79, 80, 86
ジャスミーヌ JASMINE　133
シャドゥルヌ（兄弟）CHADOURNE（les frères）　133
シャートーブリアン, アルフォンス・ド CHÂTEAUBRIANT, Alphonse de　176
ジャム, フランシス JAMMES, Francis　37, 44
ジャリ, アルフレッド JARRY, Alfred　48, 53, 57
ジャルー, エドモン JALOUX, Edmond　175, 176
シャルル, ジルベール CHARLES, Gilbert　152, 154, 157
ジュストマン, アリー JUSTMAN, Ary　28
シュテルンハイム, カール STERNHEIM, Carl　115, 116, 117
ジョフル（将軍）JOFFRE（maréchal）　23
シーラー, チャールズ SHEELER, Charles　155
シラー, フリードリッヒ・フォン SCHILLER, Friedrich von　114
ジロドゥー, ジャン GIRAUDOUX, Jean　53, 173, 177
スゴンザク, アンドレ・デュノワイエ・ド SEGONZAC André Dunoyer de　133, 140
ズダネヴィッチ, イリヤ ZDANÉVITCH, Ilya　144, 145
スタンダール（アンリ・ベール）STENDHAL（Henri Beyle）　175
スーデイ, ポール SOUDAY, Paul　175
スフォルツァ, カルロ SFORZA Carlo　135
スーポー, フィリップ SOUPAULT, Philippe　随所
セナンクール, エチエンヌ SÉNANCOUR, Etienne　174

セニョーボス, シャルル SEIGNOBOS, Charles　107, 108, 109
ゾラ, エミール ZOLA, Émile　174

タ　行

ダヌンチオ, ガブリエレ D'ANNUNZIO, Gabriele　135, 141
ダンカン, レイモンド DUNCAN, Raymond　99, 102, 103
チエール, アドルフ THIERS, Adolphe　27
チェレス TCHÉRÈS　143
ツァラ, トリスタン TZARA, Tristan　随所
ディアギレフ, セルゲイ DIAGHILEV, Sergei　91, 94
テシエ, ヴァランチーヌ TESSIER, Valentine　79
デスノス, ロベール DESNOS, Robert　151, 152, 186
デスランド(男爵夫人) DESLANDES (baronne)　134-142
デュカス, イジドール(ロートレアモン) DUCASSE, Isidore (LAUTRÉAMONT)　48, 57, 58, 61
デュシャン, マルセル DUCHAMP, Marcel　108, 155
デュシャン=ヴィヨン(夫人) DUCHAMP-VILLON (Mme)　125
テラス, クロード TERRASSE, Claude　150
デルテイユ, ジョゼフ DELTEIL, Joseph　184, 185
デルメ, ポール DERMÉE, Paul　80, 81, 89
ドゥコー DECAUX　133
トゥサン・ルーヴェルチュール TOUSSAINT LOUVERTURE (François Dominique Toussaint)　112
ドゥーセ, ジャック DOUCET, Jacques　138, 171
ドガ, エドガー DEGAS, Edgar　166
ドストエフスキー, フェードル DOSTOÏEVSKI, Fedor　99
ドーデー, レオン DAUDET, Léon　68, 88
ドリュ・ラ・ロシェル, ピエール DRIEU LA ROCHELLE, Pierre　26, 77, 79, 121, 132, 141
トレボール TRÉBOR　160, 161
ドローネイ, ソニア・テルク DELAUNAY, Sonia Terck　157
ドローネイ, ロベール DELAUNAY, Robert　144

ナ　行

ナム NAM　133
ナポレオン NAPOLÉON　29, 80, 133
ネルシア, アンドレア・ド NERCIAT Andréa de　183
ノアイユ, マチュー・ド NOAILLES, Mathieu de　106

ノル, マルセル NOLL, Marcel 157, 159

ハ 行

バトリ, ジェーヌ BATHORI, Jane 14
バーネイ, ナタリー・クリフォード BARNEY, Nathalie Clifford 105, 107, 109
バルビュス, アンリ BARBUSSE, Henri 99
バレス, モーリス BARRÈS, Maurice 10, 43, 126, 134, 135, 141, 175, 183
バロン, ジャック BARON, Jacques 144, 145, 146, 153, 154, 159
パンサール, クレマン PANSAERS, Clément 111-119, 132
バンダ, ジュリアン BENDA, Julien 51
ピィウー, レオナール PIEUX, Léonard →エッティンゲン男爵夫人の項
ピカソ, パブロ PICASSO, Pablo 51, 65, 70, 150
ピカビア, フランシス PICABIA, Francis 69, 70, 78, 80, 81, 86, 87, 93, 129-132, 142, 150
ビュッフェ, ガブリエルとマルグリット BUFFET, Gabrielle et Marguerite 133
ヒルツ, リーゼ HIRTZ, Lise 133
ファイ, エマニュエル FAŸ, Emmanuel 133
ファーブル=リュス(夫人) FABRE-LUCE (Mme) 181
ファルグ, レオン=ポール FARGUE, Léon-Paul 52, 53, 54, 133
フゥイヤード, ルイ FEUILLADE, Louis 10
フェルス, フローラン FELS, Florent 88, 160
ブノワ, ピエール BENOIT, Pierre 172
ブラック, ジョルジュ BRAQUE, Georges 57, 60, 62, 66, 70
プーランク, フランシス POULENC, Francis 79, 131
フランケル, テオドール FRAENKEL, Théodore 29, 53, 68, 89
フランシス, エーヴ FRANCIS, Ève 79
ブランシュ, ジャック=エミール BLANCHE, Jacques-Émile 34, 43, 85
フルゥーレ FLEURET 13
ブルジェ, ポール BOURGET, Paul 175, 181
プルースト, マルセル PROUST, Marcel 175, 177
ブルトン, アンドレ BRETON, André 随所
プレヴォ, マルセル PRÉVOST, Marcel 168
フロイト, ジークムント FREUD, Sigmund 73, 164, 176
ブロワ, レオン BLOY, Léon 64
ペニョ, シャルル PEIGNOT, Charles

133
ベリション，パテルヌ BERRICHON, Patterne　57
ベルタン，ピエール BERTIN, Pierre　13-17, 79, 108, 109, 145, 153
ベルナール，サラ BERNHARDT, Sarah　150, 153
ペレス=ホルバ，ホアン PEREZ-JORBA, Joan　24
ペレ，バンジャマン PÉRET, Benjamin　122, 126, 151, 152, 186
ポヴォロツキー，ジャック POVOLOZKY, Jacqucs　129, 130, 136
ボーマン，エミール BAUMANN, Émile　177
ボーモン，エチエンヌ（伯爵） BEAUMONT, Étienne (comte de)　132
ポーラン，ジャン PAULHAN, Jean　54
ポルデス，レオ POLDÈS, Léo　97, 98, 100
ポレル，ジャック POREL, Jacques　154
ボレル，ペトリュス BOREL, Pétrus　183
ポワレ，ポール POIRET, Paul　133, 138, 139
ポワンカレ，レイモン POINCARÉ, Raymond　72, 82

マ　行

マシス，アンリ MASSIS, Henri　177
マッコルラン，ピエール MAC ORLAN, Pierre　184
マッソ，ピエール・ド MASSOT, Pierre de　144, 145, 148-151, 153
マラルメ，ステファヌ MALLARMÉ, Stéphane　20, 53, 56
マルクス，アンリ MARX, Henry　103
マルクス，マグドレーヌ MARX, Magdeleine　107
マルグリット，ヴィクトール MARGUERITTE, Victor　173
マレシス，ジャック・ド MALAISSIS, Jacques de　157, 159
マン・レイ MAN Ray　155
ミュジドラ（ジャンヌ・ロック） MUSIDORA (Jeanne Roques)　10-12
ミュッセ，アルフレッド・ド MUSSET, Alfred de　46
ミュラ（マリー王妃） MURAT (princesse Marie)　132, 137
ミュルフェルト（夫人） MÜHLFELD (Mme)　43, 175, 181
ミヨー，ダリユス MILHAUD, Darius　58, 79
ミル，ピエール MILLE, Pierre　98
メイエル，マルセル MEYER, Marcelle　14, 79, 145, 153
メイエル=メイ MEYER-MAY　133
メーテルリンク，モーリス MAETERLINCK, Maurice　15,

16
メロヴィッチ, ジュリエット MEIROVITCH, Juliette 54
モークレール, カミーユ MAUCLAIR, Camille 156
モニエ, アドリエンヌ MONNIER, Adrienne 55
モーラス, シャルル MAURRAS, Charles 175
モーラン, ポール MORAND, Paul 83, 182, 183, 184
モリーズ, マックス MORISE, Max 157, 158, 159
モーリャック, フランソワ MAURIAC, François 181, 182
モレノ, マルグリット MORENO, Marguerite 11
モロー, エミール MOREAU, Émile 133
モンテルラン, アンリ・ド MONTHERLANT, Henry de 181, 182

ヤ 行

ヤンコ, マルセル JANCO, Marcel 70, 71
ユイスマンス, ジョリ=カール HUYSMANS, Joris-Karl 20, 173, 174
ユゴー, ヴァランチーヌとジャン HUGO, Valantine et Jean 133
ユング, カール・グスタヴ JUNG, Carl=Gustav 73

ラ・ワ行

ライプニッツ, ヴィルヘルム・ゴットフリート LEIBNIZ, Wilhelm Gottfried 10
ラギュ, イレーヌ LAGUT, Irène 64
ラシーヌ, ジャン RACINE, Jean 107
ラディゲ, レイモン RADIGUET, Raymond 64, 65, 66, 77, 79, 80, 87, 177, 178, 180
ラファイエット,(マルキ・ド) LAFAYETTE (marquis de) 17
ラポポール, シュジィ RAPPOPORT, Suzy 133
ララ, ルイーズ LARA, Luise 64
ラルボー, ヴァレリー LARBAUD, Valéry 174
ラロンド, カルロス LARRONDE, Carlos 29
ランヴァン, ジャンヌ LANVIN, Jeanne 91, 93
ランブール, ジョルジュ LIMBOUR, Georges 157, 158, 159
ランボー, アルテュール RIMBAUD, Arthur 10, 48, 57, 58, 67, 106
リヴィエール, ジャック RIVIÈRE, Jacques 77, 177, 178
リゴー, ジャック RIGAUT, Jacques 122
リノシエ, レイモンド LINOSSIER, Raymonde 58, 59
リプシッツ, ジャック LIPCHITZ,

Jacques　86
リブモン=デセーニュ, ジョルジュ RIBEMONT-DESSAIGNES, Georges　86, 100, 121, 122, 145, 149
ルイス, ピエール LOUŸS, Pierre　44
ルヴェルディ, ピエール REVERDY, Pierre　24, 26, 48, 51, 52, 53, 54, 56, 60, 61-65, 76, 77, 81, 86, 153, 154
ルーシェ, ジャック ROUCHÉ, Jacques　93, 94
ルネトゥール, ジャン=ミシェル RENAITOUR, Jean-Michel　103
ルノルマン, アンリ=ルネ LENORMAND, Henri-René　74
ルブラン, ジョルジェット LEBLANC, Georgette　16
ルボディ, ジャック LEBAUDY, Jacques　5
ルボン, ギュスターヴ LEBON, Gustave　176
レジェ, フェルナン LÉGER, Fernand　86, 89
レッシング, ゴットホルト・エフライム LESSING, Gotthold Ephraïm　114
レティフ・ド・ラ・ブルトンヌ, ニコラ RESTIF DE LA BRETONNE, Nicolas　183
レナック, サロモン REINACH, Salomon　107
ローザンベール, レオンス ROSENBERG, Léonce　54, 57, 60, 61
ローティ, モー LOTY, Maud　133, 137, 139, 140
ロート, アンドレ LHOTE, André　51
ロートレアモン LAUTRÉAMONT →デュカスの項
ロマン, ジュール ROMAINS, Jules　58, 59, 176
ロモフ, セルジュ ROMOFF, Serge　147, 155
ローラン, ジャン=ポール LAURENS, Jean-Paul　34
ロワイエール, ジャン ROYÈRE, Jean　52, 53
ワイルド, オスカー WILDE, Oscar　135, 141
ワシントン, ジョージ WASHINGTON, George　17